# Los genios

JAIME BAYLY

# Los genios

Galaxia Gutenberg

Este libro no es un texto histórico ni una investigación periodística.
Es una novela, una obra de ficción, que entremezcla unos hechos reales, históricos,
con unos hechos ficticios que provienen de la inventiva del autor.

Publicado por
Galaxia Gutenberg, S.L.
Av. Diagonal, 361, 2.º 1.ª
08037-Barcelona
info@galaxiagutenberg.com
www.galaxiagutenberg.com

Primera edición: marzo de 2023
Segunda edición: abril de 2023
Tercera edición: enero de 2024

Preimpresión: Maria Garcia
Impresión y encuadernación: Romanyà-Valls
Sant Joan Baptista, 35, La Torre de Claramunt-Barcelona
Depósito legal: B 2636-2023
ISBN: 978-84-19392-24-4

*A Silvia Núñez del Arco y Zoe Bayly.*

He escrito cinco libros tratando de descifrar cómo
soy yo, quién soy. Y todavía no lo tengo claro. Pero
hay algo que sí sé: soy el mejor amigo de sus amigos,
y ese primer puesto no me lo dejo quitar de nadie.

GABRIEL GARCÍA MÁRQUEZ,
«El regreso a Macondo», *El Espectador*, 1971

Algo que se aprende, tratando de reconstruir un suce-
so a base de testimonios, es, justamente, que todas las
historias son cuentos, que están hechas de verdades y
mentiras.

MARIO VARGAS LLOSA,
*Historia de Mayta*, Seix Barral, 1984

—¡Esto es por lo que le hiciste a Patricia! –gritó Vargas Llosa.

Ofuscado, tembloroso, el ceño fruncido, la mirada turbada por el rencor, el puño apretado, preñado de rabia, Vargas Llosa acababa de golpear en el rostro a quien había sido su amigo, vecino y compadre, García Márquez, quien, al verlo en una sala reservada, declarando a la reportera María Idalia, del diario *Excélsior*, en el auditorio de la Cámara Nacional de la Industria Cinematográfica de México, a la espera de que proyectasen, en función privada, sólo para periodistas, un documental, *La odisea de los Andes*, cuyo guion había escrito el propio Vargas Llosa, se acercó con los brazos abiertos, deseando abrazarlo, diciéndole, en tono risueño, fraternal:

—¡Hermano! ¡Hermanazo!

Pero Vargas Llosa no había acudido a esa sala de cine para saludar a García Márquez, menos aún para abrazarlo, tampoco para ver el documental. Había concurrido para hacer justicia con sus propias manos. Era un hombre atormentado por una misión, poseído por las fiebres de la venganza, listo para redimir su honor mancillado: por eso miró fijamente a García Márquez, apretó el puño como si fuese una granada, como había aprendido a cerrarlo en los pleitos desiguales del colegio militar donde estudió, se puso a distancia conveniente y lanzó un derechazo fulminante, una trompada brutal, un iracundo puñete larvado en meses, un golpe que derribó a García Márquez y lo dejó inconsciente, los anteojos rotos, la nariz sangrando por el rasponazo del anillo matrimonial de Vargas Llosa, el ojo izquierdo amoratado. Caído, noqueado y sin conocimiento García Márquez, su esposa Mercedes le gritó a Vargas Llosa:

–¿Qué has hecho, estúpido? ¿Qué le has hecho a Gabito?

Enseguida se arrodilló para socorrer a García Márquez, secundada por la escritora mexicana Elena Poniatowska.

–¡Es por lo que le hizo a Patricia! –gritó Vargas Llosa, aliviado de exorcizar sus demonios con aquel mandoble de derecha y, al mismo tiempo, abochornado de sucumbir a los dioses irracionales de la violencia, en medio de tantos periodistas que esperaban la proyección de un documental sobre un accidente aéreo en los Andes, un equipo de rugby uruguayo que, para sobrevivir, tuvo que comer los restos de sus compañeros muertos.

–¿Y qué le hizo Gabito a Patricia? –preguntó Mercedes, de rodillas, mientras abanicaba a su esposo, que había recobrado el conocimiento y miraba a Mario con estupor, como si no lo reconociera, como si nunca lo hubiera conocido de veras, ni siquiera cuando eran vecinos en Barcelona y vivían a una cuadra uno del otro, en el barrio de Sarrià, y se veían todos los días después de escribir.

Pero Vargas Llosa, tieso, exaltado, no respondió y se alejó. Se encontraba solo, aunque solo con sus demonios, solo con sus fantasmas. Su esposa Patricia, sin saber que Mario emboscaría a García Márquez aquella noche, se había quedado en el hotel Geneve de la capital mexicana, pues no tenía ganas de ver un documental sobre los sobrevivientes de un accidente aéreo que comían los restos de sus amigos muertos.

–¿Cómo se te ocurre que voy a acompañarte a ver esa película espantosa? –le dijo a Vargas Llosa en el hotel, cuando este se alistaba para salir–. ¿Ya te has olvidado de Wandita? ¡Yo no puedo ver películas de aviones que se caen!

Wanda, Wandita, la hermana de Patricia, un año mayor que ella, había muerto en un accidente aéreo, doce años atrás, en un vuelo de París a Lima, ciudad en la que pensaba casarse: el vuelo de Air France se precipitó a tierra en una isla caribeña, Point-à-Pitre, Guadalupe, y Wanda Llosa perdió la vida con apenas dieciocho años, y fue el propio Vargas Llosa quien viajó al Caribe a reconocer los restos de su prima hermana para luego llevarlos a Lima a darles sepultura. Un año después, se casó en Lima con su prima Patricia Llosa, la hermana menor de Wanda.

—Hay que llevar a Gabito ahora mismo a la carnicería para ponerle una chuleta en el ojo —dijo Mercedes.

Su amiga Elena Poniatowska sugirió un restaurante de hamburguesas cerca del auditorio, al que acudieron de inmediato, García Márquez herido, sangrando por la nariz, miope, sin anteojos, pero riéndose como si saliera de una comedia negra, con desparpajo caribeño, con invencible cinismo. Pidieron un filete crudo.

—Yo no vendo carne cruda —dijo el dueño—. Yo sólo vendo mi carne después de freírla.

—Entonces vamos a mi casa —sugirió la fotógrafa mexicana María Luisa Mendoza, quien también los acompañaba—. Yo tengo carne en la refrigeradora.

Subieron los cuatro, García Márquez, Mercedes Barcha, Elena Poniatowska y María Luisa Mendoza al coche de esta última. Al llegar a su apartamento, Mendoza le puso un filete a Gabriel en el ojo morado, Gabriel tendido en el sofá, los ojos cerrados, como un buda malherido, el perro de Mendoza queriendo arrebatarle el bisté.

Mientras los García Márquez se recuperaban del violento incidente, Vargas Llosa, acompañado por un periodista peruano, Francisco Igartua, se dirigía en taxi al hotel Geneve, sin saber que ya alguien había llamado a Patricia desde un teléfono público para contarle el chisme:

—¡Mario acaba de noquear a Gabo! ¡Lo tumbó, lo dejó tirado en el piso! ¡Le dijo: esto es por lo que le hiciste a Patricia!

—¿Le hiciste algo a Patricia? —le preguntó, curiosa, Elena Poniatowska a García Márquez, mientras le sobaba el ojo con la chuleta.

—¡Jamás! —dijo García Márquez—. ¡Cómo se te ocurre! Yo soy salchichón de un solo hoyo.

—¡Imposible! —añadió Mercedes, con una sonrisa maliciosa—. A Gabito sólo le gustan las mujeres guapas.

No era la primera vez que Vargas Llosa derribaba de un golpe seco y brutal a un hombre, dejándolo tendido, inconsciente. Había aprendido a pelear, a dar trompadas, a recibir palizas, a noquear a unos enemigos más robustos y procaces que él, en el colegio militar, en Lima, en un internado bárbaro, salvaje, donde, nada más entrar con apenas catorce años, cuando era un alumno recién llegado o «perro», como llamaban a los advenedizos, tuvo que soportar que lo insultaran, lo humillaran, le pegaran, le metieran la mano, lo obligaran a masturbarse de pie, al lado de otros compañeros, de otros «perros», a ver quién eyaculaba más lejos. Con los golpes salvajes que recibió de sus mayores, de sus superiores en el colegio militar, había aprendido también a darlos. A pesar de que sus compañeros del internado lo consideraban tímido y ensimismado, lector afiebrado, también lo respetaban porque el cadete Vargas Llosa sabía defenderse con los puños, no era blandito, cobarde, apocado ni pusilánime, era orgulloso y valiente, no le hacía ascos a una buena riña callejera, estaba dispuesto a sangrar por la boca y la nariz y hasta perder dos dientes, él, el de la sonrisa de conejo, si su honor y su hombría estaban en juego.

–Carajo, el cadete me noqueó –dijo García Márquez, sacándose el bisté del ojo morado–. Pega duro el cabrón. Pega como boxeador.

Vargas Llosa había derribado a golpes a varios cadetes en el colegio militar. Sabía pelear. Sabía reunir toda la fuerza en una mano, convertir el puño en una granada y hacerla estallar en el rostro de su enemigo díscolo, insolente. Cuando aprendió a pelear, dejó de tenerle miedo a su padre, Ernesto Vargas, a quien odiaba. Lo odiaba porque era un padre cruel, mezquino, miserable, que solía insultarlo, rebajarlo, decirle que era una mariquita, un hijito de mamá, un llorón. Sentía que su padre era un enemigo, un extraño. Sentía que su padre lo miraba con asco o con desprecio o con tristeza, como si fuese un hijo fallido, defectuoso, no el hijo machote que él quería tener. Por eso lo metió al colegio militar, a ver si aprendía a hacerse hombre. Y Vargas Llosa aprendió con las palizas, mientras le aporreaban sus mayores, encajaba trompadas asesinas, recibía salivazos cuando se hallaba tendido en el suelo, de paso conocía insultos, procacidades, expresiones soeces que, hasta entonces, niñato de Miraflores, ignoraba. Y una vez que aprendió a trompearse con los más grandes y los más fuertes, y a tumbarlos de un golpe impregnado de todas las iras de este mundo emputecido, se atrevió a confrontar una noche a su padre, a su propio padre. Escuchó los gritos de su madre Dorita, comprendió que nuevamente el maldito de Ernesto estaba pegándole en el dormitorio conyugal y decidió que no podía seguir tolerando esa humillación. Entró en la habitación dando una patada a la puerta, se dirigió a su padre, lo miró con todo el odio que anidaba en su alma, cerró el puño y le arrojó una trompada, sólo una, que derribó a Ernesto Vargas, el marido abusivo, el padre tóxico, el hombre que vivía molesto, dejándolo privado en el suelo, sin conocimiento. Luego Vargas Llosa escupió un gargajo sobre su padre, tomó de la mano a su madre y le dijo:

—Nos vamos, Dorita. No vamos a seguir viviendo con este miserable. No voy a permitir que te pegue nunca más.

Y en efecto se fueron. Y no volvieron. Y aquella fue la última vez que Ernesto Vargas le pegó a su esposa Dorita en esa casa de Miraflores.

—¡Estúpido! ¡Imbécil! ¡Cretino! —le gritó Patricia a su esposo, apenas este entró en la habitación del hotel Geneve—. ¿Qué le hiciste a Gabriel?

—Hice lo que tenía que hacer —dijo fríamente Vargas Llosa, que no esperaba encontrar a su esposa tan exaltada.

—¡Me has dejado como una idiota! —rugió Patricia—. ¡Esto va a ser un escándalo! ¡Todo el mundo va a saber lo que me hizo Gabriel!

—¡Pues que lo sepan! ¡Que sepan que es un traidor!

—¡Cretino! —siguió gritándole Patricia—. ¡Debiste consultarme, debiste avisarme!

—¡Me hubieras dicho que no lo hiciera, Patricia!

—¡Por supuesto! ¡Porque ahora me vas a convertir en el chisme de todo el mundo! ¡Me van a volver loca con lo que me hizo Gabriel!

—¡Los hombres arreglamos nuestros problemas así, a mano limpia, así que por favor cállate, que todo el hotel se va a enterar!

Patricia cogió un cenicero y se lo arrojó, pero Vargas Llosa lo esquivó a tiempo. Luego le tiró una lámpara en la cabeza. No era la primera vez que la prima agredía al primo. Desde niña, le había arrojado vasos de agua helada para despertarlo, o sopas con fideos en la cabeza para zanjar una discusión, o le había volteado el rostro de una cachetada furibunda: cuando se enfadaba, Patricia era cosa seria.

–¡Cálmate! –le gritó Vargas Llosa–. ¿No te das cuenta de que le di una trompada a Gabriel porque te amo?

Patricia se quedó en silencio, furiosa, con ganas de abofetear a Vargas Llosa, de arañarle la cara.

–¿Por qué no vamos a comer algo? –sugirió el periodista Francisco Igartua.

Vargas Llosa, Patricia Llosa y Francisco Igartua bajaron por el ascensor y se acomodaron en un restaurante vecino al hotel.

–Un whiskey doble –pidió Patricia al camarero.

–A mí me trae dos vasos de leche –ordenó Vargas Llosa.

–¿Leche? –preguntó el camarero, incrédulo.

–Sí, dos vasos de leche –repitió Vargas Llosa.

El periodista y amigo de la pareja, Francisco Igartua, se permitió una risita. Enseguida dijo, burlón:

–Carajo, Mario, eres un personaje de película: eres el único escritor que prefiere tomar leche fría antes que un buen trago.

Dos días después, García Márquez visitó a su amigo, el fotógrafo Rodrigo Moya, en su casa de la colonia Nápoles, a eso del mediodía, y le dijo:

–Quiero que me hagas unas fotografías del ojo moro.

Moya besó a Mercedes en la mejilla, se acercó a Gabriel, le vio el ojo estragado, y preguntó:

–¿Qué te pasó Gabito?

–Pues estaba boxeando y perdí –dijo García Márquez.

–Fue Vargas Llosa –dijo Mercedes–. Es que Mario es un celoso estúpido. ¡Un celoso estúpido!

–¿Y eso por qué? –preguntó el fotógrafo.

–Yo no sé –dijo Gabriel–. Yo me acerqué con los brazos abiertos a saludarlo. Teníamos tiempo de no vernos, casi dos años, desde que se fue a Lima.

Moya empezó a hacerle fotos. Pero no quería que García Márquez saliese triste, afligido, castigado, víctima del temperamento explosivo de Vargas Llosa. Quería verlo amoratado y contento, jodido y sonriendo. Por eso le dijo:

—Oye, qué buen putazo te dio el peruano, ¿qué se siente?

Entonces Gabriel sonrió y Moya tomó la foto que se haría famosa, muchos años después.

—Mándame un juego y guarda los negativos —le dijo García Márquez, antes de irse.

Dos años antes de que Vargas Llosa le diera un puñetazo a García Márquez en la capital mexicana, dos años antes de que aquella amistad que parecía incorruptible se envenenara para siempre, dos años antes de que Vargas Llosa dejara de llamar «compadre» a García Márquez para ahora aludir a él como «una rata traidora», cuando todavía eran amigos y vecinos en Barcelona, la esposa de Vargas Llosa, Patricia, le dijo a Mario:

–No aguanto más. Me estoy volviendo loca. Nos mudamos de regreso a Lima.

Llevaban cuatro años viviendo en Barcelona, después de dos años en París y tres en Londres. Tenían tres hijos: Álvaro Augusto, Gonzalo Gabriel y Wanda Jimena Morgana; Álvaro de ocho años, nacido en Lima, Gonzalo de siete, también nacido en Lima, y Morgana, recién nacida en Barcelona.

–Esto no es vida para mí –dijo Patricia–. Me siento tu empleada. No puedo cuidar sola a los niños. Necesito ayuda, Mario.

Patricia era recia y hacendosa y lo hacía todo bien, llevar a los niños al colegio, hacer las compras, limpiar la casa, cocinar, lavar la ropa, hasta planchar las camisas de Mario, pero sentía que la relación entre ambos, que llevaban nueve años casados, se había tornado injusta, desigual: Mario se encerraba a escribir de nueve de la mañana a cuatro de la tarde y se desentendía por completo de su familia, de las servidumbres domésticas, del mundo de las cosas prácticas, los afanes caseros, al tiempo que Patricia fregaba los baños, cocinaba, lavaba los platos, planchaba la ropa, se arrastraba por la vida, exhausta, resignada, sintiéndose una criada, una sirvienta, la mucama de Vargas Llosa, su chacha todoterreno.

—Si no contratamos a una empleada que me ayude con los niños, nos vamos a Lima —dijo Patricia.

—Pues nos iremos a Lima —se enfadó Mario—. Lo que me paga Carmen no nos alcanza para pagar una empleada. ¿No comprendes que acá, en Barcelona, una empleada gana mucho más que en Lima? ¿No entiendes que no somos millonarios?

Carmen Balcells, la agente literaria de Vargas Llosa, lo había convencido de dejar Londres, renunciar a su trabajo como profesor de español en una prestigiosa universidad y mudarse a Barcelona a coronar el sueño que había acariciado desde niño, el de ser un escritor profesional, a tiempo completo:

—Si vienes a Barcelona, te pagaré un sueldo mensual, el doble de lo que ganas en Londres como profesor —le dijo—. Vendas muchos libros o pocos libros, te pagaré siempre un sueldo que te permitirá dedicarte por completo a escribir.

Gracias a la fe inquebrantable que Balcells tenía en el destino literario de Vargas Llosa, y a que lo convenció de que no debía desempeñar oficios alimenticios como profesor o periodista, quehaceres que había ejercido en París y en Londres para pagar las cuentas, no fue arduo para Mario convencer a Patricia de que debían mudarse a Barcelona, donde vivieron cuatro años felices, como amigos y vecinos de los García Márquez. Pero ahora Patricia se sentía extenuada, no se daba abasto con los afanes domésticos, soñaba con tener unas empleadas que la ayudasen con los niños y hasta un chofer que los llevase al colegio, y eso sólo le parecía posible en Lima, la ciudad de la que se había marchado con apenas quince años para vivir en París y estudiar literatura.

—Pero Gabriel tiene una mujer que le limpia la casa y una cocinera —dijo Patricia—. ¿Por qué Gabriel puede tener empleadas y nosotros no?

Vargas Llosa se enojó:

—Porque Gabriel es millonario y yo no. Porque Gabriel tiene un carro descapotable y yo no. Porque Gabriel tiene un apartamento en París y yo no.

Patricia se replegó, guardó silencio, le pareció injusto ensañarse con su esposo, sólo porque vendía menos libros que García Márquez.

–¿No entiendes que *Cien años de soledad* ha vendido mucho más que todos mis libros juntos? ¿No entiendes que Gabriel vende diez veces más que yo?

García Márquez se había mudado a Barcelona con su esposa Mercedes y sus hijos Rodrigo y Gonzalo el mismo año en que publicó *Cien años de soledad*. Llevaban siete años viviendo en esa ciudad, tres más que los Vargas Llosa. Carmen Balcells no le pagaba un sueldo mensual, a diferencia de lo que hacía con Vargas Llosa, quien cobraba un salario mínimo, un monto que le permitiera pagar las cuentas familiares aun si las regalías de sus libros decrecían. Esos siete años que llevaba viviendo en Barcelona, García Márquez, o más exactamente su agente Balcells y sus editores en todo el mundo, habían vendido tres millones de ejemplares de *Cien años de soledad* y un millón de ejemplares de sus otros títulos. Era millonario en dólares. Por eso se paseaba por Barcelona y la Costa Brava en un BMW azul, serie cinco, convertible, tan diferente al carrito cochambroso con el que había recorrido Europa del Este con su amigo colombiano Plinio Apuleyo Mendoza, tantos años atrás, cuando aún soñaba con ser un escritor consagrado y su primera novela, *La hojarasca*, no había tenido éxito.

–Muy bien –dijo Vargas Llosa–. Tú ganas, Patricia. Nos vamos a Lima. Pero nos vamos en barco.

–¿En barco? –se sorprendió Patricia–. ¿Por qué en barco?

–Porque es más económico –dijo Mario.

–¡Pero son tres semanas, Mario! ¡Tres semanas en un barco con los niños! ¡Voy a volverme loca!

–Viajaremos en barco –dijo Vargas Llosa–. No puedo mandar mis libros en barco y volar en avión. Si se hunden mis libros, me hundiré con ellos.

En los años que llevaba viviendo en Europa, dos en Madrid, siete en París, tres en Londres, cuatro en Barcelona, Vargas Llosa había reunido una copiosa biblioteca, centenares de títulos en español, en francés, en inglés, no sólo novelas, pero también relatos, poesía, ensayos, textos de no ficción. Esos libros eran su tesoro más preciado, muchos le habían sido obsequiados por sus autores, con firmas y dedicatorias afectuosas. No se sentía capaz de desapegarse de ellos. Los niños eran el tesoro de Patricia; los libros, el de Mario.

Carmen Balcells no intentó disuadir a Vargas Llosa de mudarse de regreso a Lima, ciudad que él había dejado con apenas veintidós años, recién casado con su tía política, Julia Urquidi. Sabía que Vargas Llosa era terco, rebelde, empecinado en perseguir una visión artística de las cosas, de la existencia humana, de su propio destino. Sabía que, cuando se convencía de algo, no daba su brazo a torcer. Por eso Balcells y los García Márquez apoyaron a los Vargas Llosa en su quijotesca determinación de mudarse a Lima y organizaron no una, sino varias fiestas de despedida, y hasta acudieron al puerto de Barcelona a darles un abrazo y desearles buena travesía, feliz viaje:

–Aprovecha estas semanas en el barco para escribir –le dijo Balcells a Vargas Llosa.

–No haré otra cosa que escribir –dijo Mario.

–Nos vemos pronto, ahijado –le dijo García Márquez a Gonzalo Gabriel Vargas Llosa, el segundo hijo de Mario y Patricia, de quien era padrino, mientras lo tomaba en brazos, lo abrazaba y lo besaba en las mejillas y en la frente.

Balcells no quiso decirle a Vargas Llosa lo que su vidente y su astróloga le habían dicho: que ese viaje en barco del puerto de Barcelona al del Callao entrañaba un serio peligro para los Vargas Llosa.

–Mis brujas deben estar exagerando –pensó, y se guardó el secreto.

Pero las brujas de Balcells, a las que ella consultaba todo o casi todo lo importante, tenían razón: algo tremendo estaba por ocurrir esas tres semanas, en el barco con destino al Callao, el puerto de Lima.

No era un barco lujoso, pero estaba dotado de las mínimas comodidades para hacer la travesía llevadera: un buen restaurante, un espacio para bailar al lado del comedor, una sala para proyectar películas y una piscina. Patricia les prometió a sus hijos que verían buenas películas infantiles todos los días, pero el catálogo de títulos para niños era muy limitado y, cuando se terminaron, Mario decidió que sus hijos, niños todavía, verían con él y Patricia las películas para adultos, aun si tenían escenas de sexo y violencia. Aunque Patricia se opuso al comienzo sin demasiada convicción, luego comprendió que los niños se quedaban dormidos viendo las películas francesas, italianas, españolas que proyectaban en la sala de cine, de modo que era ella quien más interés tenía en que Álvaro y Gonzalo viesen todas las películas, en particular las de adultos, mientras, exhausta, ojerosa, le daba el pecho y arrullaba a Morgana.

Vargas Llosa había pagado por tres camarotes: uno para los niños, otro para él y Patricia, y uno más para encerrarse a escribir: en este último habían acomodado una mesa grande y una silla, donde colocó su máquina de escribir, sus papeles, sus anotaciones. Estaba escribiendo, o se disponía a escribir, la primera versión de *La tía Julia y el escribidor*, originalmente titulada *Vida y milagros de Raúl Salmón*, y luego *Vida y milagros de Pedro Camacho*, una novela que sería publicada tres años más tarde.

Una noche, durante la cena en el restaurante del barco, se acercó a los Vargas Llosa una joven, muy guapa, con sombrero y guantes negros, y le dijo a Mario:

–¿Sería usted tan amable de firmarme este libro?

Le alcanzó una copia de *Pantaleón y las visitadoras*.

–Con muchísimo gusto –dijo Vargas Llosa, al tiempo que miró con asombro a la joven, cuya belleza y elegancia lo deslumbraron–. ¿A nombre de quién? –preguntó.

Patricia Llosa miró con simpatía a la mujer.

–Quizás podemos hacernos amigas y conversar juntas en la piscina, mientras Mario escribe –pensó.

–A mi nombre –dijo la joven, pero no lo precisó.

–¿Debo adivinar su nombre? –preguntó Vargas Llosa.

–Susana –dijo ella–. Susana Diez Canseco.

–¿Es usted peruana? –preguntó Vargas Llosa.

–Sí –dijo ella–. A mucha honra.

—Por favor, siéntate, Susana —dijo Patricia, sin advertir el peligro—. Acompáñanos a comer. Y basta de tratarnos de usted, por favor.

Vargas Llosa firmó:

—A Susana Diez Canseco, con la ilusión de ser tu amigo y firmarte muchos libros más, Mario, en el barco *Rossini*, de Barcelona a Lima, 1974.

Susana Diez Canseco era muy hermosa y ella lo sabía bien. Parecía una actriz de cine. Alta, delgada, la mirada felina y esquinada, los gestos suaves, cadenciosos, como en cámara lenta, se despojó del sombrero y los guantes, se sentó y dijo:

—He leído todos tus libros, Mario. Eres un genio. Soy tu más grande admiradora.

Vargas Llosa sonrió y agradeció, arrobado. No estaba desacostumbrado a que le dijeran cosas así.

—El único que no me gustó, porque no entendí nada, es *La casa verde*. ¡Qué cantidad de palabras rebuscadas sabes!

Patricia soltó una risa burlona, al tiempo que Mario dio un respingo.

—Es demasiado enredado, demasiado intelectual para mí —dijo Susana, como disculpándose.

—A mí también me pareció complicadísimo —dijo Patricia.

Luego añadió:

—Te lo dije, Mario, ese libro es para los críticos que te aman, pero no para las lectoras como Susana y yo.

—¿Estás escribiendo una nueva novela? —preguntó Susana.

—Mario siempre está escribiendo —dijo Patricia—. Incluso cuando duerme está escribiendo.

Se rieron. Vargas Llosa se sintió halagado. Pensó:

—¿Qué hace una jovencita así en un barco como este? ¿Y qué hace sola, o aparentemente sola?

Por eso le preguntó:

—¿Estás viajando sola?

Susana hizo un mohín entre afligido y coqueto y respondió:

—Sí. Me he separado de mi marido. Vivíamos en Madrid. No tenemos hijos, por suerte. Me regreso a Lima.

Vargas Llosa se sorprendió por la franqueza de la mujer.

—Ya no estoy enamorada de Andrés –dijo ella–. Y extraño a mares vivir en Lima.

Susana Diez Canseco había sido modelo en Nueva York, París y Londres con apenas dieciocho años, una niña bien, criada en una familia rica, habituada a todos los privilegios, todas las gollerías. Harta de ser modelo, había estudiado arquitectura y conocido a quien sería su marido, Andrés, pero dejó la carrera a medias, se aburrió. Quería dedicarse al mundo de la moda. Soñaba con diseñar vestidos, zapatos, bolsos, accesorios para mujeres. Pero no necesitaba ganarse la vida: sus padres eran ricos. Tenía apenas veinticuatro años, pero se sentía toda una dama, y si bien reprimía a menudo su apetito erótico, sabía que un hombre inteligente, culto, con sentido del humor, podía gobernarla sin mayor oposición por su parte. Era levemente menor que Patricia, que, en aquella travesía marítima, tenía veintinueve años. Era bastante menor que Mario, quien, resignado a mudarse de regreso a Lima, custodiando el tesoro de sus libros, llevaba cumplidos treinta y ocho años y era un autor de éxito universal, traducido a numerosos idiomas gracias a su agente Balcells, un escritor consagrado, un mito, una leyenda antes de cumplir los cuarenta. La crítica literaria más exigente, no sólo la española, pero también la francesa, la alemana, la italiana, la inglesa, la portuguesa, afirmaba que Vargas Llosa, en la década de los sesenta, había publicado no una, no dos, pero tres obras maestras: *La ciudad y los perros, La casa verde* y *Conversación en La Catedral.*

—¿Y por qué decidiste viajar en barco y no en avión? –preguntó Patricia, curiosa.

—Porque viajar en barco me parece muy romántico.

Morgana se impacientó en los brazos de su madre, empezó a llorar. Con toda naturalidad, Patricia se descubrió el pecho y le dio de lactar.

—Lo que más extraño de Lima es la maravillosa comodidad de tener empleadas domésticas –dijo Susana Diez Canseco.

—¡Yo sueño con tener una que me limpie y me cocine, y otra que me cuide a los niños! –se entusiasmó Patricia.

—¿No es fantástico vivir en Lima? –dijo Susana–. No tienes que ir nunca al mercado, ni cocinar, ni limpiar, ni lavar la ropa.

Todo te lo hacen perfecto esas señoras maravillosas. Y además cuidan a tus hijos mejor que tú misma.

—¡Como si fueran sus propios hijos! —la secundó Patricia.

Vargas Llosa no participaba de la conversación, o no con demasiado ahínco. Parecía retraído, ensimismado. Miraba con disimulado arrobo a Susana.

Terminada la cena, se despidieron.

—¿Nos vemos mañana en la piscina? —le dijo Patricia a Susana.

—Seguro, ahí nos vemos —dijo Susana—. Pero no soy madrugadora. No me esperes por la mañana. Yo duermo hasta la una de la tarde. Así que caeré por la piscina tipo tres, ¿te parece?

—Estupendo —dijo Patricia.

—Yo estaré escribiendo en mi estudio —dijo Mario.

—¿Tienes un estudio acá en el barco? —se sorprendió Susana.

—Sí —dijo Mario, muy serio—. Yo no puedo vivir sin escribir. Escribo todos los días, incluidos domingos y feriados.

—Eres un genio —le dijo Susana—. Un orgullo del Perú. Algún día ganarás el Nobel.

—Es un genio escribiendo, pero para todo lo demás es un inútil, un cero a la izquierda —dijo Patricia, y se rieron los tres.

Esa noche, tras vigilar que los niños dormían profundamente, Vargas Llosa hizo el amor con Patricia, pero no dejó de pensar en Susana, en las infinitas posibilidades eróticas que esa mujer tan bella y elegante parecía esconder o prometer. Reposando tras los escarceos amorosos, Patricia le dijo a Mario:

—Creo que Susana puede ser una buena amiga, al menos estas semanas en el barco.

—Me parece fantástico que se acompañen, mientras yo escribo —dijo Mario.

A la mañana siguiente, después de desayunar como si fueran a la guerra, los Vargas Llosa se instalaron en la piscina y, mientras Patricia embadurnaba de protector solar a los niños y daba leche a la bebita, Mario se dirigió a su estudio para continuar escribiendo *La tía Julia y el escribidor*. Pero antes pasó por el despacho de la capitanía del barco y habló con uno de los jefes, que era italiano.

—¿Sabrá usted en qué camarote está la señora Susana Diez Canseco, que es mi amiga peruana, a quien deseo obsequiarle uno de mis libros? –preguntó, en tono ceremonioso, hablando en italiano, idioma cuyos rudimentos había aprendido leyendo las traducciones a ese idioma de sus novelas.

El navegante no tardó en decirle a Vargas Llosa el número del camarote en que se encontraba la señora Diez Canseco. Con la misma determinación con que había seducido con apenas dieciocho años a su tía política Julia Urquidi cuando esta tenía treinta y uno, con el mismo aplomo con que había conquistado a su prima hermana Patricia Llosa cuando esta tenía sólo quince años, como si un viento huracanado nacido de los mares más chúcaros lo llevase inexorablemente a ese destino riesgoso, a esa mujer, a esas infinitas posibilidades eróticas, con la hombría y la ferocidad con que se había inaugurado a los catorce años con las putas afrancesadas de Lima, con la porfiada certeza de que un escritor era la suma de los libros que había leído, pero también de las mujeres que había amado, Vargas Llosa caminó a toda prisa hacia el camarote donde suponía que estaría durmiendo sola Susana Diez Canseco. Inhaló una bocanada profunda, se dijo a sí mismo ten fe, y tocó la puerta con la mano derecha, con los nudillos y el anillo matrimonial con que, dos años más tarde, en un cine de la capital mexicana, dejaría noqueado y sangrando a García Márquez.

Susana Diez Canseco despertó con un cierto sobresalto, caminó unos pasos, abrió la puerta en camisón de dormir, una tela blanca y translúcida.

–¡Mario, qué sorpresa! –dijo.

Sin decir una palabra, Vargas Llosa entró, cerró la puerta, la besó resueltamente con el ardor de un cadete que volvía de la guerra, un prisionero que recobraba la libertad, le quitó el camisón, la tendió en la cama y le hizo el amor como si el barco fuese a hundirse unas horas más tarde, como si el futuro fuese apenas una quimera. Rendida, exhausta, Susana Diez Canseco pensó:

–Ahora entiendo por qué la tía Julia y la prima Patricia se enamoraron sin remedio de este hombre.

Mientras, Vargas Llosa se vestía deprisa porque sentía la urgencia impostergable de escribir.

–Patricia, quiero que sepas que he tomado la decisión irrevocable de separarme de ti.

Después de tres semanas cruzando el Atlántico, el canal de Panamá y surcando las aguas del Pacífico, cuando ya se divisaban las costas peruanas, se oteaba en el horizonte el puerto del Callao, Vargas Llosa, que gozaba mintiendo en sus ficciones, pero sufría si mentía en su vida personal, le dijo a su esposa, quien lo miraba incrédula, atribulada, que el matrimonio de nueve años y tres hijos había concluido.

–¿Irrevocable? –preguntó Patricia–. ¿Qué significa eso, se puede saber?

Vargas Llosa hizo un gesto levemente desdeñoso y dijo:

–Que es definitivo. Que no hay marcha atrás.

–¿En serio me estás dejando, Mario?

Patricia sintió que las piernas le temblaban, que un súbito mareo se apoderaba de ella, que podía desmayarse de pronto.

–Sí. Ya no estoy enamorado de ti.

Gracias a su sigilo, su discreción, su astucia, sus dotes histriónicas, Susana Diez Canseco había sido, en el barco, la mejor amiga de Patricia todas las tardes en la piscina, todas las noches en el restaurante y la pista de baile, hasta bailando ambas, mientras Mario las miraba arrobado, y, al mismo tiempo, la amante furtiva, encubierta de Vargas Llosa, quien la visitaba brevemente, apenas quince minutos, para hacer el amor de manera furibunda, atropellada, antes de sentarse a escribir. Patricia no los había pillado una sola vez ni sospechaba que Mario estaba acostándose con Susana y hasta le decía ingenuamente a su esposo que estaba feliz de haber ganado a una amiga tan refinada, tan culta, tan divertida:

—Tendrías que hacer una película y darle el papel principal a Susana —le había dicho Patricia a Mario, durante una cena en el restaurante del barco—. Parece una actriz de Hollywood, ¿no crees?

No sabía que Susana, tan buena actriz, estaba actuando aquellos días en alta mar el arriesgado papel de que era su amiga y, a la vez, la amiga de Mario, una impostura que escondía la verdad: era la amante a hurtadillas de Mario y la amiga pérfida de Patricia.

—¿Estás enamorado de otra mujer? —preguntó Patricia.

—Sí —dijo Mario—. Estoy enamorado de Susana.

—¿De Susana? —preguntó Patricia, sorprendida—. ¿De qué Susana?

—Susana Diez Canseco —dijo Mario—. Nuestra amiga del barco.

Encerrada en su camarote, Susana le había rogado a Mario que no le dijera nada a Patricia en el barco, que esperase pacientemente a desembarcar, a instalarse en Lima, ya luego podía decirle, si de veras estaba convencido, que quería separarse de ella. No se sentía tranquila rompiendo ese matrimonio improbable, entre primos hermanos, con tres hijos de por medio. Amaba a Mario, pero, por otro lado, era o creía ser una mujer de buen corazón, de buena entraña, y le daba pena, auténtica pena, romper el matrimonio entre Mario y Patricia.

—¿De Susana Diez Canseco? —preguntó, perpleja, Patricia—. ¿Me vas a dejar por Susana Diez Canseco?

Patricia sintió ganas de abofetear a su primo hermano, de estrangularlo, de arrojarlo por la cubierta al mar encrespado.

—Sí —confesó Mario, sin rodeos—. Estoy enamorado de Susana.

—¿Te has acostado con ella? —preguntó Patricia—. ¿Me has sido infiel?

—Sí, por supuesto que me he acostado con ella. ¿O me crees tan tonto de enamorarme platónicamente de ella?

Luego soltó una risa displicente.

—¿O sea que mientras yo estaba dándole de lactar a Morganita, tú estabas acostándote con Susana?

Mario guardó silencio.

−¿Y los niños? −preguntó Patricia, haciendo esfuerzos para no romper a llorar−. ¿No te dan pena tus hijos?

−Tú te quedarás con los niños en Lima. Yo me iré con Susana.

−¿Adónde?

−Todavía no lo sé. Pero no puedo quedarme en Lima. El escándalo será tremendo. No podría escribir.

Patricia miró a su primo con fiereza y le dijo:

−Estás cometiendo el peor error de tu vida. Vas a perder el cariño de tus hijos. Vas a alejarte de ellos por una mujer que has conocido hace dos semanas.

−¡Tú sabes perfectamente que yo nunca quise ser padre! ¡Te hice madre porque me lo pedías, me lo implorabas! ¡Pues ahora ya eres madre, hazte cargo de tus hijos, y déjame ser libre y perseguir mi destino de escritor!

Patricia estalló:

−¡Eres un egoísta! ¡Sólo te importa tu destino de escritor! ¿Acaso crees que vas a ser un mejor escritor si nos dejas, si nos abandonas?

−No sé si un mejor escritor. Pero seré un hombre libre. Y para ser un buen escritor necesito sentirme libre, primita.

−¡No me llames primita! −se enfureció Patricia.

Luego pensó:

−Mis padres tenían razón. No debí enamorarme de Mario, no debí casarme con él, no debí darle tres hijos. A Mario sólo le importa su carrera de escritor. Se obsesionó conmigo porque soy su prima hermana, porque es un morboso, porque yo tenía quince años y le entregué mi virginidad en París. Todas las peleas que tuve con mis padres, todo el escándalo de casarme con mi primo hermano, todas las habladurías de que tendríamos hijos idiotas, tarados, con colas de cerdo, todo lo que he sufrido y sacrificado por Mario, que ni siquiera he terminado mi carrera en La Sorbona, que soy su secretaria, su asistenta, su cocinera, su limpiadora, la madre y nana de sus hijos, su propia nana, su ama de llaves a tiempo completo, todo para que ahora me deje y se vaya con Susana: qué estúpida fui al confiar en Mario, al pensar que no haría conmigo lo mismo que hizo con la tía Juliacha.

Pero Patricia no le dijo a Mario nada de eso. Se quedó en silencio, replegada, ensimismada, como un animal herido. No encontraba palabras para defenderse ni para insultar a su esposo o a Susana Diez Canseco. Sólo se limitó a preguntar:

—¿Y tus libros? ¿Dónde dejarás tus libros?

—En nuestra casa en Barranco, dónde más —respondió Vargas Llosa.

Con las regalías de sus novelas, con los dineros que le transfería su agente Carmen Balcells, con los más de cien mil ejemplares que había vendido en apenas un año *Pantaleón y las visitadoras*, Vargas Llosa había construido una casa de tres pisos en el barrio bohemio de Barranco, en Lima, con vistas al mar Pacífico y una biblioteca muy grande para sus libros.

—Tú te quedarás con la casa de Barranco, con los niños y con mis libros —dijo Vargas Llosa—. Y te cederé las regalías de todas las novelas que he publicado.

—Eso es imposible —dijo Patricia.

—No es imposible, si se lo pido a Carmen Balcells —dijo Mario.

—Es imposible porque ya le cediste los derechos de *La ciudad y los perros* a la tía Julia.

—Pues se los quitaré, los compraré, y te los daré a ti —dijo Vargas Llosa, que, en cosas de dinero, era de una extraordinaria generosidad.

Mario y Patricia se habían conocido desde niños, en la casa familiar de los Llosa, pues la madre de Mario, Dorita Llosa, era hermana del padre de Patricia, Luis Llosa. Habían jugado en la casa de Cochabamba de don Pedro Llosa, abuelo de ambos, y en la casa de Piura, y en la de Miraflores. Se habían enamorado en París, cuando Patricia tenía quince años y Mario, con veinticinco, aún estaba casado con su tía política Julia Urquidi, hermana de Olga Urquidi, la madre de Patricia. Es decir que la madre de Patricia, Olga Urquidi, había sido tía de Mario, y luego su cuñada, y finalmente su suegra: Mario se había casado primero con su hermana Julia y después con su hija Patricia. Increíblemente, Olga y Lucho, padres de Patricia, suegros y tíos de Mario, habían asistido a la boda entre los primos hermanos, pues creían que Mario era un genio y como todo genio estaba un poco loco, pero era un genio bueno, un loco de buen corazón, y por eso lo querían sin reservas, a pesar de los escándalos, los chismes, las habladurías: ¡ya sólo falta que Vargas Llosa se case con su hermana, menos mal que no tiene hermana!

–Quiero hablar con Susana ahora mismo –dijo Patricia.

–Imposible –dijo Mario–. No quiere verte.

–Llévame a su camarote ahora mismo –ordenó Patricia.

–Por favor, contrólate. No me hagas escenas de celos. En un par de horas el viaje habrá terminado y nuestra relación también.

–¡Llévame donde Susana! –gritó Patricia.

–¡No lo haré! –gritó Mario–. ¡Compórtate como una mujer civilizada, Patricia! ¡Has vivido en París, en Londres, en Barcelona! ¿No has aprendido nada? ¿Vas a portarte como una peruanita de telenovela?

–¡Me llevas donde Susana ahora mismo! –dijo Patricia–. ¡No soy inglesa y tú tampoco, idiota!

Resignado, Mario llevó a Patricia al camarote de Susana Diez Canseco. Tocó la puerta. Susana vio por la mirilla y no vio a Patricia, sólo a Mario, por eso abrió sin vacilar, sonriendo, diciendo:

–Mi potro, mi potrillo.

Entonces vio que, detrás de Mario, agazapada, se escondía, menudita, robusta, iracunda, la prima Patricia, quien dio dos pasos, resueltamente, y le dio un empujón a Susana, quien a punto estuvo de caer al suelo, dio unos pasos atrás, tambaleándose, y se sentó en la cama, sin saber qué decir.

–¡Traidora! –le dijo Patricia.

Susana sólo atinó a responder, con su discreta elegancia:

–Mil disculpas, Patricia. Estas cosas pasan.

–¡Todo Lima sabrá que eres una traidora! –le dijo Patricia.

Y luego, mirando a Mario, añadió:

–¡Todo Lima sabrá que eres una rata!

Patricia se marchó, ofuscada, pensando:

–Mario no verá más a sus hijos. Lo haré sufrir. Me ha humillado. Algún día me vengaré de él y lo haré sufrir. Algún día vendrá de rodillas, arrastrándose, a pedirme perdón.

Vargas Llosa entró en el camarote de Susana Diez Canseco, la abrazó, la besó y le dijo:

–Eres la mujer de mi vida, el gran amor de mi vida. A Patricia ya no la quería. Ella sólo vive para los niños, pero mi vida y mi destino de escritor le importan un comino.

Susana se dejó acariciar y luego dijo:

–Mario, quiero decirte algo importante.

–Dime, Susana. No te calles nada. No te guardes nada. A mí puedes contármelo todo.

–No quiero casarme contigo. No quiero tener hijos contigo. Quiero que seamos libres.

–De acuerdo, Susana. No podría estar más de acuerdo. Yo nunca quise tener críos. Me aterraba la idea de ser padre. Patricia me obligó. Estaba empecinada con ser madre. Bueno, ahora ya es madre, que se ocupe de ellos y que me deje en paz.

–Algo más, Mario.

–Dime, Susana.

Entonces Susana Diez Canseco miró con un brillo malicioso a Vargas Llosa y dijo:

–¿Te harías la circuncisión por mí?

Vargas Llosa la miró incrédulo, helado. Dio un respingo, se sintió tocado en su orgullo, su virilidad.

–¿La circuncisión? –preguntó, sin entender–. ¿A qué te refieres?

–A que no me acostumbro a hacer el amor con un hombre con la pinga encapuchada –dijo Susana–. Nunca me había acostado con una pinga encapuchada.

Hubo un silencio extraño, que acaso los distanció: Vargas Llosa se puso de pie, se alejó tres pasos.

–¿Hablas en serio? –dijo–. ¿O me estás tomando el pelo?

–Hablo en serio, totalmente en serio –dijo Susana Diez Canseco–. Si quieres ser mi novio, tienes que hacerte la circuncisión.

–¡Pero tengo treinta y ocho años, Susana! ¿Cómo voy a hacerme la circuncisión a mi edad?

–Si de verdad me quieres, te la harás –dijo Susana–. Hay cosas que se hacen por amor.

Vargas Llosa soltó una risa franca y sintió que amaba a Susana como hacía mucho tiempo no había amado a una mujer.

—Te dije que no te casaras con tu primo —le dijo Olga Urquidi a su hija Patricia Llosa, cuando se enteró de que Vargas Llosa se había enamorado de otra mujer, en el barco de bandera italiana que cruzó el Atlántico—. Te dije que Mario te dejaría, como dejó a mi hermana Julia. Te lo dije, pero no me hiciste caso.

Fatigada por el largo viaje, mareada y aturdida por la sensación extraña de estar en tierra, en su tierra, sintiéndose una extranjera, una desterrada, una mujer atravesada por la mala fortuna, la suerte contrariada de haber perdido a su hermana Wanda en un accidente aéreo y ahora perder el amor de su esposo Mario, Patricia dijo, furiosa, fiel a su carácter volcánico:

—¡Tenía quince años, mamá! ¡Quince años cuando me enamoré de Mario, cuando le di mi virginidad! ¡Y luego se murió Wandita y eso nos unió más! ¡Pensé que era un amor para toda la vida! ¡Eso me juró Mario!

El padre de Patricia y esposo de Olga Urquidi, Lucho Llosa, permanecía en silencio, un silencio ensimismado, inescrutable, el mutismo de un hombre que, por un lado, amaba a su única hija viva, tras haber perdido a su hija mayor, y el de un tío y suegro de Vargas Llosa que, por otro lado, seguía pensando que su sobrino era un genio tocado por los dioses, y, como buen genio, un loco impredecible, y, como buen loco impredecible, un quijote que se entregaba a las pasiones amorosas con una honestidad, un candor y una pasión literarias, novelescas.

—Ya se le va a pasar la calentura a Marito —vaticinó—. Dale tiempo, hija. Ya volverá y te pedirá perdón.

—¡No lo perdonaré jamás, papá! —exclamó Patricia, levantando la voz—. ¡Me ha humillado!

–Pero él es así –dijo Olga–. Lo mismo hizo con Julia. No lo hace de malo, lo hace porque es un mujeriego, un donjuán.

–El último playboy de Miraflores –dijo Lucho, con una sonrisa socarrona.

Los niños dormían en el cuarto de huéspedes de Lucho y Olga. Patricia no quería dormir en la casa de Barranco, porque Mario le había pedido que esperase a que acomodara sus libros en la biblioteca de aquella mansión de tres pisos, en el malecón, con vistas espléndidas al mar:

–Dame una semana o dos para ordenar mis libros en la biblioteca y luego me iré con Susana lejos de Lima y la casa de Barranco será tuya.

Pero Mario no sabía adónde ir con Susana, y Susana quería quedarse un tiempo en Lima, para descansar del largo viaje y reunirse con su familia y sus amigas:

–No le contaré lo nuestro a nadie –le prometió Susana a Mario.

–Yo tampoco –dijo Vargas Llosa–. Debemos ser sumamente discretos. Ya estoy harto de escándalos amorosos.

Para no llamar la atención ni echar a volar los chismes Vargas Llosa dormía en un hotel en el centro de Lima, el Bolívar, y Susana Diez Canseco en la casa de sus padres, en San Isidro, cerca del club de golf. Los padres de Vargas Llosa, Ernesto Vargas y Dorita Llosa, se habían mudado a Los Ángeles, California, hartos de la dictadura militar de izquierdas en el Perú, que había confiscado bancos, haciendas y minas a los empresarios más acaudalados, y ahora trabajaban duramente como obreros en una fábrica de zapatos. Vargas Llosa llevaba un tiempo largo sin verlos. Odiaba a su padre, no quería verlo más. No le perdonaba la saña, la crueldad, la sevicia, la mala leche con que lo había tratado, desde que, con diez años cumplidos, y creyendo hasta entonces que su padre estaba muerto, en el cielo, había conocido a Ernesto Vargas, sólo para descubrir bien pronto que el destino aciago de ambos era el de ser enemigos. Al mismo tiempo, Vargas Llosa adoraba a su madre, Dorita, y pensaba que todo lo bueno que conocía del mundo se lo debía a ella y a su familia, a los Llosa, a los abuelos Pedro y Carmen Llosa, a los tíos Lucho y Olga Llosa, quienes, desde muy niño, lo habían mimado y consentido, y habían celebrado luego con gran alborozo sus éxitos como escritor.

—¿Por qué no vamos a Los Ángeles a visitar a tus padres? —le sugirió Susana.

—A visitar a mi madre, dirás —la corrigió Vargas Llosa—. Porque al miserable de Ernesto Vargas no quiero verlo más.

Insolente, recia de carácter, aunque de modales suaves, Susana dijo:

—Me gustaría conocer a tu padre.

—Es una bestia, un animal —dijo Mario—. Le pega a mi madre. No entiendo cómo ella sigue con él. Es una relación tóxica, espantosa. Mi madre es su esclava.

—De todos modos, me gustaría conocerlo —insistió Susana.

Vargas Llosa hizo un gesto de contrariedad. Estaban en el bar del hotel Bolívar, tomando unas copas. En realidad, era ella quien tomaba vino, porque Mario prefería tomar leche.

—¿Tu padre es del otro equipo? —preguntó Susana, que amaba el riesgo—. ¿Batea para el otro equipo?

Vargas Llosa la miró, sorprendido:

—No, que yo sepa. ¿Por qué dices eso?

—Porque el padre de Zavalita, Fermín, en tu novela *Conversación en La Catedral*, es medio marica, ¿no? Está enamorado de un chofer y guardaespaldas negro, Ambrosio, ¿verdad?

Vargas Llosa se sintió halagado y, al mismo tiempo, abochornado.

—Sí, quizás mi padre es medio marica —pensó, pero no lo dijo—. Quizás vive así, amargado, desdichado, con ganas de pegarle a mi madre, como me pegaba a mí de niño, porque es infeliz, porque no tiene la valentía de declararse marica.

—Todo lo que sé de mi padre —dijo— es que es un miserable. Y que tiene cuatro hijos con tres mujeres distintas. Todos varones.

—Vámonos a Los Ángeles a visitar a tu madre —dijo Susana—. Y después nos vamos a Nueva York, ¿no te hace ilusión?

No fue una tarea fácil para Vargas Llosa sacar sus cajas de libros, miles de libros, de la aduana, pagar las tasas, llevarlos en camiones de mudanza a su casa en Barranco, una casa que había construido con gran ilusión y ahora no ocuparía, y colocarlos con orden, paciencia y minuciosidad en la biblioteca del tercer piso. No sabía si sería capaz de vivir lejos de sus libros, de seguir escribiendo sin ellos. Pero no estaba dispuesto a renunciar a la pasión amorosa por Susana, así que debía despedirse de sus libros, de Barranco, de Lima, de la vida sosegada y familiar que Patricia y los niños prometían, para irse una vez más, con la certeza de que había nacido para irse todo el tiempo lejos del Perú.

Tampoco fue fácil para Patricia esperar a que su esposo terminase de organizar su biblioteca por autores, por idiomas, por afinidad con ciertos escritores. Ella y sus tres hijos seguían viviendo en la casa de Miraflores de Lucho y Olga, sus padres, no muy lejos de la casa de Barranco. Sin consultarle a Mario, Patricia matriculó a sus hijos Álvaro y Gonzalo en el mejor colegio francés de la ciudad, el Franco Peruano, y contrató a una empleada para que la ayudase a cuidar a Morgana.

–¿Qué vas a hacer con tu vida, hija? –le preguntó Lucho Llosa a Patricia–. El próximo año cumplirás treinta. ¿No quieres retomar tu carrera?

Patricia había dejado inconclusos sus estudios en La Sorbona, en París, cuando, con apenas veinte años, se casó con Mario, y un par de años después se mudaron a Londres, ya con dos hijos pequeñitos, nacidos ambos en Lima, el segundo de ellos, Gonzalo, ahijado de García Márquez, quien asistió con su esposa Mercedes al bautismo en Lima, a pesar de que eran ateos y los Vargas Llosa también: Mario lo fue desde muy joven y Patricia se volvió atea cuando cayó el avión de bandera francesa en una isla del Caribe, Guadalupe, matando a su hermana Wanda.

–No sé, papá –dijo Patricia–. Por ahora, lo que quiero es sobrevivir. Cuando toda Lima se entere de que Mario me ha dejado, va a ser horrible.

–Sé fuerte, hija. Tú siempre has sido fuerte, más fuerte que Mario. Fuiste terca para casarte con él, y ahora debes ser más porfiada para dejarlo ir y creer en ti. Además, cuando a Marito le pase la calentura, regresará con el rabo entre las piernas.

Una tarde, Olga Llosa llamó a gritos a su hija:

—Patricia, te llama por teléfono tu tía Julia.

Sorprendida, Patricia dudó antes de ponerse al teléfono. ¿Por qué Julia la llamaba desde Cochabamba, Bolivia? ¿Sabía que Mario estaba escribiendo una novela inspirada en ella?

—Juliacha, qué sorpresa me das, qué alegría tan grande —dijo Patricia.

—Mi sobrina linda, ¿cómo estás? —preguntó la tía Julia, en tono afectuoso.

—Qué raro que me hable así, con tanto cariño —pensó Patricia—. Las últimas veces que hablamos en París y en Lima, fue muy agresiva. Y sus cartas cuando me casé con Mario fueron tremendas. ¿Y ahora por qué me llama?

—¡Ya me enteré de la noticia bomba! —dijo Julia.

Había conocido a Mario cuando este era un niño, en Cochabamba. Se había enamorado de él cuando ella tenía treinta y un años y Mario apenas diecinueve. Se habían casado en Chincha, al sur de Lima, ante un alcalde pescador, un año después. Habían vivido juntos dos años en Madrid y cuatro en París. No habían tenido hijos porque ella no podía parir. Quedó encinta una vez, antes de partir a Madrid, pero perdió el embarazo. Sufrió ataques de celos en París, porque Mario, tras publicar *La ciudad y los perros*, novela ganadora del premio Biblioteca Breve, tenía mucho éxito con las mujeres y una curiosa debilidad por las putas más lindas.

—¿De qué noticia bomba me hablas, Juliacha? —preguntó Patricia, de pronto helada, temiendo lo peor.

—De Mario y Susana, pues, hijita —dijo Julia, en un tono risueño que enfureció a su sobrina—. Llamo para darte el pésame. Estoy muy apenada por ti. Pero yo te lo dije cuando me quitaste a mi Mario. Te lo dije, Patricia, ¿recuerdas? Te dije: Mario me aguantó nueve años y ahora me deja por una chiquilla de quince. Y algún día te dejará a ti también por una mujer más joven.

35

Patricia permaneció en silencio, sin saber qué decir. Luego hizo acopio de valor y preguntó:

–¿Cómo te has enterado, Julia?

Ya no le dijo Juliacha, como le decía antes, cuando se querían, cuando llegó a París con apenas quince años para vivir con la tía Juliacha y el primo Mario.

–Soy muy amiga de Amparo, la mamá de Susana –dijo Julia–. Ella me llamó y me contó que su hija, que es tan linda, regia, la conozco desde chiquita, está en amores con Mario, con mi Mario, con nuestro Mario.

–Julia, por favor, cállate, no sigas. Estás humillándome.

–Perdona, sobrinita, pero tenía que darte el pésame.

–Mario no está enamorado de esa mujer. Tiene una arrechura. Cosas de hombres. Ya le pasará.

–No te hagas ilusiones, Patricia –insistió Julia, insidiosa, cobrándose la revancha, diez años después de haber perdido el amor de Mario–. Marito, cuando se enamora, no piensa. Todo lo que tiene de genio para escribir lo tiene de bruto para enamorarse.

Julia Urquidi soltó una risita cínica, al tiempo que su sobrina le dijo:

–Bueno, tía, ya nos vemos. ¿Te puedo pedir un favor?

–Claro, sobrinita, el que quieras. ¿No quieres venir a esconderte acá en Cochabamba, con los niños, para que no te martiricen en Lima?

–No, tía. No iré a Bolivia. Pero, por favor, no sigas esparciendo el chisme en Lima. Te ruego que seas discreta.

–Claro, hijita, no te preocupes, te guardaré el secreto. Pero la chismosa no soy yo, la chismosa es Susana, la chismosa es Amparo, la mamá de Susana, ¿me entiendes? Ellas sienten que se han ganado la lotería.

–Adiós, tía –dijo Patricia, y cortó bruscamente.

Horas más tarde, ya de madrugada, sin poder dormir, apretujada en una habitación con sus tres hijos, ella y la niña en la cama, los niños sobre dos pequeños colchones tendidos en el suelo, Patricia, sollozando, humillada, se puso de pie, caminó al teléfono y marcó el número de los García Márquez en Barcelona. Los había conocido en Lima, siete años atrás, en una breve visita que Gabriel y Mercedes hicieron, tras una charla que sostuvieron Vargas Llosa y García Márquez en la facultad de ingeniería de una universidad. Habían sido amigos y vecinos en Barcelona durante cuatro años felices, ciudad a la que Gabriel se mudó apenas triunfó con *Cien años de soledad*, el año mismo en que esa novela fue publicada, ciudad a la que Mario y Patricia llegaron tres años después, cuando Vargas Llosa era también un escritor consagrado, alabado por la crítica más exigente, autor de tres obras maestras, aunque no tan vendedor ni millonario como García Márquez, y por eso, a diferencia del colombiano, dependiente del salario que le pagaba generosamente su agente Carmen Balcells, aun si las regalías de sus libros no cubrían dichos emolumentos.

Contestó Mercedes, la esposa de Gabriel, la egipcia, la serpiente del Nilo:

−¿Quién es?

Era media mañana en Barcelona, madrugada en Lima. García Márquez, vistiendo un mameluco azul de taller de mecánica, estaba encerrado en su estudio, escribiendo una novela desmesurada, torrencial, caudalosa, una novela que lo hacía reír y llorar, *El otoño del patriarca*, y cuando se quedaba sin ideas, sin palabras, sin inspiración, olía la rosa amarilla que Mercedes le había puesto en el florero, y volvía a las andadas, maliciando, tramando, urdiendo conspiraciones, sucumbiendo a vicios y picardías, haciendo hablar a todas las voces del Caribe que resonaban en su mente de fabulador.

−Mercedes, soy Patricia.

Enseguida Mercedes advirtió que Patricia Llosa, su íntima amiga, su vecina en Barcelona, su comadre, la musa de Mario, la prima incestuosa, estaba sollozando al otro lado del mar.

−¿Qué ha pasado, Patricia? −preguntó−. ¿Por qué lloras?

−Mario me ha dejado −dijo Patricia−. Se fue con otra mujer. Me dejó sola con los niños.

−¿Cómo? −dijo Mercedes, sorprendida−. ¿Qué dices? ¡Eso es imposible, Patricia! ¡Mario te ama!

–Se enamoró en el barco de una peruana, una modelo jovencita –dijo Patricia, y cada palabra que decía le dolía en el corazón, en el orgullo, ella que era tan orgullosa, tan altiva, tan respingada la nariz y poderosa la mirada aguileña.

–¡Mario no te dejará! –gritó Mercedes–. ¡Ya verás que en unos días regresa! ¡Espéralo, dale tiempo!

De pronto García Márquez salió de su estudio, arqueando las cejas, mirando a su esposa con un aire curioso y confundido, y preguntó:

–¿Qué carajos está pasando? ¿Quién se ha muerto?

–Nadie –dijo Mercedes–. Pero Mario se ha separado de Patricia.

–¿Dónde está Patricia? –preguntó Gabriel.

–En Lima –respondió Mercedes.

García Márquez cogió el teléfono con autoridad, respiró profundamente y dijo:

–Primita, no te quedes en Lima, ven a Barcelona.

–¡No puedo, Gabriel! ¿Y qué hago con los niños?

–Déjalos un tiempo con tus padres. Ven cuanto antes. Nosotros te invitamos. ¡Y no se te ocurra venir en barco, ven en avión!

–¡Pero tú sabes que sufro en los aviones porque recuerdo a Wandita!

–No pasará nada. Deja que mi compadre haga su vida. Tú ven a Barcelona. Acá está el piso que dejaron vacío. Nadie lo ha alquilado todavía. Lo alquilaremos hoy mismo para que puedas volver allí.

–Gracias, Gabriel, pero por ahora me quedaré en Lima.

Se hizo un silencio.

–¿Tienes oro? –preguntó García Márquez.

–¿Qué dices? –se sorprendió Patricia.

–¿Tienes oro puesto? –insistió Gabriel.

–Sí –dijo Patricia–. Tengo un reloj de oro, una cadena de oro y mi anillo matrimonial es de oro.

–Por eso Mario se ha ido –dijo Gabriel.

–No te entiendo –dijo Patricia.

–Sácate todo el oro que tengas encima, sácalo de la casa y

entiérralo lejos –dijo García Márquez–. Y luego saca todo el oro de la casa donde estás ahora.

–¿Por qué? –preguntó Patricia.

–Porque el oro es mierda –sentenció Gabriel–. El oro es pura mierda, primita. El oro trae la pava, es pavoso. Te has jodido por ponerte tanto oro encima. Te ha traído la pava.

Patricia permaneció en silencio.

–¿Me harás caso? –insistió Gabriel.

–Sí –dijo Patricia–. Ya me saqué el anillo. Lo voy a tirar al inodoro.

–Muy bien –dijo García Márquez–. Entierra todo el oro. Bótalo. Y ven pronto a Barcelona. Acá te esperamos.

–Pásame con Patricia –dijo Mercedes.

Luego dijo:

–Patricia, voy a ir a la bruja colombiana de Barcelona para hacerle un conjuro a Mario. ¿Cómo se llama la peruanita del barco?

–Susana.

–¿Susana qué?

–Susana Diez Canseco.

–Quédate tranquila, que mañana le clavamos alfileres a la puta esa. Y recuerda que yo me casé con Gabito cuando él ya se había hecho amigo de todas las putas de Cartagena y Barranquilla.

–¡Gran jefe inca! –le dijo García Márquez a Vargas Llosa, una noche de agosto, en el aeropuerto de Maiquetía, en Caracas, cuando por fin se conocieron personalmente.

Enseguida se fundieron en un gran abrazo. Vargas Llosa había llegado desde Londres y permanecido en el aeropuerto dos o tres horas, a la espera de que arribase García Márquez en un vuelo desde Ciudad de México, donde residía con Mercedes y sus hijos.

–¿Y Patricia? –preguntó Gabriel, al ver que Vargas Llosa se encontraba solo, sin su esposa.

–Vino conmigo desde Londres –respondió Mario–. Pero siguió vuelo a Lima. Allí nacerá nuestro segundo hijo. ¿Sabes cómo lo vamos a llamar? Gonzalo Gabriel. Gabriel, en honor a ti. Queremos que seas su padrino.

–Pues a mucha honra –dijo Gabriel–. ¿Para cuándo se espera el parto?

–Mediados de setiembre –dijo Mario–. En mes y medio.

–Allí estaré, hermanazo –dijo Gabriel.

Vargas Llosa, en París, había leído, traducida al francés, la novela breve *El coronel no tiene quien le escriba*. También había leído *Cien años de soledad*, que acababa de publicarse semanas atrás, a principios de junio, en Buenos Aires, y llevaba vendidos, sólo en esa ciudad, millares de ejemplares por mes: ocho mil en junio, doce mil en julio.

–Es una hazaña narrativa –escribió Mario, en una revista argentina, un artículo titulado «Amadís en América», celebrando el libro de su amigo.

Por su parte, García Márquez había leído, deslumbrado, *La ciudad y los perros* y, tres años más tarde, *La casa verde*. Tan impresionado quedó con el talento literario de Vargas Llosa, que empezó a escribirle cartas y hasta le propuso que escribieran juntos una novela. Hasta entonces, Vargas Llosa era el escritor consagrado, aplaudido por la crítica, y García Márquez el que aspiraba al éxito que le había sido esquivo con su primera novela, *La hojarasca*, que nadie quiso publicar, ni siquiera en Colombia, y acabó publicando él mismo con la ayuda de unos amigos. Tampoco tuvo suerte con *El coronel no tiene quien le escriba*, *La mala hora* y *Los funerales de Mamá Grande*, libros que, en el mejor de los casos, y así lo decía el propio autor, haciendo escarnio de su futuro como escritor, habían vendido apenas mil ejemplares cada uno. García Márquez soñaba con publicar en Seix Barral, la editorial que lanzó a la fama a Vargas Llosa, y ganar el Biblioteca Breve, distinción que había sido concedida al escritor peruano. Pero la percepción de que era Mario y no Gabriel el escritor de mayor éxito habría de cambiar muy pronto.

–¿Qué tal el vuelo? –preguntó Vargas Llosa, al salir del aeropuerto.

–Casi me muero –dijo García Márquez–. Casi me da un infarto. El avión estuvo a punto de caer.

Seguramente exageraba: odiaba viajar en avión, y sin embargo le dijo a Mario:

–Mercedes y yo hemos decidido dejar México, viajar a Barcelona y vivir unos años allá. ¿No te animas a venir con Patricia y los niños?

–Dame un par de años –dijo Mario–. Necesito terminar la novela que estoy escribiendo en Londres. No puedo dejar mi trabajo como profesor en la universidad. Me pagan bien y me dejan tiempo libre para escribir.

Caracas estaba convulsionada por un terremoto ocurrido días atrás, un sismo que había matado a centenares de personas. Por eso, al llegar al hotel Humboldt, una joya arquitectónica modernista, en la cima del monte Ávila, con vistas a la ciudad, inaugurado diez años atrás, García Márquez insistió en que le dieran una habitación en el primer piso, para salir corriendo al jardín si se registraba otro sismo o una réplica poderosa. En el bar del hotel, desde donde contemplaban las luces titilantes de Caracas, los barrios todavía a oscuras después del terremoto, García Márquez le obsequió a Vargas Llosa un ejemplar de *Cien años de soledad*, publicado por la editorial Sudamericana de Buenos Aires. Escribió:

«Para el gran jefe inca, por todo lo que nos une: los libros, los burdeles y la noche.»

Lo mismo que Vargas Llosa, que se había inaugurado sexualmente con las putas de Lima y de Piura, García Márquez, nueve años mayor que el peruano, había aprendido a ejercer su virilidad con las más encantadoras de Cartagena y Barranquilla, y hasta había vivido en los altos de un burdel en Barranquilla, donde él y las putas dormían hasta el mediodía y trabajaban de noche, ellas follando, él fabulando.

–No voy a dormir esta noche –dijo Vargas Llosa–. Me daré un festín, leyendo de nuevo esta obra maestra.

No mentía. Pasó la noche en vela, leyendo a su amigo, sintiendo que García Márquez era Dios. Por eso, pocos años después habría de publicar un ensayo sobre aquella novela, titulado *Historia de un deicidio*, sugiriendo que Gabriel había matado a Dios para erigirse en el insolente Dios de la literatura él mismo.

–¿Qué harás con el dinero del premio? –preguntó García Márquez.

–No lo sé –dijo Vargas Llosa–. Pero me dará un gran respiro. Con ese dinero puedo vivir dos y hasta tres años.

Se encontraban en Caracas porque Vargas Llosa se disponía a recibir el premio Rómulo Gallegos, que entregaba el escritor venezolano cada cinco años, un galardón dotado de veintidós mil dólares, dinero apreciable para un escritor en aquellos tiempos.

–Ten en cuenta –añadió Mario– que la universidad en Londres me paga quinientos dólares mensuales. O sea que veintidós mil dólares es una fortuna para nosotros, es lo que gano en casi cuatro años dando clases en Londres.

–Yo nunca he visto tanto dinero junto –dijo García Márquez, y no mentía, aunque muy pronto, con las ventas formidables de *Cien años de soledad*, ganaría mucho más, y de hecho obtendría el mismo premio Rómulo Gallegos cinco años más tarde por esa novela, aunque eso no podía saberlo aquella noche con Vargas Llosa en el bar del hotel Humboldt.

—Fidel quiere que done este dinero a la revolución —dijo Vargas Llosa.

—¿Qué dices? —se sorprendió Gabriel—. ¿Fidel está loco? ¿Cómo carajos vas a donar este dinero? ¡Pronto serás padre de dos hijos, y viviendo en Londres! ¡La revolución cubana no necesita ese dinero, pero tú sí!

—¿Piensas que no debo donarlo?

—Ni a cojones, hermanazo. Ni a palos. Esa plata no es tuya, es de Patricia y de tus hijos.

Luego Vargas Llosa relató:

—Alejo Carpentier vino a verme en Londres. Trajo una carta de Haydeé Santamaría. No me la entregó, no quiso dejármela. La leyó. Haydeé me decía que debía donar el dinero de este premio al Che Guevara, que lo necesita más que yo.

—¡Qué canalla! —dijo García Márquez—. ¡Y Carpentier haciendo de amanuense, qué triste!

—Me sentí francamente sorprendido y te diría que hasta violentado —prosiguió Vargas Llosa—. Aún no he recibido el premio y ya ellos decidieron por mí qué debo hacer con ese dinero.

—¡Mándalos al carajo! —dijo Gabriel—. ¿Hablaste con Fidel?

—No —dijo Mario—. Le dije a Carpentier que no me parecía una buena idea. ¿Y sabes lo que me dijo, el muy cabrón?

—¿Qué te dijo? —se interesó Gabriel.

—Me dijo: Si donas el dinero a la revolución y lo anuncias públicamente, luego la revolución te lo devolverá discretamente y con creces.

—¡Hijos de puta! —se enfadó Gabriel—. ¡Ni se les ocurra pedirme que done un centavo con las buenas ventas de esta novela! —añadió, señalando el ejemplar de *Cien años de soledad* que acababa de obsequiarle.

—Yo necesito esta plata —dijo Mario—. No pienso donarla a Fidel ni al Che Guevara, ¿comprendes?

—¡Claro que no debes donarla! —afirmó Gabriel—. ¡Qué insolencia, carajo! ¡Hablaré con Fidel!

García Márquez y Vargas Llosa apoyaban a Fidel Castro, se consideraban aliados de la revolución cubana. Fidel Castro había leído los libros de ambos y, cuando visitaban La Habana, solía impresionarlos, halagarlos en su vanidad, recomendando sus novelas en entrevistas con la prensa internacional.

–Mejor no hables con Fidel –sugirió Mario–. Ya le dije a Carpentier, que le llevó el mensaje a Haydeé, que, en mi discurso, al recibir este premio, diré un par de elogios a la revolución, pero no les donaré el dinero.

Por eso, tres días después, al recibir el premio Rómulo Gallegos, en un discurso vibrante y conmovedor, titulado «La literatura es fuego», Vargas Llosa dijo:

–Dentro de diez, veinte o cincuenta años, habrá llegado a todos nuestros países, como ahora a Cuba, la hora de la justicia social, y América Latina entera se habrá emancipado del imperio que la saquea.

Tras oír esas palabras de compromiso con la revolución cubana, García Márquez se puso de pie y aplaudió vigorosamente, al tiempo que el numeroso público en el auditorio lo secundaba y se rendía al talento del escritor peruano. Gabriel pensó:

–Es un genio, quedó bien con Fidel y se guardó el dinero del premio.

El dinero no era un asunto irrelevante para ambos escritores. Antes de conocer personalmente a Vargas Llosa, García Márquez solía aludir, en sus cartas a Mario, a las cosas del dinero, a las dificultades que encontraba para pagar las cuentas y sostener a su familia, a las deudas cuantiosas que contrajo para escribir, durante año y medio, en una casa alquilada en la capital mexicana, *Cien años de soledad*, una novela que escribió dedicado íntegramente a ella, dejando de lado sus trabajos ocasionales como guionista de cine y creativo de una agencia de publicidad, un libro que pensó que escribiría en apenas seis meses, pero que le tomó doce más. Por eso, antes de conocerlo, le había escrito una carta a Mario, donde le decía:

–Tengo que trabajar como un burro en México para acabar de pagar las deudas que me dejó la novela que ya escribí.

Su esposa Mercedes había vendido el coche de la familia para que Gabriel escribiera esa novela. Debían nueve meses de renta por la casa que alquilaban. Hasta debían el colegio de los niños.

En total, doce mil dólares. Sin embargo, muy pronto serían ricos. Pero eso todavía no lo sabían cuando Gabriel le escribía cartas mensuales a Mario, cartas que viajaban desde México DF hasta Londres:

–Mi mujer sueña con tener una Bonifacia, que es el nombre que ella les da a todas las criadas desde que leyó *La casa verde*.

Como Vargas Llosa, en Londres, fumaba cigarrillos negros, García Márquez le prometió en una carta, antes de conocerlo personalmente:

–Se me había olvidado el problema de los cigarrillos negros en Londres. ¡Es atroz! A la primera oportunidad, te mandaré cigarrillos mexicanos. De Colombia, cada vez que sea posible, te mandarán Pielroja.

Pocos meses antes de que ambos viajasen a Caracas para encontrarse en aquella ciudad con ocasión del premio que le sería concedido a Vargas Llosa, García Márquez le escribió otra carta que despachó a Londres:

–He aceptado la invitación a Caracas en agosto, torciendo mi principio de no asistir a esta clase de eventos estériles. Ahora hay un buen motivo, aunque solamente nosotros lo sepamos: vamos a poner las primeras bases del plan.

García Márquez, a pesar de su aversión a viajar en aviones, y su alergia a presentarse en congresos literarios y en toda clase de eventos públicos, viajó a Caracas por varias razones: para honrar la amistad y admiración que sentía por Vargas Llosa, para conocerlo en persona y, de paso, para convencerlo de que debían escribir juntos una novela, ese era el plan:

–Tenemos que escribir la historia de la guerra entre Colombia y el Perú –le dijo a Vargas Llosa, en el bar del hotel Humboldt.

–Es una idea formidable –dijo Mario.

–En la escuela nos enseñaron a romper filas con un grito: ¡Viva Colombia, abajo el Perú! –dijo Gabriel.

Vargas Llosa soltó una risa franca, mostrando sus dientes de conejo.

–Tú investigas la historia del lado del Perú y yo la investigo del lado de Colombia –prosiguió Gabriel.

–Suena estupendo –se entusiasmó Mario.

—Te aseguro que escribiremos el libro más delirante, increíble y aparatoso que se pueda concebir —dijo García Márquez, alisándose el bigote—. Tenemos que dinamitar la patriotería convencional, hermanazo.

Nadie había llamado nunca así al escritor peruano: hermanazo. En el Perú no era infrecuente que lo llamasen hermano, hermanito, pero no hermanazo. Es decir que aquella noche en Caracas, García Márquez admiraba tanto a Vargas Llosa que no sólo soñaba con publicar en la editorial Seix Barral, y ganar el premio Biblioteca Breve que Mario había ganado, y acaso adjudicarse también el Rómulo Gallegos, sino que hasta se ilusionaba pensando en escribir con él una novela a cuatro manos: Mario, con apenas treinta y un años cumplidos, era el escritor famoso, y Gabriel, cuarenta años recién cumplidos, el aspirante. Hasta entonces, Vargas Llosa había tenido más suerte literaria que García Márquez: había publicado un libro de cuentos, *Los jefes*, que ganó el premio Alas, de la editorial Rocas, dotado de diez mil pesetas, y dos novelas con Seix Barral, y la crítica se había rendido a él, sobre todo la española, a diferencia de la contrariada fortuna que parecía ensañarse con el escritor colombiano, cuyas novelas habían sido publicadas por editoriales menores, con pocas ventas y malas críticas.

—Vamos a escribir ese libro sobre la guerra entre nuestros países —dijo Mario, sin saber que, pocos días después, tras concluir la segunda lectura de *Cien años de soledad*, su determinación sería ya no escribir un libro con Gabriel, sino uno sobre él, sobre aquella novela genial, sobre la idea de que había nacido un nuevo Dios en la literatura y era García Márquez, con ese aire libertino, jodedor, concupiscente.

Un aire libertino, jodedor, concupiscente, que tantos líos le había traído cuando, años atrás, antes de casarse con Mercedes, antes de cumplir treinta años, había vivido en Roma, en Londres, pero sobre todo en París, ciudades en las que había sido pobre, muy pobre, sobre todo en París, donde tuvo que pedir limosna en el metro, cantando vallenatos, y donde la policía lo confundía fácilmente con un argelino en condición de indocumentado, dándole palizas y llevándolo a la estación policial para ficharlo como el argelino de pelo hirsuto y bigote cantinero que parecía ser. Hasta entonces, hasta la publicación de *Cien años de soledad*, García Márquez pensaba que la pava, la mala suerte, la maldita mala suerte pavosa, lo perseguía, se cebaba en él: por mala suerte, siendo corresponsal en Europa de un diario colombiano, *El Espectador*, se quedó sin trabajo, porque en su país un dictador cerró ese periódico; y lo confundían con argelino y lo aporreaban y a veces era tan pobre que tenía que dormir en una banca del parque y pedir limosna en el metro, cantando vallenatos; y por mala suerte recorrió con su amigo Plinio Apuleyo Mendoza, en un carrito destartalado, la Alemania comunista, y luego Viena, Praga, Varsovia, y no pudo cogerse a una alemana, a una checa, a una polaca, a una austríaca, y tampoco tuvo dinero para visitar los burdeles de esas ciudades, él que amaba tanto a las putas, pues apenas tenían plata para la gasolina y para comer, ni siquiera para dormir en hoteles, y entonces dormían en el autito desvencijado que Plinio, medio ciego, manejaba, y que no chocó de milagro; y por mala suerte se instaló en Nueva York, ya casado con Mercedes, ya nacido su hijo mayor, Rodrigo, pero la aventura terminó fatal, y tuvo que renunciar a la corresponsalía de una agencia de prensa cubana, Prensa Latina, porque se llenó de periodistas militantes en la causa ortodoxa del comunismo y García Márquez pensó que era mejor dar un paso al costado, salvar la independencia periodística y, arruinado, sin trabajo, sin auto, con deudas, con familia, tomar un ómnibus que lo llevó, con su familia, hasta la capital mexicana. Pero ahora, recién salida su novela *Cien años de soledad* en Buenos Aires, publicada por la editorial Sudamericana, vendiendo diez, doce, quince mil ejemplares por mes sólo en esa ciudad, García Márquez, tras pasar por Caracas y conocer a Vargas Llosa finalmente, sentiría una noche de agosto, en un teatro de la capital argentina, la gente puesta de pie, reconociéndolo, dándole vivas, gritándole «¡genio, genio, genio!», que una mariposa invisible, que sólo él podía ver, bajaba aleteando desde el cielorraso del teatro y se posaba sobre su cabeza y en ese mismo instante destruía los conjuros perniciosos de la pava y traía una ola de buena fortuna que no cesaría hasta el último de sus días.

–Iré yo solo a ver a Dorita –le dijo Vargas Llosa a su novia, Susana Diez Canseco, modelo muy joven y de momento retirada de las pasarelas–. Prefiero que te quedes en el hotel.

Se encontraban alojados en un hotel antiguo y señorial de Beverly Hills, el Beverly Hilton, en una cabaña frente a la piscina, gracias a que el gerente era amigo y lector de Vargas Llosa y le hacía un descuento. Vargas Llosa se refería a su madre no como mamá o mami o mi madre, sino por su nombre, Dorita, y lo mismo hacía con su padre, lo llamaba Ernesto, no papá, y por eso había educado a sus hijos en decirle Mario, no papi ni papá ni papito.

–Me encantaría conocer a tu madre –dijo Susana, haciendo un mohín contrariado–. ¿Por qué no me llevas? ¿Te doy vergüenza?

–No es eso –dijo Mario–. Prefiero ir solo. No quiero que Dorita se entere de que he dejado a Patricia. Le va a sentar fatal, ¿comprendes?

–Será lo que tú digas, mi amor –se replegó Susana–. Saldré a dar un paseo, comeré algo por ahí y luego estaré en la piscina.

Más temprano, cuando Susana todavía dormía, Vargas Llosa, que se despertaba a las seis de la mañana incluso los sábados, domingos y feriados, había llamado por teléfono a casa de sus padres y, para su fortuna, contestó Dorita.

–Estoy en Los Ángeles –le dijo Mario–. He venido a verte. Te invito a almorzar.

Dorita Llosa, madre de Mario, tía de Patricia, había sido invitada a la boda de Mario y Patricia, no así Ernesto Vargas, el padre del escritor, que decía incendios contra su hijo, a quien

48

acusaba de incestuoso y morboso, un pervertido, un sátiro en el seno de la familia.

–Qué alegría tan grande me das –dijo Dorita a su hijo–. Almorzaremos contigo hoy sábado. Tu padre se pondrá tan contento cuando le dé la noticia.

–No –la corrigió Mario–. Quiero almorzar contigo, Dorita, no con Ernesto.

–Pero Marito, no puedes hacerle ese desaire a tu padre, por el amor de Dios –suplicó Dorita–. No te vemos hace años. Tu padre está tan orgulloso de ti.

–No quiero ver a Ernesto –sentenció Vargas Llosa–. Almorzaremos solos tú y yo, Dorita.

–Como tú digas, hijito lindo –dijo Dorita, con voz compungida–. Tendré que decirle una mentira piadosa a tu papá. Si se entera, me mata.

–Mejor no le digas que estoy en la ciudad –sugirió Vargas Llosa–. Dile que vas a almorzar con una amiga.

–Eso haré, mi amor.

–No nos conviene que Ernesto sepa. Es capaz de hacerte una escena de celos.

–Tienes razón, hijito lindo.

Dorita Llosa estaba acostumbrada a que Ernesto Vargas la maltratase, la insultase, le pegase, la penetrase sexualmente sin preguntarle si ella lo deseaba. Estaba resignada a servirlo, a acomodarse a sus caprichos y antojos, a sufrir y llorar porque ese era el hombre que Dios, pensaba ella, le había enviado para conocer el verdadero amor, que no era el amor de la lujuria, de la pasión carnal, del egoísmo, sino el del sacrificio, de la entrega desinteresada.

–¿Has venido con Patricia y los niños? –preguntó Dorita.

–No –dijo Mario–. Estoy solo. Se quedaron en Lima. Patricia estaba muy cansada.

Quedaron en verse a la una en punto de la tarde, en un restaurante italiano de Beverly Hills, que el gerente del hotel le recomendó a Vargas Llosa:

–Allí van los actores de moda, las actrices más famosas, las estrellas de Hollywood: allí tienes que ir tú, Mario, que ahora eres una estrella.

Impecablemente vestido, peinado con gomina, orgulloso de su bigote recortado en peluquería, los zapatos brillantes que él mismo había limpiado en el hotel, Vargas Llosa caminó al restaurante, pensando que nunca podría vivir en esa ciudad:

–No es una ciudad para peatones, para caminantes, es para gente que prefiere ir en carro.

Vargas Llosa no tenía un auto, no deseaba tenerlo, decía que los coches sólo traían gastos, contrariedades, problemas, aunque gozaba paseando con García Márquez en el BMW convertible del escritor colombiano, en Barcelona. Dorita llegó puntualmente, abrazó a su hijo y rompió en llanto, temblorosa: no lo veía hacía unos años, se habían visto en Lima la última vez, poco antes de que Mario, convencido por su agente Carmen Balcells, dejase su trabajo como profesor en Londres y se mudase a Barcelona para ser un escritor a tiempo completo, profesional, sin oficios menores, alimenticios, un escritor en la plantilla de Balcells.

–¿Cómo está mi hijito, mi Marito, mi rey? –se emocionó Dorita, besando una y otra vez a su hijo, su único hijo, en la mejilla.

Ernesto Vargas, su esposo, el padre de Mario, tenía tres hijos más, con dos mujeres distintas, una que vivía en Lima y la otra en Los Ángeles: a sus dos hijos californianos, Ernesto los veía cada tanto, a la muerte de un obispo, y ellos llamaban tía a Dorita, pero Dorita los veía como dos piojos, dos gnomos, dos pigmeos sin el talento ni la elegancia de su hijo Mario, el rey del mundo, el gran escritor, el inconquistable.

Se sentaron a una mesa en la terraza, pero en la sombra, porque Dorita era de piel muy delicada, sensible a los rayos solares. Mario tenía treinta y ocho años y era ya un clásico, autor de tres obras maestras, un genio en lengua española: sólo dos años más tarde, días antes de cumplir cuarenta, noquearía a García Márquez en un cine en la capital mexicana.

–Mira los recortes que te he traído –le dijo Dorita, abriendo un cartapacio de cuero, sacando delicadamente recortes de periódicos, de revistas en inglés–. Mira las cosas maravillosas que salen en este país, diciendo que eres un genio, mi rey.

Luego le pasó a su hijo los recortes, uno a uno: críticas elogiosas del *New York Times*, del *Washington Post*, de *Los Ange-*

*les Times*, críticas laudatorias de la revista *Time*, de la revista *Newsweek*, alabanzas de la revista *The New Yorker*, de la revista *Life*, esta última con abundancia de fotos del escritor peruano, talento mayor de la literatura mundial, cuyas obras habían sido traducidas a numerosos idiomas, incluido por supuesto el inglés.

–Gracias, Dorita, eres un amor –dijo Mario, ojeando esos recortes, leyéndolos en diagonal, recordando haberlos visto en las carpetas de prensa que le enviaba la agencia Balcells, simulando verlos por primera vez para no decepcionar a su madre, que los había recortado y pegado en ese álbum desbordado de amor, a veces ella misma los encontraba en una revista o un diario, en ocasiones sus amigas le decían ¡mira lo que ha salido en el periódico sobre tu hijo, el genio!

–¿Cómo estás? –preguntó Mario–. ¿Cómo te sientes? ¿Estás bien de salud?

Dorita estaba por cumplir sesenta años. De complexión delgada, refinada en sus modales, serena y hasta dócil la mirada, una suma de bondades e inocencias, Dora Llosa creía en Dios, en la misa de los domingos, en la familia, en el trabajo, en hacer las cosas bien hechas, dignamente, con seriedad, y creía al mismo tiempo que lo mejor que le había pasado en la vida era ser madre de Mario y lo peor, ser esposa de Ernesto, el padre de Mario, la cruz que debía cargar, el suplicio que la atormentaba.

–Cansada –dijo Dorita–. Muy cansada.

–¿El trabajo en la fábrica es muy duro? –preguntó su hijo.

–Para qué te voy a mentir, Marito: sí, es duro, termino rendida. Pero más duro sería no tener trabajo, ¿no crees?

Mario ordenó una limonada para su madre y un vaso de leche fría para él.

–¿Qué haces en la fábrica? –preguntó.

Dorita suspiró antes de responder, como devastada por un cansancio antiguo, inmemorial:

–Pongo pegamento en la suela de cada zapato. Inserto los cordones, los pasadores, en los huequitos de cada zapato. Y cuando están listos, los limpio hasta que brillen.

–Y Ernesto, ¿qué hace?

Dora Llosa y Ernesto Vargas trabajaban juntos, de lunes a viernes, de siete de la mañana a siete de la noche, en la fábrica de zapatos de un amigo peruano, exmilitar, general retirado, que, en nombre de la revolución peruana, había robado dinero, comprando armamento soviético en los primeros años de la dictadura de Velasco Alvarado, una dictadura que Vargas Llosa había apoyado inicialmente, al creer que haría una revolución similar a la cubana en el Perú. Los fines de semana, Ernesto Vargas trabajaba también en un hotel.

—Tu papá hace de todo —respondió Dorita—. No se cansa nunca. Es un trabajador admirable. Es como tú, no puede vivir sin trabajar.

Mario hizo un leve gesto de contrariedad. Luego preguntó:

—¿Estás contenta viviendo con él, trabajando con él? ¿Hiciste bien en venir a Los Ángeles con él?

Dorita meditó su respuesta como si caminase sobre clavos ardientes y no quisiera lastimarse ni lacerar a su hijo, su rey, el rey del mundo, el inconquistable:

—Contenta no estoy —respondió—. Tú sabes cómo es tu papá. Es un hombre muy difícil. Es un toro bravo.

Vargas Llosa la miró con tristeza, con furia, con un enfado que crecía.

—Y yo nunca he podido torearlo —añadió Dorita.

—¿Sigue tratándote mal? —preguntó Mario, que conocía de antemano la respuesta—. ¿Sigue pegándote, sigue insultándote?

Dorita bajó la mirada, acarició el álbum de los recortes, del amor, se aferró a los triunfos de su hijo, prefirió esquivar la cuestión, no entrar en detalles:

—De vez en cuando se le va la mano —dijo—. Pero ha mejorado un poco. Ya no es como antes.

Antes, cuando vivían en Lima, cuando Mario tenía diez, once, doce años, antes de que Ernesto Vargas lo mandase internado al colegio militar, Dorita y su hijo recibían palizas de Ernesto: les daba cachetazos, bofetadas, a veces hasta un puñete, un golpe esquinado, y decía las peores diatribas e invectivas que un hombre podía decirles a su mujer, a su hijo. Antes, cuando era un niño, Vargas Llosa aguantaba esas golpizas, se dejaba aporrear, no respondía a los agravios: pero desde que fue al colegio militar y fue «perro», cadete, y aprendió a trompear, nunca más Ernesto se atrevió a levantarle la mano.

–No entiendo por qué sigues con él, Dorita –se impacientó Mario–. No entiendo por qué no lo dejas.

–Porque es el hombre que Dios ha puesto en mi camino, hijo mío. Porque es mi destino de creyente y cristiana amar y acompañar a tu padre hasta su tumba. Sólo así iré al cielo.

–Pues espero que en el cielo no te encuentres con él –dijo Mario, torcido el gesto por un rictus de amargura.

Dorita guardó prudente silencio: estaba acostumbrada a callar, a disimular, a fingir, a reprimir lo que sentía, a entregarlo todo como ofrendas al Señor y a la Virgen.

–Si dejas a Ernesto, yo te mantendré y no tendrás que trabajar –le prometió Vargas Llosa–. Te vas a Lima, te haces socia del club Regatas, ves a tus amigas, a tu familia, y la pasas bien. ¡Tienes que dejarlo, Dorita! ¡La vida es una sola y se pasa volando! ¡No estamos acá para sufrir, sino para ser felices!

Dorita miró a su hijo con un amor profundo, inagotable, el único amor limpio e incorruptible que anidaba en ella, y dijo, tras suspirar:

–Sería lindo volver a Lima. Pero, por ahora, es imposible. Tu papá quiere tener éxito en este país, y tú sabes lo terco y empecinado que es él.

Derrotado, Vargas Llosa cambió de tema y no habló más de su padre en ese almuerzo con Dorita, sin saber que, al día siguiente, domingo, en las circunstancias más extrañas e impensadas, se encontraría con el temible Ernesto Vargas, el hombre que vivía molesto, con el ceño fruncido, con una palabra soez en la lengua, un golpe listo para ser descargado.

Las cosas ocurrieron de una manera que la portentosa imaginación de Vargas Llosa quizás no podría haber fabulado: Mario y su novia, Susana Diez Canseco, se encontraban en el restaurante del hotel en Beverly Hills, el Beverly Hilton, en medio de mujeres de llamativa belleza y hombres apuestos que parecían agraciados por el poder y la fortuna, Mario leyendo la prensa del día, Susana leyendo el libro homenaje que Mario había escrito sobre García Márquez, sobre el deicida Gabriel que mataba a Dios entre las nubes del arte para erigirse él mismo en un Dios Creador de plenos poderes y atributos, cuando se acercó un camarero a la mesa, vestido con el uniforme de los empleados del hotel, una camiseta celeste, un pantalón corto color marrón claro, unas zapatillas blancas, el nombre impreso en la parte izquierda superior de la remera, y preguntó, en un inglés con marcado acento:

—¿Están listos para pedir, los señores?

Vargas Llosa no miró al camarero, continuó leyendo un ejemplar de *Los Angeles Times*, al tiempo que dijo:

—Pide lo que quieras, Susana.

Ella miró la carta y dijo:

—Una ensalada de salmón.

—Para mí, una hamburguesa con papas fritas —ordenó Vargas Llosa.

—¿Y para tomar? —preguntó el mesero.

—Yo, una copa de vino blanco bien helado —dijo Susana.

—Para mí, leche fría, por favor —dijo Mario.

—¿Con chocolate, señor?

—No, leche sola.

Entonces el camarero, un hombre algo mayor, con el pelo ceniciento, las piernas huesudas, un cierto aire pesaroso a tedio y fatiga, se quitó los lentes oscuros, miró fijamente a Vargas Llosa y preguntó, en inglés:

—¿Es usted el famoso escritor?

—Sí, yo soy —dijo Vargas Llosa, sin siquiera mirarlo, acostumbrado a que lo reconocieran, como toda una celebridad, en los restaurantes, los aeropuertos, las discotecas, los aviones, en todas partes.

El camarero carraspeó, dio dos pasos, alejándose para mirar desde otro ángulo, hizo acopio de valor, buscó desesperadamente unas palabras que fuesen las correctas, dadas las circunstancias, y dijo, todavía en inglés:

—Yo soy su padre, señor Vargas Llosa.

Susana Diez Canseco sonrió, pensando que el mozo le estaba gastando una broma al escritor. Vargas Llosa dejó de leer, se quitó los anteojos, miró a ese señor canoso, cansado, a duras penas en pie, y enseguida un ramalazo helado le torció el gesto, le arrugó la frente, le borró la sonrisa.

—Hola, Ernesto —le dijo, poniéndose de pie, dándole la mano formalmente—. No sabía que trabajabas acá. Qué sorpresa.

—Qué gusto verte, Mario —dijo Ernesto Vargas, nervioso, casi tartamudeando, sin saber qué decir—. Encantado, señorita —añadió, y le dio la mano a Susana.

Mario, de pie, erguido e inmóvil como una estatua, no lo abrazó ni le sonrió. Sólo le dijo:

—Es una amiga.

—Ya mismo les traigo su pedido, señores —volvió al inglés Ernesto Vargas, como si al hablar en inglés se distanciase de su hijo, se aferrase a su precaria condición de camarero.

—Que no se demore, por favor —dijo Mario.

El camarero se retiró como si fuese a desplomarse, como si le hubiesen disparado tres tiros en el pecho, en su camiseta celeste que decía Ernesto.

—¡Cómo puedes tratar tan fríamente a tu padre! —se enfureció Susana, levantando la voz—. ¡Qué espanto, cómo has humillado al pobre viejito!

Vargas Llosa le dirigió una mirada furibunda, flamígera, un fuego que ardía en sus entrañas desde niño, un fuego que no podía extinguirse:

—¡Cállate, por favor! ¡No digas una palabra más!

Susana Diez Canseco conoció entonces la zona oscura, sombría, rencorosa que anidaba en el espíritu de su novio. Permaneció en silencio.

—¡No tienes la menor idea de todas las cosas terribles que me hizo cuando yo era un niño! ¡Así que mejor cállate!

Cuando Ernesto Vargas regresó con una bandeja en la que le temblaban la copa de vino y el vaso de leche, su hijo le dijo, mirándolo fríamente a los ojos:

—Te apestan las axilas, Ernesto. Apestas.

Ernesto Vargas bajó la mirada: ahora el poder lo tenía Mario, su hijo, y no él: el poder de la palabra, el poder del dinero, el poder físico, el poder de darle una paliza, si le venía en gana.

—No me di cuenta, Mario —dijo Ernesto—. Te pido mil disculpas.

—¿No usas desodorante?

—No, Mario —dijo Ernesto, en español—. No me alcanza la plata para todo.

Vargas Llosa sacó su billetera, extrajo varios billetes y se los dio.

—Cómprate un desodorante ahora mismo, por favor —le dijo—. Porque así no puedes trabajar como mesero.

—Lo que digas, Mario —dijo Ernesto Vargas, y se retiró como si quisiera morirse en ese instante.

No fue a la tienda del hotel a comprar un desodorante, ni regresó de inmediato a servir a su hijo en el restaurante. Se encerró en el camerino de los empleados y empezó a dar golpes contra las paredes, hasta que le sangraron los nudillos. Mario había triunfado, lo había humillado, él era un pobre y triste perdedor, que trabajaba como mozo, le apestaban las axilas, perseguía inútilmente el sueño americano.

Vargas Llosa admiraba tanto a García Márquez que, cuando se mudó a Barcelona con su esposa Patricia y sus hijos Álvaro y Gonzalo, de cuatro y tres años, alquiló un apartamento a media cuadra del piso del escritor colombiano, ochenta metros apenas de distancia: los Vargas Llosa se instalaron en la calle Osio número 50, para estar a tiro de piedra de los García Márquez, quienes llevaban dos años viviendo en la calle Caponata número 6: poco más de cien pasos mediaban entre ambos.

–Gabriel es Dios –le dijo Mario a Patricia–. Quiero vivir cerca de Dios. Quiero verlo todos los días.

García Márquez se levantaba temprano, llevaba a sus hijos caminando al colegio inglés Kensington, en el barrio de Sarrià, a pocas cuadras de su casa, y luego, al volver, se ponía un overol azul, un mono de obrero mecánico, y se sentaba a escribir *El otoño del patriarca*. No era fácil escribir algo que estuviera a la altura de *Cien años de soledad*, y a veces pensaba que debía esperar cinco, diez años sin publicar nada, porque temía decepcionar a los lectores y a la crítica, tras haber dejado tan alto el listón. Vargas Llosa le decía que *Cien años de soledad* era la mejor novela publicada en lengua española en todos los tiempos, mejor incluso que *El Quijote*, y por eso acometió con entusiasmo la escritura de un ensayo desbordado de alabanzas sobre aquella novela, titulado *Historia de un deicidio*.

Los hijos de García Márquez eran mayores que los de Vargas Llosa: cuando Mario y Patricia llegaron a vivir en Barcelona y se instalaron a sólo unos pasos de Gabriel y Mercedes, Rodrigo tenía ya once años y su hermano Gonzalo, ocho. Por la diferencia de edad, no eran tan amigos de Álvaro y Gonzalo Vargas

Llosa, muy pequeños todavía. Eran más amigos, y jugaban a menudo con ellas, de las tres hijas de Luis y Leticia Feduchi, una pareja de españoles, él de Madrid, ella de Málaga, íntimos amigos de los García Márquez. Pero si la gran pasión de García Márquez era escribir, la de sus hijos era jugar al fútbol: hinchas del club de los periquitos, el Español, asistían los fines de semana al estadio del Español y hasta llegaron a probarse, sin éxito, en las divisiones inferiores de ese club. García Márquez no los acompañaba al estadio, no le interesaba el fútbol. Pero Vargas Llosa, partidario del Real Madrid, concurría esporádicamente a la cancha del Barcelona, a ver jugar al club donde brillaban los holandeses Cruyff y Neeskens y, pocos años después, el peruano Hugo Sotil.

Cuando sus hijos volvían del colegio a las dos y media de la tarde, García Márquez dejaba de escribir y ponía música. Había comprado un equipo de sonido de alta calidad que le costó una fortuna. Tenía una impresionante colección de música clásica y popular. Mientras almorzaba con Mercedes y sus hijos, canturreaba de buen humor y a veces hasta bailaba: parecía el hombre más feliz del mundo, y acaso lo era. Recién a las cuatro de la tarde recibía visitas. A esa hora, cerraba las cortinas, oscurecía la sala y el comedor, se servía el primer trago, champaña, siempre champaña, y recibía a los amigos: a los Feduchi, con quienes recitaba poesía, cantaba canciones y bailaba; a los Vargas Llosa, que no eran tan musicales, pues Mario no cantaba ni bailaba, aunque a veces le gustaba recordar que, en sus primeros años en París, era tan pobre que integró un elenco de baile afroperuano y, para simular que era negro, se pintó la cara con betún; y a los Muñoz Suay, obsesionados con llevar al cine su más reciente y aclamada novela, *Cien años de soledad*.

Como García Márquez no se sentía cómodo entre mucha gente, una tarde llegaban los Feduchi, y otra los Vargas Llosa, y alguna más los Muñoz Suay, pero no le gustaba recibirlos a todos juntos, se aturdía, se llamaba a silencio, se replegaba: ya seis personas eran una multitud para él. A buen seguro era con los Feduchi con quienes se sentía más en confianza, a tal punto que, con ellos, y sólo con ellos, fumaba marihuana, una hierba de alta calidad que el cónsul y fotógrafo colombiano Guillermo Angulo le llevaba a Carmen Balcells, quien, discretamente, se la hacía llegar a García Márquez. Después de fumar, Gabriel se desinhibía, y cantaba y bailaba como un artista consagrado, y lo hacía con tanta gracia que Luis Feduchi le decía que debía grabar un disco de boleros y vallenatos. Una vez, sólo una vez, Gabriel y Mercedes les ofrecieron marihuana a Mario y Patricia, unos meses después de que estos llegaran a Barcelona, pero el escritor peruano, sorprendido, dio un paso atrás y respondió, serio, envarado:

–No, muchas gracias. Nosotros no fumamos cannabis, Gabriel.

El escritor colombiano guardó enseguida el porro en una caja de fotos que le había regalado Angulo, su discreto proveedor y amigo incondicional, y prefirió no encenderlo, dadas las circunstancias.

–Yo no puedo escribir si no estoy en plena lucidez –se defendió Vargas Llosa–. No comparto la absurda teoría romántica de que un escritor escribe mejor si está borracho, drogado o pensando en matarse.

Pero García Márquez no quería que fumaran para sentarse a escribir: ya habían escrito toda la mañana, y Mario hasta las cuatro de la tarde, hora en que se ponía de pie y suspendía la cita con sus demonios literarios. Quería ponerlos a cantar, a bailar, a payasear. Gabriel fumaba marihuana para sacarse de encima el peso de la fama, un peso que a menudo lo agobiaba, para el cual no se sentía preparado, un peso o un lastre o un baldón que, decía, era aún peor que el peso del poder, del poder omnímodo y sin recortes del dictador. Payaseando con su esposa, con los Feduchi, con sus hijos, quienes lo veían fumar marihuana sin que se escondiera, García Márquez era feliz, y por eso a veces se ponía calcetines de distintos colores, o salía a la calle en su mameluco azul de obrero mecánico.

–¿Nunca han fumado? –preguntó Mercedes.

–No –se apresuró en responder Patricia.

–Yo probé la pichicata en Lima –confesó Mario.

–¿Qué es eso? –se interesó Gabriel.

—Cocaína —dijo Mario—. Pero lo hice sólo una vez. No me gustó.

Desde entonces los García Márquez comprendieron que sólo debían fumar marihuana con los Feduchi o los Muñoz Suay, o incluso con Carmen Balcells, la Mamá Grande, que no le hacía ascos a nada, y era bruja y visionaria, pitonisa y alquimista, más genial que Gabriel y Mario juntos, pero nunca, nunca, con los Vargas Llosa, tan estrictos, tan envarados. A veces, después de fumar con Luis y Leticia Feduchi, a García Márquez le venía un ataque repentino de sueño, se tendía en la alfombra, al pie de su fabulosa colección de discos, y se quedaba dormido, profundamente dormido, mientras los demás seguían cantando y bailando.

—El gran fracaso de mi vida es que no sé hablar una palabra en inglés —le decía a su esposa.

—Algún día aprenderemos —lo consolaba Mercedes.

—Imposible —decía García Márquez—. Ya estamos viejos.

Vargas Llosa había vivido unos años en Londres y hablaba un inglés fluido, decoroso, aunque con acento áspero. Su esposa Patricia lo hablaba algo peor. En cambio, los hijos de Gabriel y Mercedes lo hablaban muy bien, gracias al colegio británico Kensington, en Sarrià, al que caminaban todas las mañanas.

—Algún día nos iremos dos años a Londres y aprenderemos inglés —decía Gabriel.

—No es una buena idea —le decía Luis Feduchi—. Si aprendes inglés, si llenas tu cabeza de palabras en inglés, olvidarás palabras en español, porque en la memoria sólo cabe un número limitado de palabras.

A García Márquez le estaba costando un trabajo brutal escribir un párrafo, dos párrafos cada mañana. Debía igualar o superar su último título y eso lo abrumaba. Cuando se sentaba a escribir *El otoño del patriarca*, pensaba principalmente en el dictador venezolano Juan Vicente Gómez, pero también en Pérez Jiménez, en Somoza, en Rojas Pinilla: la imagen que más poderosamente lo subyugaba era la de un dictador viejo, decrépito, solo, solísimo, que tenía en el jardín unas jaulas con animales salvajes y otras con sus enemigos políticos, y a todos les daba de comer cada mañana, arrojándoles frutas, carne cruda, pedazos de queso y pan. Mientras tanto, cada mañana, a media cuadra, Vargas Llosa, muy serio, muy concentrado, avanzaba en una novela humorística ambientada en la selva peruana, con la ilusión de hacer reír a García Márquez y a Mercedes, una manera de rendirle homenaje, de decirle que lo consideraba el más grande de sus maestros, aún más que Flaubert o Dumas, su más fantástica y divina inspiración, un Dios con bigotes y mono azul que fumaba marihuana colombiana y cantaba vallenatos a punto de lagrimear.

Nada hacía presagiar que empezarían a distanciarse un año después de la llegada de los Vargas Llosa a Barcelona. Se pelearon por razones políticas, por culpa de la dictadura cubana. Fidel Castro ordenó el arresto en La Habana de un poeta, Heberto Padilla. De paso por París, Vargas Llosa escribió una carta dirigida a Fidel Castro (comenzaba diciendo «Querido Fidel»), en la que decía que «los abajo firmantes, solidarios de los principios y objetivos de la Revolución Cubana» expresaban su preocupación por el arresto de Padilla, pues pensaban que «los métodos represivos contra los intelectuales y escritores que han ejercido el derecho a la crítica no pueden sino tener una repercusión profundamente negativa entre las fuerzas imperialistas del mundo entero», para concluir diciendo que en América Latina la revolución cubana era «un símbolo y una bandera». Vargas Llosa escribió ese comunicado, dirigido a su «Querido Fidel», pidiendo la liberación del poeta Padilla. De inmediato lo firmaron, en París, los escritores Juan Goytisolo, Julio Cortázar, Octavio Paz, Juan Rulfo, Jorge Semprún, Plinio Apuleyo Mendoza y Carlos Fuentes, así como Jean-Paul Sartre, Simone de Beauvoir y Susan Sontag, entre otros. Pero faltaba la firma de García Márquez. Sin ella, la carta estaría coja, incompleta: Gabriel era el gran genio y mago mayor de los escritores latinoamericanos, al punto que la agente Balcells solía decir:

–Vargas Llosa es el primero de la clase, pero Gabo es el genio.

Como García Márquez no contestaba el teléfono (se había ido a Perpiñán con Mercedes y los Feduchi a ver buenas películas que no podían verse en Barcelona, porque eran censuradas por los comisarios de la dictadura franquista), Plinio Apuleyo Mendoza anunció, eufórico, extranjero a toda duda:

–Yo firmo por él. Yo a Gabito lo conozco mejor que su esposa. Yo sé que él firmaría esta carta.

–¡No firmes nada! –le gritó por teléfono Carmen Balcells a Vargas Llosa, al leer la carta–. ¡No te metas en ese lío político! ¡Te recuerdo que eres un escritor, no un político!

–Tengo el deber moral de pronunciarme, Carmen –dijo Vargas Llosa.

–¡Tu deber moral es ser un buen escritor! –lo riñó Balcells–. ¿No te das cuenta de que cuando haces política te haces daño como escritor?

Pero Mario no le hizo caso, firmó la carta y la publicó al día siguiente en un diario francés, firmada también por García Márquez: Plinio Apuleyo Mendoza, su íntimo amigo, con quien había trabajado como reportero en Cartagena, en Barranquilla, en Bogotá, en Caracas, en Nueva York, con quien había recorrido la Europa comunista en un coche desvencijado, firmó también por García Márquez.

–¿Qué carajos has hecho? –le gritó por teléfono García Márquez a Plinio, al día siguiente, al ver su nombre entre los firmantes de la carta de los intelectuales a Fidel Castro–. ¿Quién te has creído para hacerme firmar esa carta, sin consultarme?

–Pensé que estarías de acuerdo, Gabito –dijo Plinio, azorado–. Perdóname. No tuve mala intención.

–¡Te ordeno que retires mi nombre ahora mismo! –lo reprendió Gabriel–. ¡Y que digas a la prensa que tú firmaste por mí, sin mi consentimiento, y que yo desapruebo esa carta!

–Perdóname, Gabito. Mil disculpas.

–¡No sabes nada de política, Plinio! ¡Y tampoco de literatura! ¡Qué tristeza verte convertido en adulón de Vargas Llosa!

Plinio se quedó en silencio, avergonzado del modo en que había abusado de su amigo de toda la vida.

–¡Son todos unos imbéciles! –continuó García Márquez, exasperado–. Si querían que Fidel deje en libertad a Padilla, me hubiesen llamado, y yo hablaba con Fidel y lo convencía de soltarlo. ¡No conocen a Fidel! ¡Ahora no lo soltará ni a cojones!

¡Fidel sabe de política y de literatura más que todos ustedes juntos, los firmantes de esa jodida carta!

Cuando Plinio le contó a Vargas Llosa que García Márquez había estallado en cólera y ordenado retirar su firma, Mario sintió una profunda decepción. Al día siguiente, Plinio y Mario anunciaron que García Márquez no había firmado la carta y borraba expresamente su firma, pues estaba en desacuerdo con ella. También Julio Cortázar, en París, expresó su desavenencia con el comunicado. Desde entonces, Vargas Llosa se distanció de García Márquez y Cortázar. Siguieron siendo amigos, viéndose a menudo en el apartamento de la calle Caponata, pero preferían no hablar de política, pues Gabriel defendía a Fidel y creía que Mario políticamente era cándido, ingenuo, incapaz de matices, binario, maniqueo. Un mes después de la famosa carta, Fidel Castro liberó a Padilla, sólo para que este, en una confesión patética, montara en escena un acto de contrición, diciendo que era «un vulgar contrarrevolucionario», que «he sido injusto e ingrato con Fidel, de lo cual nunca me cansaré de arrepentirme» y que «no he estado a la altura de la revolución». Entonces, decepcionados, los Vargas Llosa dejaron de ir a La Habana para rendir pleitesía a Fidel Castro, aunque los García Márquez no interrumpieron su pública admiración por el dictador cubano. En privado, Vargas Llosa lamentaba que Gabriel se hubiese convertido en cortesano de Castro, en lacayo de Castro, pero no se lo decía cara a cara al escritor colombiano, de eso preferían no hablar.

Cuando Vargas Llosa, tres años después de aquella carta a Fidel Castro que trazó una línea en la arena y dividió a los escritores hispanoamericanos de un modo que con el tiempo resultaría definitivo, unos todavía apoyando a Castro, invocando razones de amistad, de lealtad, otros condenándolo en público, diciendo que había traicionado los principios de la revolución, anunció que se marchaba con su familia de Barcelona para vivir en Lima, los García Márquez no dudaron en asistir a la fiesta de despedida que organizó Carmen Balcells en la célebre discoteca Bocaccio, que había reunido, en aquellos años espléndidos del boom literario latinoamericano, a las voces más originales, potentes y lujuriosas de la literatura en español, y a sus padrinos y escuderos, incluyendo, por supuesto, a García Márquez y Vargas Llosa, pero también a Carlos Fuentes, a Jorge Edwards, a José Donoso, a los hermanos Juan y Luis Goytisolo, al editor Carlos Barral, a la editora Beatriz de Moura, al editor Jorge Herralde, a Juan Marsé, al poeta del sombrero Pere Gimferrer, al mítico editor José Manuel Lara, de la editorial Planeta, que les ofrecía millones de pesetas a García Márquez y Balcells si este fichaba con Planeta. Aquella noche en Bocaccio, embriagado y chispeante de beber la mejor champaña, García Márquez le dijo a Vargas Llosa, que sólo tomaba un whiskey y sólo uno:

—No te vayas a Lima, hermanito. Tú mismo me has dicho que en Lima la gente se acojuda.

Vargas Llosa se rio, desafiante:

—No te preocupes, Gabriel, no me voy a acojudar.

—Si te arrepientes, nos vamos todos a Londres —dijo Gabriel.

—¿Y qué vamos a hacer en Londres? —preguntó Vargas Llosa.

—La egipcia y yo nos vamos a Londres en unas semanas —dijo Gabriel—. Es un secreto. Nos vamos a aprender inglés.

—¿Con Rodrigo y Gonzalo? —preguntó Mario.

—No, ellos se quedarán acá, con los Feduchi —dijo García Márquez—. No quieren venir a Londres.

—Estupendo —dijo Mario—. Si Lima me trata mal, nos veremos en Londres.

Al día siguiente, sólo una diezmada población de aquella fiesta en Bocaccio acudió, con severa resaca, al puerto de Barcelona, a despedir con abrazos a los Vargas Llosa, que se marchaban con sus niños, su guagua Morgana y sus libros a vivir en Lima, donde seguramente serían felices con muchas criadas: allí estaban Carmen Balcells, Jorge Edwards y Gabriel García Márquez con su esposa Mercedes. Al abrazar a Mario por última vez, Gabriel le dijo:

—No te vayas, hermanito. Tengo una mala premonición. Algo malo va a ocurrir de un momento a otro.

Ya Susana Diez Canseco, la joven modelo, la niña terrible, la niña mala, estaba en el barco: al registrar sus valijas, había divisado a lo lejos a Vargas Llosa y pensado:

—Qué divertido viajar con este genio.

—Quédate en Tenerife –siguió García Márquez–. Bájate allí –añadió, pues el barco *Rossini*, de bandera italiana, haría escala en Santa Cruz de Tenerife, antes de cruzar el Atlántico y dejar en el Callao, puerto de Lima, a los Vargas Llosa.

Olvidando sus diferencias políticas, dejando de lado los reparos éticos que a veces hacía a la conducta pública de García Márquez, pasando por alto el fastidio que a menudo le causaba su amigo colombiano por payasear tanto, Vargas Llosa abrazó en el puerto a García Márquez, al Dios lujurioso del bigote cantinero y las medias de distintos colores, sin saber que aquella sería la última vez que se abrazarían, sin imaginar que, dos años más tarde, en un cine de la capital mexicana, le daría una trompada en la nariz, derribándolo, dejándolo sin conocimiento, al tiempo que le decía, envenenado por el rencor:

—¡Esto es por lo que le hiciste a Patricia!

–¡Primer día de clases! –se entusiasmó García Márquez, después de desayunar–. La última vez que fui a clases, estaba en Bogotá, estudiando leyes, qué pereza.

–No vamos a aprender un carajo de inglés –dijo Mercedes.

–La academia dice que el método es infalible –dijo Gabriel, risueño, aliviado porque no se sentaría a escribir esa mañana–. En seis meses hablaremos inglés mejor que Shakespeare.

–Me basta con hablarlo mejor que los Vargas Llosa –dijo Mercedes, socarrona.

El plan de Gabriel y Mercedes, solos, sin los niños, que se habían quedado en Barcelona, con los Feduchi, consistía en vivir en Londres hasta dominar el inglés, o hasta hablarlo mejor que Mario y Patricia. Si hacía falta que se quedaran un año, o dos, permanecerían ese tiempo, decía Gabriel. Estaban alojados en un hotel de cinco estrellas, en el barrio de Warwick Gardens, a distancia caminable de la academia de inglés Callan, situada en la calle Oxford, y no muy lejos de Hyde Park y Kensington Gardens. García Márquez se sentía desusadamente liviano, despreocupado y feliz, quizás porque había interrumpido, al menos por un semestre, la escritura de su novela *El otoño del patriarca*, y entonces estaba de vacaciones, en un sabático, y en una ciudad donde no lo reconocían ni molestaban tanto, una ciudad donde, para su sorpresa, se cruzaba a pie con numerosos inmigrantes, principalmente de las excolonias británicas, gentes con turbantes, pobres, desposeídas, desharrapadas, las miradas despobladas de la más leve dicha, el más remoto optimismo.

–Caminando por esta calle, me siento como en Cartagena o Barranquilla –le dijo Gabriel a Mercedes, paseando por la calle

Oxford, en medio de acentos ásperos que no comprendía y vapores entremezclados que evocaban sus años caribeños–. ¡Esto no parece Londres, carajo, esto parece Panamá!

Las clases de inglés comenzaban a las ocho de la mañana y terminaban a las dos de la tarde, con un recreo de media hora a las once de la mañana, en el cual los alumnos debían hablar en inglés y no en sus lenguas nativas. Había pocos españoles y latinoamericanos, y alguno reconoció a García Márquez, pero este, siempre proclive al humor a expensas de sí mismo, los despistaba:

–No soy Gabriel García Márquez, menos mal. Es mi hermano mayor. Y no le gusta venir a Londres porque es comunista y odia a la monarquía. Ese señor vive en Cuba, es un lacayo de Fidel Castro.

Con el correr de los días y las semanas, Gabriel y Mercedes comprendieron que en un semestre no hablarían inglés y que el supuesto «método infalible» resultaría fallido con ellos. Pero eso no los desanimó y siguieron asistiendo a clases y aprendiendo algunas palabras que les parecían curiosas, sobre todo las más soeces, las más procaces. Después de clases, ya en el hotel, hablaban por teléfono largamente con sus hijos, con los Feduchi, con Carmen Balcells, con los amigos en todo el mundo: la cuenta telefónica era tan elevada que los gerentes del hotel los obligaban a pagarla cada tres días, temerosos de que escapasen sin sufragarla. No entendían cómo esa pareja de colombianos gastaba centenares de libras esterlinas hablando por teléfono: ¿serían traficantes de armas, de drogas, de esclavas sexuales? ¿Cómo así disponían de tanto dinero? ¿Por qué llamaban tanto a Cartagena, a Barranquilla, a Caracas, a La Habana? ¿Serían prófugos de la justicia, criminales de alta peligrosidad, fugitivos encantadores? Y si tenían tanto dinero para gastarlo en llamadas telefónicas, ¿por qué el señor de los bigotes se vestía como si fuera un payaso preparándose para ejecutar su rutina humorística en los jardines de Hyde Park? Porque el señor, decían los dependientes, decían los gerentes del hotel, era un personaje extravagante, un bicho raro que vivía cantando y vestía unas chaquetas de colores muy llamativos, una de color rojo y negro, otra amarilla, otra rosada, una con cuadrados blancos y negros como un tablero de ajedrez, chaquetas que parecían brillar incluso en la primera oscuridad londinense, a las seis de la tarde.

Mientras Vargas Llosa y su novia Susana Diez Canseco manejaban por las costas californianas desde Los Ángeles hasta San Francisco, y Patricia Llosa y su madre Olga acudían a una bruja para hacerle amarres a Mario, los García Márquez se sentían de vacaciones en Londres y, si bien no aprendían inglés, disfrutaban de pasear por las calles como una pareja más, recobrando una libertad que, en otras partes, incluso en La Habana, habían perdido. Y cuando entraban en alguna librería, se hinchaban de emoción al ver ejemplares de *Cien años de soledad* traducidos al inglés, y a veces hasta de *El coronel no tiene quién le escriba:*

–Me gusta cómo suena «*One hundred years of solitude*» –dijo García Márquez–. Solitude es una palabra bonita. Pero no me gusta cómo suena «*No one writes to the colonel*». ¡*Colonel* no suena a coronel, egipcia! ¡*Colonel* suena a colonia barata, de contrabando!

Curiosamente, Gabriel y Mercedes sentían que aprendían algo de inglés leyendo aquellas traducciones, y no en las clases de la academia. Sin saber qué rayos significaban, Gabriel subrayaba a menudo algunas palabras que le gustaban:

–Yo cazo las palabras como si fueran mariposas amarillas –le decía a Mercedes–. Me gusta cuando dicen que soy un «*mesmerizer*», un hipnotizador.

Una noche asistieron a un bar llamado Mexican Tavern. Se sentaron a una mesa discreta, pidieron unos tragos, champaña para Gabriel, whiskey para Mercedes, y se sorprendieron al ver que salía a cantar un jovencito flaco, huesudo, esmirriado, de barba y bigotes, que no parecía mexicano, que no cantaba como mexicano, que parecía español y cantaba como español, como español de Andalucía, solo él y su guitarra, él y su barba poblada y su mirada extraviada. Ese muchacho había escapado de España, perseguido por la dictadura franquista, por la policía. De no huir a tiempo, estaría ya preso. Lo buscaban por hacer estallar una bomba en una agencia del banco de

Bilbao, en la ciudad de Granada, en protesta porque la dictadura había condenado a muerte a nueve terroristas vascos. Ese joven, que ahora cantaba con voz ronca, de resaca, de mala noche, y que lo hacía en español porque, al igual que los García Márquez, no sabía más de doce palabras en inglés, consiguió burlar la persecución policial en España gracias a un amigo, Mariano Zugasti, que se parecía mucho a él y le obsequió su pasaporte. Con ese documento, el cantante andaluz llegó a Londres. Camuflado bajo el nombre de su amigo, se ganaba la vida cantando en ese bar y en otros bares, en hoteles y restaurantes, en parques y hasta en el metro. Mientras los García Márquez lo miraban con cierto asombro, el muchacho del pasaporte falso y la mirada tristísima, como la de un camello sediento en el desierto, cantaba:

—Yo nací en el sur, la tierra entre Guadalquivir, Castilla se entierra, quizás por eso tenga nostalgia del mar.

Nostalgia del mar tenía ese cantante, como nostalgia del mar tenían los García Márquez, que echaban de menos todos los mares de este mundo, los mansos y los chúcaros, los cálidos y los helados, los de la costa Caribe colombiana y los de Girona y Tarragona, así como el cantante del nombre falso extrañaba Cádiz, los mares que lamían las costas gaditanas.

—He apedreado pájaros —siguió cantando el andaluz, prófugo de la justicia—, vareado aceitunas, colgado a las muchachas en las noches de luna, y mi primer beso subido a un palomar.

—Este cabrón es un poeta —le dijo Gabriel a Mercedes, susurrando—. Es uno de los nuestros.

—Escribe más bonito que Neruda —dijo Mercedes.

El cantante andaluz vivía en Londres para no ir preso en España, pero estaba resignado a que nunca hablaría en inglés ni cantaría en inglés, a pesar de que tenía una novia británica, Leslie, cuyo padre era sudafricano y abiertamente racista, y en cuya casa habían acomodado a «Mariano Zugasti» por compasión, porque ese flaco español se moría de hambre y porque, a los ojos del padre de Leslie, era español, pero no negro, no moreno, no árabe, no moro. Leslie hablaba español porque había vivido un año en Granada y allí se había enamorado del cantante, cuando el cantante aún no era cantante y no sabía que su destino era el de ser cantante: entonces el muchacho, hijo de un policía, se llamaba Martínez, Joaquín Martínez, y decía que quería ser escritor, sin adivinar que podía ser escritor y luego cantar las cosas que había escrito. Prosiguió cantando, mirando de soslayo a García Márquez, a quien había reconocido, a quien había leído, pero no quería mirarlo fijamente, no quería incomodarlo, no fuese a sentirse violentado, a ponerse de pie y marcharse de súbito, era obvio para el cantante que debía dejar en paz al escritor colombiano, al mago, a Melquíades de visita en Londres, en esa taberna mexicana:

—Por herencia me dieron unos años sin furo, un precario presente, un incierto futuro.

—Carajo —exclamó Gabriel, acercándose al oído de Mercedes—. Le voy a decir a este poeta que cante *Cien años de soledad*.

Cuando el andaluz terminó de cantar, Gabriel y Mercedes se pusieron de pie, lo aplaudieron con entusiasmo y ella le pidió que se sentara con ellos y pidiera un trago.

—Oye, cabrón —le dijo García Márquez—. Tú escribes mejor que Lorca, que Neruda, que Vallejo. ¡Eres un poeta con tres pares de cojones!

—Pero nunca mejor que usted —dijo el andaluz, y enseguida pidió un whiskey doble, mientras seguía recibiendo las propinas en un sombrero que había dejado en el suelo, al lado del micrófono: algún billete, monedas más que nada—. Para mí, don Gabriel, usted es Dios, el puto amo.

—Trátame de tú, no me jodas —dijo García Márquez.

Nunca más se trataron de usted.

—¿Cómo te llamas? —preguntó Mercedes.

—Mariano Zugasti es mi nombre clandestino —dijo el cantante andaluz—. Me persigue la policía. Pero mi verdadero nombre es Joaquín Martínez.

—¿Y por qué te persigue la policía? —preguntó Gabriel.

—Me persigue mi padre, que es policía —respondió con aire pícaro el cantante andaluz—. Y me persigue la policía de Franco por poner bombas.

—¡Entonces somos colegas! —se animó Gabriel.

–¡Colegas, maestro! –dijo Martínez–. ¡Comunistas, terroristas, antifranquistas! ¡Y amantes de la revolución cubana!

–¿Y por qué te persigue tu padre? –preguntó Mercedes–. ¿O estás bromeando?

–No estoy bromeando –respondió el cantante–. Mi padre es policía en Úbeda, mi pueblo, donde nací. La primera vez que me detuvieron, me arrestó mi padre. Me llevó a la cárcel en Granada.

–¿Por qué te arrestaron? –preguntó García Márquez–. ¿Por poner bombas?

–Y por comunista –dijo el cantante.

Luego añadió:

–Si regreso a España, me meterán en un calabozo. Sólo volveré cuando sea un país libre.

–Mis respetos, poeta –dijo Gabriel–. Lo mismo dije yo de Chile: sólo iré cuando caiga Pinochet.

–Mi temor es que Franco sea inmortal –dijo el cantante.

–No lo es –dijo Gabriel–. Y si lo es, ya verás que lo ayudaremos a morir. Como dicen los dominicanos: le modificaremos la salud.

De pronto García Márquez guardó un silencio profundo, meditando, cavilando, oteando el horizonte, penetrando como clarividente en el futuro, y anunció, dichoso, sonriente, como si hubiese ganado la lotería:

–Ahora entiendo –dijo–. Hemos venido a Londres no para aprender inglés: nunca aprenderemos. Hemos venido para conocerte, poeta. Hemos venido a ser tus amigos. Seremos tus amigos toda la vida.

–Gracias, maestro –se emocionó el cantante, y besó a García Márquez en la frente y a Mercedes en los labios, con una insolencia que ambos amaron.

Luego dijo:

–Qué reloj tan bonito el suyo.

García Márquez se había puesto un reloj Cartier no de oro, nunca de oro, el oro era pavoso, traía mala suerte, que le había obsequiado Carmen Balcells cuando *Cien años de soledad* vendió los primeros cien mil ejemplares.

–¿Te gusta? –preguntó, mirándolo.

–Es precioso –dijo el cantante.

Gabriel se quitó el reloj, miró al cantante en los ojos con un amor parecido al que miraría a sus hijos que soñaban con ser futbolistas del club periquito, del Español, y dijo, entregándoselo:

–Ahora es tuyo.

Joaquín Martínez se puso el reloj, conmovido. Dos lagrimones cayeron por sus mejillas de pirata.

–¿Cómo me dijiste que te llamas? –preguntó Gabriel.

–Joaquín Martínez –dijo el cantante.

–Serás famoso –le dijo García Márquez–. Muy famoso en tu tierra, en España. Más famoso que yo.

–Mi nombre artístico será Joaquín Sabina –dijo el cantante–. Es el apellido de mi madre.

–Seremos amigos toda la vida –vaticinó Mercedes.

–Y algún día cantaremos a dúo –dijo García Márquez.

—Nos vamos a Santo Domingo —le dijo Vargas Llosa a Susana Diez Canseco—. Me han contratado para hacer un documental allá.

Se encontraban en Nueva York, en el hotel Carlyle, tras pasar unos días en San Francisco. Vargas Llosa estaba contento, optimista. Sentía que el mundo se rendía a su talento: su más reciente novela, publicada el año anterior, *Pantaleón y las visitadoras*, había agotado cien mil ejemplares y seguía vendiendo a un ritmo que superaba sus expectativas y las de su agente Balcells; la Universidad de Columbia lo había contratado para dar clases como profesor visitante al año siguiente, durante un semestre, pagándole en unos meses lo que podía ganar en un año con sus libros; y ahora Balcells lo había llamado por teléfono y le había anunciado que una compañía, la Gulf and Western, había hecho una oferta suculenta para que Mario escribiese y dirigiese un documental sobre la historia contemporánea de la República Dominicana, sobre la era del dictador Trujillo que gobernó a mano de hierro por treinta y un años, sobre el consumo de ron en ese país, un país que, hasta entonces, Vargas Llosa no conocía.

—La Gulf and Western nos pagará por el documental el doble de lo que pagó Seix Barral por tu novela de Pantaleón —dijo Carmen Balcells, desde su despacho en la avenida Diagonal, en Barcelona—. Es una oferta extraordinaria, Mario. Sólo tienes que pasar entre cuatro y seis semanas en República Dominicana, grabando entrevistas sobre la dictadura de Trujillo y el consumo de ron, y luego todo se editará en Radio Televisión Francesa, que difundirá el documental en todo el mundo, ¿no te parece maravilloso?

Separado de su esposa, padre de tres hijos, generoso en las cosas del dinero, Vargas Llosa le dijo a Balcells:

–La mitad del dinero que nos pagarán será para Patricia y los niños. Te ruego que le envíes ese dinero a Lima tan pronto como puedas.

–La mitad, no –dijo Balcells–. El sesenta por ciento para Patricia.

–Lo que tú digas –dijo Mario.

Ya Vargas Llosa, desde Los Ángeles, le había contado a Balcells que se había enamorado de Susana Diez Canseco, que se había separado de Patricia, y le había pedido que mes a mes enviase a Patricia la mitad de todo lo que él ingresara en la agencia. También le había dicho que la nueva casa en Barranco, en Lima, debía ser para Patricia y que, por las dudas, hablase ella misma con Patricia y le contase que no se preocupara por los asuntos del dinero, que ella, Carmen, se ocuparía de enviarle puntualmente, mes a mes, la mitad de todo lo que ganara Mario.

–Eso haré –le dijo Balcells a Vargas Llosa–. Pero ahora mismo lo más urgente me parece bloquear el acceso de Patricia a tus cuentas bancarias.

Siguiendo las instrucciones de Balcells, que era astuta e inteligentísima, y que siempre encontraba una manera legal para pagar menos impuestos a la dictadura franquista, una dictadura que se desintegraba a los ojos de los españoles, ávidos y sedientos de libertad, de modernidad, de progreso, Vargas Llosa tenía cuentas bancarias en Barcelona, pero también en Ámsterdam y en Ginebra. Quince minutos después de que Mario le contase desde Los Ángeles que se había separado de Patricia, Balcells bloqueó el acceso de la esposa de Mario a dichas cuentas. Llegó tarde: una cuenta bancaria en Barcelona, a nombre de Patricia y Mario, había sido vaciada de fondos por la señora Llosa, quien había transferido esos dineros a una cuenta suya en Lima.

–No pasa nada –dijo Vargas Llosa, cuando Balcells se lo contó–. Déjala. Está dolida. Es comprensible. Que se quede con ese dinero. Y dale siempre la mitad de todo. Es lo justo.

Vargas Llosa y García Márquez eran genios para urdir ficciones persuasivas, para tramar historias hipnóticas, pero, en las cosas odiosas del dinero, eran totalmente desprendidos, desapegados, ajenos por completo a la codicia, al afán de acumular, de comprar, de ostentar, y por eso Mario, cuando se divorció de Julia Urquidi, su tía política, le dejó los derechos a perpetuidad de *La ciudad y los perros*, y García Márquez le cedió los derechos de *Relato de un náufrago* al sobreviviente colombiano que le contó aquella historia. Como eran artistas de talento portentoso, no necesitaban preocuparse por el dinero, el dinero llegaría solo, como le llegaría ahora a Vargas Llosa: el documental de la Gulf and Western que le pagaría una fortuna, las clases al año siguiente en la Universidad de Columbia en Nueva York y las ventas de *Pantaleón y las visitadoras*, superando las de sus tres novelas anteriores.

Al llegar a Santo Domingo en un vuelo directo desde Nueva York, alojados en el hotel Jaragua, en la zona vibrante del malecón, Vargas Llosa recibió una llamada triunfal de Balcells, quien, a pesar de su contextura robusta, parecía estar levitando:

–¡La Paramount nos ofrece una fortuna por los derechos cinematográficos de Pantaleón! ¿Puedes creerlo?

Vargas Llosa, cinéfilo consumado, estalló de euforia:

–¡Extraordinario! ¡Qué gran noticia! ¡No lo puedo creer!

Luego Balcells le confió:

–Ofrecen no el doble, no el triple, sino diez veces más de lo que nos pagó Carlos Barral como anticipo por Pantaleón. ¡Diez veces más, Mario! ¡Nunca nos han pagado tanto dinero por uno de tus libros!

–Acepta de inmediato, Carmen. Apruebo sin reservas. Cierra con ellos ya mismo.

Balcells permaneció en silencio unos segundos. Luego dijo:

–Tengo una idea mejor.

–Dime.

–¿Qué te parece si les digo que nos pagan el doble de lo que ofrecen, y tú diriges la película y actúas en ella?

Vargas Llosa soltó una carcajada, halagado en su vanidad y, al mismo tiempo, sorprendido por la audacia de su agente.

–Pero no soy cineasta, Carmen –dijo–. No sé dirigir una película. Y no soy actor.

–Pues aprenderás. Aprenderás rápido. En tres días aprenderás a dirigir. Pondremos a un director que esté a tu lado y te enseñe.

–¿Y me ves actuando?

–¡Por supuesto! –rugió de entusiasmo Balcells–. ¡Eres un actor natural! ¡Las mujeres te adoramos! ¡Llenaremos los cines para verte!

Vargas Llosa no lo pensó más:

–De acuerdo: si doblan la oferta, dirijo la película y actúo en ella. Pero no de Pantaleón, Carmen. No quiero ser Pantaleón.

–¿Qué papel quieres?

–Diles que haría de un oficial, un militar, el jefe de Pantaleón.

–¡Fantástico! ¡Te veo muy bien como militar!

–¡Ningún desnudo, por favor! –dijo Mario, irónicamente.

–¿Estás seguro? –dijo Balcells, y soltó una carcajada.

Luego dijo:

–Cuando la Paramount nos pague, ¿le transfiero la mitad a Patricia?

Vargas Llosa guardó silencio un momento.

–Mira que es mucho dinero, Mario.

–Le descuentas la mitad de lo que tomó indebidamente de nuestra cuenta mancomunada en Barcelona –dijo Vargas Llosa–. Le descuentas solo eso, que no es mucho. Y sí, aprobado, le mandas la mitad de lo que nos pague la Paramount.

Balcells preguntó:

–¿Van a divorciarse?

–Supongo que sí –dijo Mario–. Estoy muy enamorado de Susana. No podría volver con Patricia. Si lo hiciera, dejaría de ser escritor, me sentiría un muerto en vida, Carmen.

–Comprendo –dijo Balcells–. Patricia no puede quejarse. Estás dejándole la casa en Barranco y ganará la mitad de todo lo que ingreses.

–De todos modos, me odiará hasta que vuelva a enamorarse –vaticinó Mario.

En Santo Domingo, Vargas Llosa contó con la ayuda inestimable de una pareja a la que había conocido en París, en Radio Televisión Francesa: Marianne de Tolentino, francesa, crítica de arte en el periódico dominicano *Listín Diario*, y su esposo Mario Tolentino, dominicano, médico de prestigio. Ellos se ofrecieron a guiarlo, a conseguir a los personajes que entrevistaría para el documental, a viajar con el escritor, en el coche de la pareja, a Santiago, a Puerto Plata, a Punta Cana. Gracias a ellos, conoció al escritor e historiador José Israel Cuello, una mente brillante, un hombre decente y generoso, que se hizo amigo de Vargas Llosa y sabía las historias más sórdidas y truculentas del dictador Trujillo, el déspota que había sido asesinado, tras gobernar poco más de tres décadas, por cinco valientes que veían a Trujillo, alias «El Chivo», como una desgracia, una afrenta, una humillación para los dominicanos. Viajando en auto con los Tolentino, los relatos de Cuello eran tan extraordinarios que Mario tomaba notas:

–Lo más increíble de la era Trujillo es que la gente rica y la gente pobre le regalaba al dictador a sus hijas vírgenes, cuando tenían trece, catorce años. Querían que Trujillo las desflorase, las violase. Pero Trujillo no podía singarse a tantas jovencitas. No le alcanzaba la potencia erótica para cumplirles a todas. Dicen que a veces no podía tener una erección y eso lo hundía en la depresión y la maldad.

También contaba Cuello:

–No le bastaban las virgencitas púberes que le regalaban sus partidarios. También le gustaba templarse a las esposas de sus ministros. Mandaba de viaje a sus ministros, se presentaba en las casas de ellos sabiendo que no estarían y violaba a sus esposas, o no las violaba, ellas se le ofrecían, se regalaban. Y cuando los ministros regresaban de viaje, Trujillo se jactaba de haberse singado a las esposas, no lo ocultaba, qué tremendo hijo de puta.

Aquellos relatos excitaban vivamente las fiebres creativas de Vargas Llosa, su imaginación prodigiosa, quien pidió que lo llevasen a la casa del poeta y presidente, sucesor de Trujillo, fiel confidente del dictador asesinado, don Joaquín Balaguer, quien, a pesar de ser ciego, o precisamente por eso, veía las conspiraciones, las intrigas, las delaciones y las felonías mejor que ningún otro político dominicano. Cuando llegaron a la casa de Balaguer, Vargas Llosa, antes de entrar, leyó un cartel que decía:

–Que nadie aspire, mientras Balaguer respire.

Es decir que los trujillistas, que aún eran multitud, quizás incluso una clara mayoría, y continuaban venerando al dictador asesinado, consideraban que Balaguer debía ser presidente todo el tiempo que quisiera, pues, ciego y poeta, invidente y ensayista, solterón y amante de sus hermanas, poseía una cultura, una inteligencia y una honradez que lo hacían infinitamente superior a los demás herederos políticos del dictador. Con las cámaras encendidas del documental, y los Tolentino y José Israel Cuello detrás de ellas, Vargas Llosa le preguntó a Balaguer algo que nadie había osado preguntarle:

–¿Cómo es posible que usted, siendo un hombre culto, un hombre honrado, un hombre decente, haya servido a un dictador que violaba jovencitas menores de edad, que violaba a las esposas de sus ministros, que organizaba orgías?

Balaguer permaneció impávido, sin tensar un solo músculo, sin exaltarse, como si fuera un obispo o un cardenal acostumbrado a escuchar las cosas más tremendas en las confesiones. Sus hermanas, que le leían los libros que él escogía, le habían leído las cuatro novelas publicadas hasta entonces por Vargas Llosa, y Balaguer se había reído mucho con la última, la de Pantaleón Pantoja y las visitadoras sexuales en la Amazonía peruana. Tal vez porque admiraba a Vargas Llosa, respondió con paciencia, con humildad, en voz bajita:

–Yo nunca violé a nadie. Nunca participé en una orgía. Nunca robé nada. Soy un hombre pobre.

–Pero esta casa se la regaló Trujillo –insistió Mario.

–Es cierto –reconoció Balaguer–. Pero no podía devolvérsela, usted comprenderá. Me habría mandado a prisión.

–¿Se arrepiente de haber servido a Trujillo?

–No –respondió Balaguer, con una vocecita tan apocada, tan tímida, que no parecía un político, un hombre de Estado–. Sin mi presencia, sin mi colaboración, las cosas habrían sido mucho peores.

Luego añadió:

–Si ahora tenemos una democracia y usted puede preguntarme estas cosas, es porque yo dirigí la transición.

Al salir de la casa de Balaguer, entusiasmado por los testimonios que recogía para el documental, Vargas Llosa le dijo a José Israel Cuello:

–Tal vez algún día me anime a escribir una novela sobre Trujillo.

—Y otra sobre Balaguer —dijo Cuello.

—No —dijo Mario—. Esa la escribirás tú.

Susana Diez Canseco no acompañaba a Vargas Llosa en sus febriles recorridos por la República Dominicana. Prefería quedarse en el hotel Jaragua, al pie de la piscina, leyendo. A pesar de su juventud, era una lectora voraz, consumada, con un apetito insaciable por las grandes novelas. La de Pantaleón le había gustado, sí, cómo no, y se había reído mucho en el barco donde conoció a Vargas Llosa, pero más la había conmovido *Conversación en La Catedral*, las historias truculentas que el viejo chofer y guardaespaldas Ambrosio le contaba, en un bar llamado La Catedral, al joven Zavalita. Sola en la piscina del hotel Jaragua, Susana a veces pensaba:

—Mario me ama, pero más ama a su vocación de escritor, eso es lo primero para él.

Susana había comprendido bien pronto que Vargas Llosa sólo podía amarla después de haber cumplido a cabalidad su trabajo, su misión suicida de artista en estado de combustión, en vuelo kamikaze. Aquellas semanas, deslumbrado por los paisajes de la isla de la Española, maravillado por las historias torrenciales que le narraban, contagiado del habla popular, Vargas Llosa no escribía de ocho de la mañana a dos de la tarde, pues debía grabar el documental, pero, al tiempo que filmaba las entrevistas o las observaciones que hacía a solas en ciertos parajes de la isla, tomaba anotaciones para una novela que quizás algún día escribiría, la gran novela sobre Trujillo, sobre los últimos años de Trujillo, que Cuello y los Tolentino le sugerían escribir. Permaneció cuatro semanas en la República Dominicana y enseguida anunció a sus guías y anfitriones que el trabajo había concluido: ahora ellos debían editarlo, musicalizarlo y darle vida. Por supuesto, Vargas Llosa les pagaría con holgura, ya Balcells estaba notificada de ello.

En vísperas de que partieran desde Santo Domingo rumbo a Madrid, pues Vargas Llosa había resuelto que se instalarían un tiempo en Barcelona a pesar de que su novia quería que lo hicieran en Nueva York, Mario bajó un momento a la piscina, donde lo esperaba Susana, quien, en bikini y con sombrero de paja, parecía una criatura nefelibata, divina, de una belleza que aún deslumbraba a su novio, el escritor, que le hacía el amor todas las noches, todas, a menos que estuviera de viaje, recogiendo testimonios para el documental, pero esos viajes eran cortos, de dos o tres días, y enseguida regresaba al Jaragua para ponerse al día con Susana Diez Canseco, la niña terrible, la niña mala. Estaban tendidos a la sombra, Susana tomando vodka con jugo de tomate, Mario bebiendo un batido de lechosa, cuando Diez Canseco, señalando a una mujer enteramente vestida de blanco, que caminaba al borde de la piscina, rumbo al bar, le dijo a Vargas Llosa:

—Mira, ¿sabes quién es esa mujer?

Mario la miró y dijo:

—No sé quién es. No tengo idea.

—Se llama Isabel Preysler —dijo Susana—. Es la esposa de Julio Iglesias. Es filipina.

—¿Quién es Julio Iglesias? —preguntó Mario.

—¡Pero cómo no vas a saber quién es Julio Iglesias, Mario! —soltó una carcajada Susana—. ¡El cantante, el conquistador, el gran seductor!

—Claro, cómo no —dijo, sarcástico, Vargas Llosa—. Es que yo no soy musical como García Márquez. Y no leo la prensa del corazón, Susanita.

Al volver del bar con un trago en la mano, Isabel Preysler los miró desde lejos, como si hubiera reconocido al escritor, pero, muy elegante, muy distinguida, como si levitase, como si fuese una criatura sobrenatural, no del todo humana, les dirigió una brevísima mirada de soslayo y se dirigió al ascensor con su andar de gata sigilosa, dueña del mundo. Se encontraba alojada en ese hotel, el Jaragua, el mejor de la ciudad, con su esposo, el cantante Julio Iglesias, que aquella noche daría un concierto en Santo Domingo. Era ya madre de una niña, Isabel, y un niño Julio José, y al año siguiente nacería su hijo Enrique.

—Es muy guapa —dijo Vargas Llosa, sin saber que, doce años más tarde, la conocería personalmente en San Luis, Misuri, Isabel Preysler entrevistándolo para la revista *Hola*, una publicación que Mario se ufanaba de no leer ni siquiera cuando esperaba su turno en el dentista.

Al casamiento de Mario Vargas Llosa, veintinueve años cumplidos, y su prima hermana Patricia Llosa, de apenas diecinueve, asistieron, en una iglesia pequeña de Miraflores, menos de doce personas: la madre de Vargas Llosa, Dorita, menudita de estatura, muy tímida, dispuesta a irse a la guerra por la felicidad de su hijo, sonriente a pesar de todo; los padres de Patricia, Luis Llosa y Olga Urquidi, él muy alto y muy serio, elegante y resignado, altivo y derrotado, gran protector de su sobrino y ahora yerno, a quien consideraba un genio de las artes, y en cuyo futuro creía a pie juntillas, y Olga, la madre, que adoraba a los novios, pero parecía algo aturdida, mareada, como si sus ojos no pudieran dar crédito a lo que estaba ocurriendo, que Marito, su sobrino, por lo visto un donjuán circunspecto con el bigote bien recortado, se hubiese permitido la audacia de casarse primero con su hermana, la tía Julia Urquidi, y ahora con su hija menor, Patricia, que lucía un vestido blanco y un peinado elevado y esponjoso. De pie en una banca de aquella iglesia despoblada de asistentes y de creyentes, pues los seis invitados de la pareja eran agnósticos o ateos y preferían no arrodillarse ni rezar las oraciones que pronunciaba el sacerdote, se encontraban los mejores amigos de la pareja, los más leales, los incondicionales: Javier Silva Ruete, que, como el novio, tenía apenas veintinueve años y era ya ministro de Agricultura del gobierno de Belaunde, y que había sido testigo, diez años atrás, de la boda entre Mario y su tía política Julia Urquidi, en un pueblito al sur de Lima, Chincha, ante un alcalde pescador; el escritor Luis Loayza, a quien el novio llamaba «El Borgiano de Petit Thouars», íntimo amigo de la pareja, un año mayor que Mario, con quien había vivido grandes aventuras en Madrid y París, ciudad esta última donde se había casado con una francesa, Rachel, con Vargas Llosa como único testigo, y ahora ambos, Rachel y Lucho, oficiaban como testigos de la segunda boda del «Sartrecillo Valiente»; el escritor Abelardo Oquendo, alias «El Delfín», inseparable de Vargas Llosa y de Loayza, seis años mayor que el novio, crítico literario y profesor universitario, acompañado de su esposa Carmen Heraud; el escritor Sebastián Salazar Bondy, cuarenta y un años, pelo engominado, peinado hacia atrás, nariz afilada y prominente, mirada triste, tristísima, quien había publicado el año anterior el libro *Lima, la horrible* y moriría semanas después de la boda, a la que concurrió con su pareja, Irma Lostaunau; el escritor, maestro universitario y excanciller Raúl Porras Barrenechea, erudito, fogoso, de una memoria portentosa, quien había concedido al novio la beca con la que partió a Madrid, recién casado con la tía Julia, y consideraba que el talento literario de su discípulo y protegido, el joven Vargas Llosa, era una fuerza de la naturaleza, un evento formidable y atípico que ocurría cada dos o tres siglos; y el hermano menor de Patricia, Luis Llosa, Lucho, Luchito, de apenas catorce años, muy guapo, avispado, gran amigo de su primo Mario, cuya novela *La ciudad y los perros* había leído con asombro, con pena, con rabia, todavía recuperándose por la muerte de su hermana mayor, Wanda, en un accidente aéreo, ocurrida tres años antes de la boda entre Patricia y Mario. La revista peruana *Caretas*, en su edición de junio, dos semanas después de la boda, publicó:

–Tan en privado fue el reciente matrimonio de Mario Vargas Llosa que todo quedó en familia: se casó con su prima Patricia Llosa. A la boda asistieron sólo seis invitados.

La madre del novio, Dorita Llosa, estaba de buen humor, contenta, aliviada. Quería tanto a su único hijo que estaba dispuesta a perdonarle todo, incluso que, bordeando el incesto, burlando las convenciones sociales, desafiando a los pacatos y los cucufatos, se casase con su prima hermana. Además, Dorita nunca quiso demasiado a la tía Julia. Cuando se enteró de que Julia, once años mayor que Mario, se había casado furtivamente con él, Dorita le dijo a Vargas Llosa, furiosa con Julia, a quien conocía desde los años felices en Cochabamba, Bolivia:

—Mi hijito, mi cholito, ¿qué te ha hecho esa vieja, esa abusiva, esa divorciada?

Ahora, orgullosa de los éxitos literarios de su hijo en España, pues había ganado un premio por su libro de cuentos y otro por su primera novela, y orgullosa también de su carácter recio e inconquistable, de su determinación, de su audacia, Dorita pensaba:

—Mi cholito, mi Marito, es un artista, y los artistas hacen estas cosas raras, como casarse con la tía primero y con la prima después. Lo bueno es que no salió mariquita, como le decía mariquita todo el tiempo su papá. Es bien hombrecito mi hijo, y sabe muy bien lo que quiere, y lucha por lo que quiere, trabaja duro, siempre cae parado, sale adelante, no es como mi marido Ernesto, que nunca termina las cosas que comienza y está todo el tiempo regañando, refunfuñando.

Ernesto Vargas no había sido invitado a la boda y se presumía que se hallaba en Los Ángeles, furioso con su hijo, avergonzado nuevamente de él. Se había separado de Dorita y enamorado de una alemana en Los Ángeles que le había dado dos hijos. En cambio, la tía Julia sí había sido invitada por Mario y Patricia, pero, todavía afectada por la premura con la cual Mario la había dejado el año anterior, confesándole su amor por Patricia y ahora casándose con la prima del carácter volcánico y la nariz respingada, había preferido no asistir a la boda, temerosa de desmayarse, de romper a llorar, de protagonizar una escena de celos, pues Julia Urquidi, en su fuero íntimo, a solas con su corazón, seguía amando a Mario, y no estaba tan molesta con él como con la prima Patricia, a la que acusaba de haber seducido perversamente a Vargas Llosa cuando tenía sólo quince años, de visita en París, en los tiempos en que Mario aún estaba casado con ella.

—Menos mal que mi sobrino Mario no tuvo hijos con mi hermana Julia —pensaba Olga Urquidi, la madre de la novia, viéndolos tan enamorados, frente al cura que oficiaba la ceremonia, tan ilusionados de partir juntos de luna de miel a Arequipa, donde Mario había nacido, y luego a instalarse en París–. Menos mal que Julia perdió el bebé cuando quedó encinta. Y ahora, ¿tendrán hijos Patricia y Marito? Y si tienen hijos, primos hermanos como son, ¿saldrán bien, saldrán normales, o saldrán tontos, retardados, taraditos? Ay, qué miedo tengo, qué tremendo ha resultado mi sobrino Mario, que cuando niño en Cochabamba y en Piura era tan tímido, y ahora ha resultado don Juan Tenorio, Porfirio Rubirosa, los deja chicos a ambos, qué tremendo galán, cómo no entender que mi hija Patricia, mi Patita, se muera por él. Dios mío, Diosito lindo, te ruego, te suplico, te imploro, que no tengan hijos, y si tienen hijos que no salgan taraditos, y que Mario no vuelva a enamorarse de ninguna otra mujer de mi familia, que a punto estoy de desmayarme, pero debo ser fuerte, debo resistir, todo sea por la memoria de mi Wandita que está contigo en el cielo: si no he dejado de creer en ti, Diosito lindo, después de que te llevaste a mi Wandita, merezco que tengas compasión de mí, que me des un premio, que me los cuides a mi Patita y a mi Marito y que él no le saque la vuelta y sobre todo que no se enamore nunca más de una mujer de nuestra familia.

A comienzos de ese año, Vargas Llosa, a punto de cumplir los veintinueve, había pasado dos meses en La Habana, solo, sin Patricia, mientras ella se alistaba para la boda, invitado a ser jurado del premio literario Casa de las Américas. A pesar de su corta edad, ya escritor famoso, lo habían alojado en una casa de protocolo en el barrio elegante de Cubanacán, una casa que un empresario acaudalado había abandonado cuando Fidel Castro capturó a tiros el poder y el tirano Batista huyó al exilio, una casa con piscina, jardín, con todos los lujos y comodidades, con mayordomo y cocinera, unos privilegios que la dictadura cubana concedía al joven Vargas Llosa a cambio de que este, escritor ya consagrado con *La ciudad y los perros*, la siguiese apoyando, como en efecto la respaldaba. Por eso, Mario concedió una entrevista al diario *Revolución* de La Habana, en febrero de ese año, en la que dijo:

–Yo estuve aquí por primera vez en la crisis de los misiles, hace cuatro años. A partir de ese contacto, me sentí solidario, comprometido con la Revolución. A ningún latinoamericano escapa que la Revolución Cubana inaugura la transformación de América. Admiro los saltos geométricos que la Revolución ha dado en la educación y las artes. La política cultural no ha caído en los errores de otros sistemas socialistas. Cuba es un modelo.

En esa visita de Vargas Llosa a La Habana, antes de continuar viaje a Lima, donde se casaría con Patricia en una iglesia porque así se lo habían exigido los padres de la novia, Mario recibió una noche, en su casa de protocolo, a una mujer muy guapa, que la dictadura le envió para halagarlo en su vanidad de macho conquistador y príncipe incestuoso. Pero Jorge Edwards, escritor chileno, amigo íntimo de Vargas Llosa, que había sido diplomático en La Habana, le advirtió:

—Fidel te mandará mujeres. Tremendas mujeres. No se te ocurra tirártelas, Mario. Si lo haces, te grabarán. En todas esas casas de protocolo, Fidel tiene cámaras escondidas que graban las picardías sexuales de sus invitados.

Por eso, Vargas Llosa le dijo a la inesperada visitadora habanera:

—Gracias por venir, pero estoy ocupado escribiendo y además estoy por casarme en unas semanas en Lima, así que le ruego que se retire.

Años más tarde, en sus decenas de visitas a La Habana, alojado en las casas de protocolo, ¿fue García Márquez tan prudente como Vargas Llosa, y se abstuvo de copular con las mujeres hermosas que le enviaba Fidel Castro? ¿O el dictador cubano tenía cintas de video del escritor colombiano fornicando con prostitutas de lujo? Después del caso Padilla, cuando Mario rompió con la dictadura cubana y Gabriel continuó apoyándola, Edwards le preguntaba a Vargas Llosa:

—¿No será que García Márquez no puede romper con Fidel porque sabe que lo han grabado con las putas que le mandaban?

En esa entrevista concedida al diario cubano *Revolución*, poco antes de casarse, Vargas Llosa decía, sin saber que pronto habría de cambiar de opinión:

—Sartre es uno de los escritores que más admiro. Camus me irrita, es un autor viejo, su filosofía es anacrónica.

De pie en la desangelada iglesia de Miraflores, viendo a su hija Patricia casarse con Marito, su sobrino preferido, Lucho Llosa Ureta pensaba, el rostro adusto, el ceño fruncido, una niebla espesa velando su mirada, la postura tiesa, solemne, señorial, como si estuviera en un velorio:

–En unas semanas voy a cumplir cincuenta años y ahora mismo me siento como si tuviera noventa. Estoy apaleado, hecho polvo, hecho puré. Han sido demasiadas pérdidas, demasiados escándalos en esta familia, los Llosa. ¡Pensar que hace sólo tres años se nos fue Wandita cuando venía de París a casarse en Lima! ¡Pensar que Wandita falleció con sólo dieciocho años! ¡Y ahora Patricia se enamora de Marito y se casa con Marito! ¡Pobre mi padre, don Pedro, si le contamos que Marito y la Patita se han casado, se muere de un infarto, como se murió mi madre, Carmen, hace pocos años! ¡Menos mal que la abuela de Marito y la Patita ya falleció, ella no hubiera podido aguantar todo esto, menos mal que ya había partido cuando se nos fue Wandita, ahora deben estar juntas en el cielo, muriéndose de risa, viendo cómo Mario y la Patita, que dicen que son ateos, están aquí tan serios, mirando al curita, jurándole que serán fieles hasta el final de sus días, qué chiste! La vida es una comedia, carajo, Dios es un humorista. ¿Qué estará pensando de todo esto mi cuñada Julia en Cochabamba? Debe de estar enferma de los celos. Qué huevos tuvo Mario de dejarla y de enamorarse de mi Patita y todo así de golpe, el año pasado. Este Mario tiene unos cojones blindados, carajo. Merece mis respetos. Todos nos hemos hecho una paja pensando en la tía, en la prima, es normal, los hombres a esa edad somos así, arrechos como burros en primavera, pero sólo Mario sabe convertir esas fantasías en realidad y casarse con la tía, con la prima, con quien más lo arrecha, y al diablo el resto del mundo.

–¡Este matrimonio es nulo! –gritó alguien, de pronto, entrando en la iglesia–. ¡Este matrimonio se suspende ahora mismo! ¡Se retiran todos de inmediato o los agarro a balazo limpio!

Era Ernesto Vargas, el padre del novio, el hombre que vivía molesto, quien había llegado desde Los Ángeles de un modo casi clandestino, sin anunciarlo a la familia. Enterado de que su hijo mayor, ahora divorciado de la tía Julia, se casaría con su prima Patricia, Ernesto Vargas había sufrido una de sus iras fulminantes, repentinas, se había sentido avergonzado de su hijo Mario, avergonzado de que Mario fuese a sus ojos un sátiro, un depravado, un corruptor de su propia familia, un reincidente en el incesto, y ahora entraba en esa iglesia, pistola en mano, dispuesto a impedir que los novios se casaran, listo a derramar sangre para sabotear aquella boda:

–¡Todos al suelo! –gritó, pero su voz no comandaba autoridad, no era suficientemente poderosa, era una voz chillona, aflautada, como la de una señora mayor, despechada, dando gritos–. ¡Todos al suelo, o les meto bala!

De los seis invitados, sólo uno permaneció de pie: Javier Silva Ruete, el ministro de Agricultura, pues sabía que Ernesto Vargas era un fanfarrón, un bocazas.

–No se atreverá a disparar –pensó.

Pero Raúl Porras se hizo un ovillo, detrás de la banca, y enseguida se agacharon los demás invitados.

–¡Ernesto, qué haces, deja la pistola! –le gritó Dorita, la madre del novio.

Ni Vargas Llosa, ni Patricia, ni los padres de Patricia se dejaron intimidar por los gritos de loro viejo de Ernesto Vargas, y permanecieron de pie, aunque el cura dio unos pasos atrás y se puso en cuclillas, detrás del altar.

–¡Usted, señor, no puede casar a los novios! –le gritó Ernesto al sacerdote, quien lo miraba, aterrado–. ¡Son primos, primos hermanos! ¡Este matrimonio es una herejía, una blasfemia! ¡La Iglesia católica prohíbe el matrimonio entre primos hermanos!

Avergonzado de su padre, Mario, que lo miraba con un odio antiguo, un odio que venía desde la adolescencia y duraría hasta el final de los tiempos, se dirigió a él, dispuesto a confrontarlo.

–¡Afuera todos, carajo! –gritó Ernesto, y disparó una, dos veces, apuntando hacia arriba, y entonces una lluvia fina de polvillo blanco cayó desde el techo doblemente agujereado de la parroquia–. ¡Este matrimonio queda suspendido porque es una falta de respeto a Dios!

—Como siempre, mi pobre Ernesto haciendo el ridículo —pensó Dorita.

—Lo va a matar a Mario —se asustó Patricia.

—El huevón de Ernesto siempre jodiendo a su hijo —se dijo a sí mismo, callado, furioso, Lucho Llosa, el padre de la novia.

Mario caminó resueltamente hacia su padre, le quitó la pistola de un movimiento rápido, sin vacilaciones, lo cogió con una mano del pescuezo, le apuntó con la pistola sostenida por la otra mano y le dijo, sin levantar la voz, sin gritar, con autoridad:

—Si no te largas ahora mismo, te vuelo la cabeza.

Pálido, derrotado, incapaz de doblegar en valentía a su hijo, Ernesto Vargas se retiró con pasitos atropellados de loro viejo y no volvió a aparecer. Mario le entregó la pistola a su primo Lucho y dijo, subiendo la voz:

—Mil disculpas. Continuemos, por favor.

Pero el cura no sabía si salir de su parapeto tras el altar, y tuvo que beber prematuramente el vino de la consagración para que le volviera el alma al cuerpo.

—¿Será verdad que los novios son primos hermanos? —se preguntaba, sin el mínimo coraje para plantear la cuestión a viva voz.

El más asustado de todos, aún más que el cura, era el escritor Salazar Bondy. Había conocido a Vargas Llosa en la universidad de San Marcos, donde daba clases de literatura: Mario le dijo que había leído toda su obra y hasta le pidió un autógrafo. Al leer los cuentos de Vargas Llosa y luego su primera novela, Salazar Bondy comprendió que el chico que le pidió un autógrafo llegaría lejos, muy lejos. Por eso acudió aquella tarde al casamiento de Mario y Patricia, con traje y corbata, el pelo tieso y bien peinado por la gomina, la nariz aguileña, el aire taciturno, afligido, de escritor al que la fama le resultaba esquiva, a despecho de su innegable talento. Moriría pocas semanas después, con apenas cuarenta y un años, de un infarto, en la revista peruana *Oiga*, del periodista Francisco Igartua, mientras escribía una crítica literaria en la redacción de la revista. La última línea que escribió, antes de caer fulminado sobre la máquina de escribir, fue:

–Qué linda sería la vida si tuviera música de fondo.

Enterado de que Salazar Bondy había muerto, Vargas Llosa escribió:

–Siento su muerte como un agravio, una mutilación. Ahora Lima será más fea, más deprimente, más inculta.

Ya entonces, después de pasar la luna de miel en Arequipa, Mario y Patricia se encontraban de regreso en París. El mismo mes que murió Salazar Bondy en Lima, Patricia quedó embarazada en París de un bebé que habría de llamarse Álvaro Augusto Vargas Llosa, hijo de Mario Vargas Llosa y Patricia Llosa, quien debía nacer en París, pero, por cosas del destino, nació en Lima, la ciudad que, tras la muerte de Salazar Bondy, lucía todavía más horrible.

Sin noticias de Vargas Llosa, que estaba en Madrid, en el hotel Wellington, el hotel de los toreros, con su novia Susana, y que le había pedido expresamente a Carmen Balcells que no le dijera a Patricia Llosa dónde se encontraba ni cuáles eran sus planes, la esposa del escritor peruano, instalada en la casa de Barranco con sus hijos de ocho y siete años y su hija de apenas seis meses, auxiliada por su madre Olga y su padre Lucho, quienes se encontraban consternados e indignados por lo que Mario le había hecho a Patricia, dejarla sola con los niños en Lima, a merced de los chismes de la ciudad, para irse con una jovencita a la que acababa de conocer en el barco, se vengaba todos los días, minuciosamente, rompiendo y quemando, en la chimenea de la casa, los libros que más estimaba Vargas Llosa, libros que le habían firmado Borges y Cortázar, Fuentes y Monterroso, Cela y Umbral, García Márquez y Mutis, Ribeyro y Bryce Echenique, libros que consideraba un tesoro personal de valor inestimable. No sabía Patricia Llosa que, exactamente diez años atrás, en París, cuando Mario dejó a su esposa, la tía Julia, tras informarle por carta de que se había enamorado de Patricia, ella, la tía Julia, despechada, metió en una maleta grande y pesada los libros que Vargas Llosa más quería, se dirigió en taxi a un puente sobre el río Sena y, de madrugada, llorando, gritando imprecaciones y vulgaridades contra su marido, arrojó, uno a uno, esos libros al río: aquella fue su venganza.

—Cuando Mario venga a esta casa a visitar a sus hijos finalmente —pensó Patricia, cultivando el rencor como si fuera un delicado bonsái—, se llevará la sorpresa de que su biblioteca ya no existe: ¡quiero verle la cara!

El ambiente en Lima era de crispación política y mutilación sistemática de las pocas libertades que quedaban en pie, desde que un general de izquierdas, Velasco Alvarado, diese un golpe, seis años atrás, mandando al exilio al caballeroso presidente Belaunde y destruyendo la democracia: ahora, nada más llegados en barco los Vargas Llosa desde Barcelona a finales de julio, el dictador Velasco había anunciado, el día mismo en que Mario y su novia Susana se embarcaban en un vuelo a Los Ángeles, que su dictadura, una satrapía que los adulones de turno llamaban la revolución peruana, confiscaba los principales periódicos del país: *El Comercio, La Prensa, Correo, Ojo* y *Última Hora*, así como las revistas *Oiga* y *Caretas*. Desde Los Ángeles y Nueva York, Vargas Llosa, que había apoyado el golpe del general Velasco y respaldado sus atropellos a la propiedad privada, como la reforma agraria que despojó de sus haciendas a los empresarios del campo, no aplaudió en esta ocasión que su amigo, el dictador Velasco, diese un zarpazo contra la libertad de prensa, copando a los diarios y revistas independientes de periodistas serviles y escribidores amaestrados, subordinándolos al capricho de su dictadura, aunque Mario continuó diciendo que era partidario de aquella tiranía:

–Es falso que yo sea un enemigo de la revolución peruana –escribió Vargas Llosa, meses después de la confiscación de los diarios y las revistas independientes–. Me siento plenamente identificado con las reformas. Tengo absoluta solidaridad con ellas.

Sin embargo, antes había matizado:

–Es una lástima que la revolución, que se ha mostrado audaz e imaginativa en el dominio de las reformas económicas y sociales, buscando soluciones propias para nuestros problemas, sea incapaz de consentir la discrepancia y la crítica.

También pedía Vargas Llosa que se permitiera la libre circulación de los diarios y las revistas:

–Pero no desde el punto de vista de los dueños de los diarios expropiados, sino desde el punto de vista de la propia revolución.

Finalmente, Vargas Llosa sentenciaba, tomando distancia del atentado a las libertades de prensa y expresión, pero renovando su compromiso con una dictadura de izquierdas que él prefería seguir llamando revolución:

—Con la misma claridad con que he declarado mi apoyo a la reforma agraria, a la política antiimperialista, a la ley de propiedad social y a otras medidas progresistas del régimen, quiero dejar constancia de mi absoluto desacuerdo con los síntomas de autoritarismo creciente que se manifiestan en lo que respecta a la libertad de expresión.

No pedía entonces el retorno a la democracia: pedía que, desde el punto de vista de los intereses de la llamada revolución, se permitiera una prensa libre para que esta condenase «los excesos inevitables de todo proceso revolucionario».

—El próximo año, a fines del próximo año, Mario terminará con su noviecita, te pedirá perdón y volverá contigo —le dijo una vidente, Rosa Chang, la más respetada de Lima, a Patricia Llosa, cuando esta acudió a su consultorio, preguntándole por el futuro—. No será tu Mario el que deje a su noviecita: será ella quien lo dejará, molesta, porque tu Mario es un pingaloca, un pipiléptico —continuó Rosita, al tiempo que Patricia la miraba, sin darle demasiado crédito—. Ya verás, tu Mario volverá de rodillas, con el rabo entre las piernas.

—¿Y yo lo perdonaré? —preguntó Patricia.

—Sí —respondió Rosita, sin dudarlo—. Lo perdonarás. Y volverán a ser felices.

—¿Y volverá a sacarme la vuelta?

Rosa Chang suspiró profundamente, consultó las cartas del Tarot, las reacomodó, cerró los ojos, pareció irse a otra parte, viajar al futuro, y luego dijo:

—Sí, tu Mario no cambiará, hijita: seguirá sacándote la vuelta de vez en cuando. Pero eso a ti ya no te afectará tanto. Y no te dejará. Estará contigo muchos años.

No sabía Patricia que su esposo, en el hotel Wellington de Madrid, había recibido la confirmación, por parte de su agente Balcells, de que la Paramount quería que él escribiera el guion y dirigiera la película *Pantaleón y las visitadoras*, que debía llamarse así mismo, como la novela, y además se entusiasmaba con la posibilidad de que el escritor actuara en ella. No sabía Patricia que Mario, en Madrid, encerrado en su habitación del Wellington, avanzaba en la escritura de ese guion, obsesionado con una idea que avivaba las fiebres de su imaginación: el personaje de «La Brasileña» debía interpretarlo una actriz peruana, Camucha Negrete, de treinta años, a la que encontraba sumamente atractiva. No sabía entonces Patricia que Mario, en Madrid, con Susana Diez Canseco, estaba ya pensando, fantaseando, maliciando, en tirarse a Camucha Negrete durante el rodaje de la película, y por eso prefería que no se filmase en escenarios peruanos, por eso y porque sospechaba que la dictadura militar peruana no veía con simpatía aquella película en la que los militares quedaban como unos tarados urgidos de un sudoroso coito al paso.

Una tarde, para distraer a los niños, Patricia Llosa dejó a su pequeña hija al cuidado de su madre Olga, en la casa de Barranco, y acudió, con Álvaro y Gonzalo, siempre inquietos, aficionados a los libros y al fútbol a tan precoz edad, a la casa de Clementina Bryce Echenique, hermana mayor del escritor Alfredo Bryce Echenique, casada con el periodista Francisco Igartua, descendiente de vascos, dueño y director de la revista *Oiga*, quien, pocas semanas después de que fuese confiscada su revista, había sido deportado a México: el mismo Francisco Igartua que, dos años después de afincarse en la capital mexicana, desterrado por la dictadura peruana, fuese testigo, en un salón privado de un cine mexicano, del puñetazo que Vargas Llosa le dio a García Márquez. Clementina, su esposa, se había quedado un tiempo en Lima, cuidando a sus hijos Maite y Esteban, esperando a que en diciembre concluyesen el año escolar para entonces llevarlos a México a reunirse con Francisco Igartua, y de paso cuidando a los perros y los gatos que Clementina y Francisco tenían en aquella casa en los suburbios de Lima, con amplios jardines, geranios coloridos, buganvilias y árboles de eucaliptus. Los perros eran un doberman, un rottweiler y un dogo argentino blanco, pues Igartua temía a los matones de la dictadura y se sentía más seguro con esos perros bravos, adiestrados para morder a los intrusos, y los gatos eran cuatro, sin contar al desterrado Igartua, que a veces parecía un gato gordo, con poncho y sombrero. Cuando Patricia y sus dos hijos llegaron a la casa de Clementina, fue Alfredo Bryce, para su sorpresa, quien les abrió y dio la bienvenida, chispeante, risueño, borracho a las tres de la tarde, bebiendo un vodka tras otro, fumando un cigarrillo tras otro, contando chistes, anécdotas, chismecillos venenosos, mínimas historias humorísticas, con una gracia singular que hacía reír a su hermana Clementina y a Patricia, mientras los niños Álvaro y Gonzalo jugaban con Maite y Esteban.

Sin que los mayores lo advirtieran, Esteban Igartua Bryce corrió al cuarto de sus padres, sacó una revista que se encontraba debajo de la cama, la dobló sigilosamente y volvió donde su hermana y los niños Vargas Llosa. Luego, procurando que su madre Clementina y su tío Alfredo no se diesen cuenta, lo que no resultó demasiado arduo porque ambos se encontraban felizmente beodos, no así Patricia, que no tomaba alcohol durante el día, Esteban les mostró un ejemplar de una revista con fotos de hombres desnudos que mostraban sus grandes falos erguidos. Los niños Vargas Llosa, que nunca habían visto una revista de hombres desnudos, enmudecieron. Afiebrado, colorado, de pronto poseído por una lujuria prematura, Álvaro, a quien le decían Alvarito, y a quien García Márquez llamaba «El Gran Caballero Inglés», se abrió los pantalones cortos, se bajó los calzoncillos y le dijo a Maite:

—Mira mi pichula parada.

Decían que Álvaro había nacido en Lima con una poderosa erección, señal de buena fortuna, augurio de gran prosperidad. Maite dio un respingo, mientras Esteban y Gonzalo reían a carcajadas.

—¿Te gusta mi pichula parada? —preguntó Álvaro.

Entonces Maite lanzó un alarido seguido de risotadas y convulsiones, y Álvaro, fogoso, se lanzó sobre ella, como si quisiera tirársela, así de precoz y bandido era el mayor de los Vargas Llosa, y enseguida uno de los perros, el dogo argentino blanco, creyó que la niña Maite estaba en peligro, corrió hacia el lugar de los hechos y dio un mordisco certero y brutal entre las piernas de Álvaro, en su colgajo viril, en su bolsa testicular, arrancándole un testículo.

—¡No! —rugió Álvaro, retorciéndose de dolor—. ¡Mi pichula no!

Pero ya era tarde: el dogo argentino le había arrancado un testículo, dejando al niño con la entrepierna ensangrentada, mientras los adultos se acercaban a toda prisa y contemplaban la escena, espantados:

–¿Qué te han hecho, mi amor? –gritó Patricia, y se puso de rodillas y abrazó a su hijo, mientras los niños lloraban, aterrados, y los perros ladraban todos a la vez, sobreexcitados.

–¡Busquen el huevo! –gritó Alfredo Bryce–. ¡Hay que encontrar el huevo de Alvarito!

Luego el escritor empezó a seguir las huellas del dogo argentino, tratando de encontrar el testículo cercenado, amputado de un mordisco feroz.

–¡Imposible, tío! –dijo Maite–. ¡Ya el perro se comió el huevo de Alvarito!

Pero, mientras Patricia y Clementina le subían los pantalones al niño, y lo cargaban, y se disponían a llevarlo de emergencia a la clínica más cercana, Alfredo Bryce anunció a gritos, eufórico, como si hubiese visto tierra firme, después de cuatro meses en alta mar:

–¡El huevo, el huevo! ¡Encontré el huevo de Alvarito!

Se arrodilló, puso en su palma derecha el testículo sangrante y corrió donde Patricia y Clementina, orgulloso de su hallazgo:

–¡Vamos a la clínica a que le cosan el huevo!

Fueron todos a la clínica, menos Esteban y Maite: Esteban corrió a esconder la revista pornográfica debajo de la cama de sus padres: se sentía culpable de la desgracia.

En la clínica, los médicos, enterados de que se trataba del hijo mayor del gran escritor Mario Vargas Llosa, lo durmieron enseguida con abundantes dosis de morfina y, en una intervención lenta y compleja, lograron restituirle el testículo arrancado por el perro.

–¡Cuánto me alegro! –dijo Alfredo Bryce Echenique, borracho y riéndose, a pesar de todo–. Mi sobrino Alvarito no será hombre de un solo huevo.

–¡Cállate, Alfredo! –lo reprendió su hermana Clementina.

–No es broma –dijo Bryce–. Hitler, Napoleón y Franco fueron hombres de un solo huevo.

—¡Perdóname, Remedios! —gritó García Márquez, de madruga-da, atormentado por una pesadilla—. ¡No quisimos matarte! —exclamó, y enseguida Mercedes lo despertó para evitarle suce-sivos tormentos, y Gabriel, sobresaltado, se descubrió llorando.

Después de pasar unos meses en Londres, tratando en vano de aprender los rudimentos del idioma inglés, los García Már-quez, resueltos a pasar las fiestas de fin de año en Barcelona con sus hijos, con los Feduchi, con Carmen Balcells, tratando de convencer a Patricia Llosa de que pasara esas fiestas con ellos, habían viajado a París para visitar a Tachia Quintanar y su espo-so Charles Rosoff, y al hijo de ambos, Juan, de nueve años. En París, los García Márquez, gracias al éxito mundial de *Cien años de soledad*, que a su vez había multiplicado las ventas de sus li-bros anteriores, eran ahora dueños de un piso muy elegante en la esquina de la calle de Bac con la calle de Montalembert, en el mismo edificio, apenas un piso debajo, en el que vivían Tachia, Charles y Juanito, el niño cuyo padrino era Gabriel y que, como tenía clases al día siguiente, se había quedado durmiendo, mien-tras los Quintanar y los García Márquez cenaban en un restau-rante cercano, La Coupole.

—Larga vida al amor entre ustedes —brindó Gabriel, mirando a Tachia y Charles.

—Por los amores que nunca mueren —brindó Mercedes.

Conmovida, Tachia bebió champaña, los ojos de pronto ane-gados en lágrimas. Se había casado con Charles el año anterior, en París, y Gabriel, a quien ella llamaba así, Gabriel, nunca Gabo, fue el padrino del casamiento, además de que ya entonces era padrino del hijo de la pareja, Juanito.

96

–Todavía no me lo puedo creer –dijo Tachia, emocionada–. ¿Quién podía adivinar que el Gabriel que conocí aquí, en París, terminaría siendo el escritor de fama mundial que eres ahora? Parece uno de tus cuentos, Gabriel. Puro realismo mágico.

–El colombiano que comía de madrugada, revolviendo la basura de los restaurantes caros de París, y ahora nos invita a cenar en esos mismos restaurantes –apuntó Charles.

Gabriel y Tachia se conocieron en París cuando él tenía veintinueve años y era corresponsal del diario colombiano *El Espectador*, y ella tenía veintisiete años. Tachia, llamada Concepción, había nacido en el País Vasco, en Eibar, y de niña le decían Conchita. Muy joven, se enamoró del poeta Blas de Otero, que la llamaba Tachia, no Conchita, y le cambió el apellido de Quintana a Quintanar. Aquella fue una relación tormentosa, porque Blas de Otero era muy mujeriego y le era infiel. Huyendo de él, Tachia se mudó a París, donde trabajaba en el servicio doméstico del hotel de Flandre. Fue allí donde conoció a un escritor colombiano muy flaco, de bigotes, casi famélico, que vivía en ese hotel y al que confundían con un argelino.

–Nunca fui tan pobre como ese año aquí, en París –dijo García Márquez, que había ordenado caviar, de entrada, y pato, de fondo, y bebía la champaña más refinada de aquel restaurante–. Había días que no comía nada, o que a duras penas me consolabas con una de tus sopas a la broma, ¿recuerdas, Tachia?

Ese año que se conocieron en París, Tachia tomaba clases de teatro, soñaba con ser actriz y vivía en un apartamento minúsculo, a pocos metros de los jardines de Luxemburgo. Escarnecido por el azar, Gabriel se había quedado desempleado: el dictador Rojas Pinilla clausuró el diario *El Espectador*, cuyos jefes, preocupados por su corresponsal en París, el reportero estrella de Colombia, le mandaron un boleto aéreo de regreso a Bogotá, pero García Márquez, en un gesto supremo de valor, de confianza en sí mismo, canjeó ese boleto por dinero y se quedó en París: no quería volver a Colombia sin terminar la novela breve que lo tenía obsesionado, *El coronel no tiene quien le escriba*.

—Yo compraba un cuarto de kilo de carne picada, remojaba panes viejos en leche, hacía albóndigas y comíamos en mi cuartito –recordó Tachia.

—Comíamos cuatro, cinco, seis personas, porque venían los amigos a comer tus albóndigas, que ya eran famosas –dijo Gabriel–. Nos sentábamos sobre cajas vacías de naranjas. No había muebles en tu cuarto, sólo la cama y las cajas de naranjas.

Lo que más le gustaba a Gabriel no era escribir, sino cantar: cantaba vallenatos y cumbias con gran destreza, con notable autoridad, de un modo que sorprendía a quienes lo tenían sólo como escritor: cantaba en ciertos bares y restaurantes, a veces hasta en el metro, pasando el sombrero, y en las fiestas que a menudo daba el único amigo con dinero que tenían, Hernán Vieco, dueño de un piso y un auto, que creía ciegamente en el talento de García Márquez, en su futuro como escritor. Por eso le dijo una madrugada, saliendo de la fiesta:

—¿Cuánto le debes a la dueña de tu hotel?

Todas las mañanas, García Márquez bajaba siete pisos en el hotel de Flandre y preguntaba si había llegado el cheque desde Colombia. El cheque, sin embargo, no llegaba, no habría de llegar, y la deuda con sus caseros seguía creciendo. Abochornado, Gabriel no quiso responderle, pero Vieco firmó un cheque y lo deslizó en los bolsillos de su amigo, quien pudo entonces pagar lo que le debía a su casera, la dueña del hotel de Flandre: nueve meses consecutivos, el equivalente de unos trescientos dólares.

—Gabito siempre tiene pesadillas con Remedios –dijo Mercedes, la Madre, la Madre Superiora, así la llamaba su esposo, con una mirada derrotada de amor.

Cuando Gabriel se enamoró de Tachia, pobres los dos, hambrientos los dos, soñadores hasta el final, él le decía «La Generala», porque Tachia, vasca indomable, poseía un carácter fiero: siendo pobre, no quería regresar a España, quería triunfar como actriz en París.

—Lo siento –dijo Tachia, traspasada por una profunda tristeza–. De veras lo siento, Gabriel.

Gabriel miró a Charles, el esposo de Tachia, un ingeniero francés, hijo de rusos exiliados, trece años mayor que él, que había aprendido a hablar en español, y le dijo:

–Nosotros somos huérfanos de una hija, ¿comprendes, Charles?

Charles asintió, pensativo, y no dijo una palabra, temeroso de convocar a los duendes de la tristeza. Gabriel aludía al aborto que se practicó Tachia, con cuatro meses y medio de embarazo, en la maternidad de Port Royal, en París. Estaba embarazada de García Márquez, iban a ser padres de una niña, no sabían si debían darle vida, siendo ambos tan pobres.

–Fui yo la que no quiso tenerla –dijo Tachia, y tomó de la mano a Gabriel, al tiempo que Mercedes los miraba con profundo respeto, con amor–. Tú te portaste muy bien, Gabriel. Me dijiste que acatarías lo que yo decidiera.

–Qué pena tan grande que nuestra Remedios se nos fue al cielo –dice Gabriel, los ojos llorosos–. Ahora estaría aquí, con nosotros, y sería amiga de mi ahijado Juanito.

Gabriel aludía a la niña que Tachia no pudo dar a luz como Remedios, Remedios La Bella. De no haber interrumpido Tachia aquel embarazo, un trauma que separó a la pareja en diciembre de ese mismo año malhadado, una tragedia que la obligó a distanciarse de Gabriel, viajando en tren hasta Madrid, la niña Remedios tendría aquella noche, en ese restaurante de París, dieciocho años: sus hermanos Rodrigo y Gonzalo nacieron tres y cinco años después de que ella no naciera.

–Remedios está aquí, con nosotros –dijo Mercedes–. Y todos nos amamos y la amamos. Y ella lo sabe.

Cuando Tachia se marchó desolada y todavía sangrando a Madrid, con ocho pesadas maletas que apretujaban el tamaño de su fracaso en París, quizás arrepentida de haber abortado, devastada por aquella tragedia, García Márquez terminó su novela, volvió a Barranquilla y se casó con Mercedes, a quien le había dicho, cuando ella tenía diez años y él catorce:

–Tú vas a ser mi esposa.

Pero Mercedes, en aquella ocasión, se asustó y se puso a llorar. Ahora era su esposa. Sabía que Gabriel había amado a

Tachia y continuaba amándola en cierto modo, pero no se ponía celosa ni impedía que ambos se viesen: al contrario, sabiamente, con gran corazón, entendía que Gabriel necesitaba estar cerca de Tachia, recuperar su afecto, protegerla, irradiar en ella y su familia la luz poderosa y bienhechora que él esparcía sobre aquellos que más quería: por eso había comprado un apartamento en el edificio donde Tachia vivía, por eso era el padrino de su hijo Juanito y el padrino de boda de Charles y Tachia: por fin, tantos años después, dieciocho años después, Gabriel podía darle a esa vasca poeta y corajuda todo lo que no pudo darle cuando era tan pobre en París. Ambos, por cierto, eran entonces comunistas y ahora seguían siéndolo.

–¿Hay comunistas buenos y comunistas malos? –le preguntó Tachia a Gabriel, el año en que quedó embarazada de él.

–No –respondió García Márquez, muy serio–. Hay comunistas y no comunistas. Y nosotros somos comunistas.

Gabriel acudió a la estación de tren cuando Tachia, días después de abortar, partió a Madrid, rota de tristeza, presa de melancolía, y lloró sin consuelo cuando vio que la mujer que más amaba entonces, y la única con la que en cierto modo había convivido como pareja, se alejaba, porque solamente estar con él, mirarlo, extraviarse en sus ojos de cantante errante, le dolía en el corazón, en las tripas, en las entrañas. Pero ahora eran amigos y vecinos y estaban juntos y todo había terminado bien, la historia atormentada tenía un final feliz.

Aquella noche, cuando cenaban los cuatro, y celebraban anticipadamente las navidades a pesar de que todos eran ateos, García Márquez no sabía que, unos años después, ganaría el Nobel de Literatura, y que Tachia, Charles y Juanito estarían a su lado y al lado de Mercedes, en Estocolmo, todos como una familia unida, y que, debajo del «liquiliqui» arrugado que vistió el día en que los reyes suecos le dieron el premio, tendría puesto, muy ajustado, un traje térmico negro que Tachia le compró en París y le llevó a Estocolmo para protegerlo del invierno sueco. Tampoco sabía que un parquecito a pocos metros del edificio de París donde Tachia y él eran vecinos, ella en el piso inmediatamente superior, llevaría su nombre, la plaza Gabriel García

Márquez, donde ahora, después de cenar, Mercedes pidió sentarse para fumar un cigarrillo. Pero Gabriel no fumó: había dejado de fumar cuatro años atrás, gracias a las dotes persuasivas de su amigo y compadre Vargas Llosa, cuando Mario llegó a Barcelona desde Londres, ciudad en la que fumó el último cigarrillo de su vida.

–Yo a usted la amaré siempre, Mademoiselle Chocolat –le dijo Gabriel a Tachia, y besó su mano.

En el restaurante La Coupole, donde acudían a refugiarse Tachia y Gabriel cuando eran amantes, a ella le decían así, «Mademoiselle Chocolat», porque sólo le alcanzaba el dinero para pedir un chocolate caliente, mientras Gabriel pedía café.

–¡Perdóname, Remedios! –gritó García Márquez, dormido, llorando, esa madrugada, antes de que Mercedes lo despertase y consolase–. ¡No debimos hacerte eso!

—Mi hijo mayor se ha quedado mocho de un huevo –le dijo Vargas Llosa a su amigo, el escritor chileno Jorge Edwards–. Patricia quiere que vaya a Lima.

—No vayas –dijo Edwards–. Si vas, no vas a poder escribir.

Habían concluido un partido de tenis en una cancha de arcilla del Real Club de Tenis de Barcelona, en el barrio de Pedralbes, no muy lejos del hotel Sarrià, donde Mario y su novia Susana se encontraban alojados. Al pasar por el hotel a buscar a su amigo, Edwards conoció a Susana y quedó deslumbrado por su belleza:

—Es preciosa –le dijo a Vargas Llosa, mientras caminaban ambos de blanco, en zapatillas y pantalones cortos, al club de tenis, donde alquilaron las raquetas y pagaron por el uso de la cancha–. Entiendo que te hayas enamorado de ella.

—Mi relación con Patricia se torció porque ella se obsesionó con tener críos –dijo Mario, como si recordar a su esposa le afeara la tarde, le tiznara el espíritu–. Yo no quería tener críos, tú lo sabes bien. No puedo escribir con tres críos en la casa. Que Patricia se ocupe de ellos, ella quiso tenerlos. Yo no quería ser padre. Le rogué que al menos pasáramos cuatro o cinco años casados, sin hijos, pero, ya ves, ahora tenemos tres críos y Patricia me ahoga, no me deja respirar.

—Quédate en Barcelona –le aconsejó Edwards, después del partido de tenis, al tiempo que secaba el sudor de su frente con una toalla blanca y bebía un porrón de cerveza con una gaseosa dulce de limón.

Edwards jugaba mejor al tenis que Vargas Llosa. Se movía con destreza, con sorprendente agilidad, a pesar de que era cinco años mayor, bebía mucho más alcohol que Mario y fumaba de vez en cuando. Vargas Llosa casi no bebía alcohol y, en los cuatro años que vivió en Barcelona, sólo concurrió una vez a la discoteca Bocaccio, a la que acudían los escritores famosos de la ciudad, las artistas de moda, y donde era fácil encontrar a Edwards, a Carlos Barral, a Juan Marsé, a Beatriz de Moura, a los García Márquez. Pero el escritor chileno jugaba al tenis desde niño y por eso le había ganado a su amigo peruano sin demasiada dificultad.

–Acá, en Barcelona, nadie se va a escandalizar porque has dejado a Patricia –continuó Edwards–. Nadie te va a juzgar. Ya tienes fama de donjuán, Mario. Es una raya más al tigre. Y cuando te vean con Susana, todos van a estar contigo, comenzando por la propia Carmen.

Edwards llevaba apenas un año viviendo en Barcelona. Acababa de publicar un libro de memorias, *Persona non grata*, sobre los meses torturados que pasó en La Habana, como representante diplomático del gobierno de Salvador Allende. Mientras vivía en La Habana, fue testigo en sólo tres meses y medio de cómo la dictadura espiaba a los diplomáticos, a los escritores, a los artistas, cómo Fidel Castro perseguía y encarcelaba a sus opositores, por eso no se sorprendió de que, al año siguiente de su intempestiva partida, el poeta Heberto Padilla fuese arrestado, torturado y sometido al escarnio público de una humillación, una confesión insincera de sus culpas. Fidel Castro habló a gritos con Edwards, lo insultó, lo amenazó, pero, para su sorpresa, el escritor chileno no perdió la calma, no se dejó intimidar, siguió siendo crítico de los atropellos del régimen cubano. Por eso Edwards, persona non grata para Castro, tuvo que irse de Cuba sin cumplir cuatro meses siquiera en su puesto diplomático, pero lo hizo con la dignidad invicta y la conciencia limpia. Lo salvó entonces Pablo Neruda, que era embajador de Chile en París: le pidió a Allende que Edwards fuese destacado a esa embajada, y por supuesto Allende, que en cierto modo le debía la presidencia a Neruda, pues el poeta había retirado su candidatura presidencial para facilitarle el triunfo, nombró a Edwards ministro consejero en París, bajo las órdenes del embajador Neruda. Neruda era amigo de sus amigos y consideraba que Edwards era un escritor de izquierdas, pero moderado, razonable, sensible al arte, defensor de las libertades, sin hipotecarse a las izquierdas pistoleras, machistas, homofóbicas, como la que comandaba con traje verde olivo Fidel Castro, el hombre que daba discursos de siete horas, que amaba escucharse, que mandaba fusilar a sus enemigos y hasta a sus amigos.

—No me mudaré a Lima —dijo Vargas Llosa, muy serio, como si pudiera ver el futuro—. Estoy furioso con Velasco. Se ha tirado los periódicos y las revistas. No puedo aplaudir esa barbaridad.

—No le sigas apoyando —dijo Edwards—. Es un peón de Fidel. Te conviene distanciarte de él. Nosotros somos de izquierdas, pero somos escritores, y la libertad no se negocia. Tenemos que estar contra Pinochet, pero también contra Velasco Alvarado, ¿comprendes?

—¿Sabes que nunca he podido escribir en Lima? —confesó Vargas Llosa—. Ni una sola línea. Todo lo he escrito en Madrid, en París, en Londres, en Barcelona. Si vuelvo a Lima, a vivir con Patricia y los niños, no voy a escribir una línea más. Sería mi defunción como escritor, Jorge. Sería un escritor jubilado, prematuramente jubilado.

—Además, no me jodas, Mario, tú siempre has seguido el derrotero que te ha marcado tu ya legendaria «Pichula Cuéllar» —dijo Edwards, y ambos se rieron—. O sea, no podrás negar que tú y yo nos parecemos en eso: pensamos con el pico, escribimos con el pico parado, nos enamoramos con el pico arrecho, no con la cabeza fría.

Vargas Llosa siguió riéndose: sentía que, de todos los escritores del boom latinoamericano, Edwards era como su hermano mayor, alguien que no le tenía celos, envidias ni rivalidades, alguien en quien podía confiar ciegamente.

—Tú eres el escritor más cachondo de la lengua española —siguió Edwards—. Y por eso has tenido tanto éxito. Porque te entregas a las pasiones con un espíritu quijotesco. Porque te enamoras contra todo sentido de la prudencia o la razón. Porque piensas y escribes con el pico parado. ¿Dime qué escritor de tu calibre, de tu estatura, se ha casado con la tía y después con la prima? ¡Y ahora deja a la prima para estar con una modelo!

—¿Sabes que voy a actuar en la película de Pantaleón? —dijo Vargas Llosa.

—Me parece muy bien —dijo Edwards—. Pero convence a Susana de que haga un par de escenas eróticas contigo y te haces más rico que García Márquez.

Volvieron a reírse. Las razones políticas, más que las literarias, los habían unido en tiempos recientes: Vargas Llosa celebró con grandes elogios las memorias cubanas de Edwards, y ambos rompieron con Fidel Castro durante el escándalo del poeta encarcelado Padilla, y veían ahora con cierto recelo o cierta decepción a escritores como García Márquez y Cortázar, quienes, a sabiendas de que en Cuba se perseguía y encarcelaba a los escritores críticos y se mandaba a campos de concentración a los homosexuales, seguían respaldando a Fidel Castro. Además, Vargas Llosa se lamentaba de que Edwards, años atrás, antes de ser despachado como diplomático en La Habana y luego en París, no hubiese ganado, con su novela *El peso de la noche*, que le había encantado, el premio Biblioteca Breve, de la editorial Seix Barral. En los últimos tiempos, eran tan amigos que, cuando Edwards pasaba por Barcelona, a veces dormía en casa de los Vargas Llosa, y cuando Mario visitaba París, se reunía siempre con Jorge para hablar de libros, conspirar políticamente y ponerse al día. Además, gracias a Edwards, Vargas Llosa había conocido a Neruda en su casa de Isla Negra. Pero ahora Neruda estaba muerto, había muerto el año anterior, el año del golpe de Pinochet, y Edwards tuvo entonces el gesto gallardo de renunciar a su puesto diplomático en París el día mismo del golpe, pues no estaba dispuesto a servir a la dictadura, y por consiguiente era un diplomático retirado, jubilado a los cuarenta y dos años, sin cobrar pensión de retiro, dispuesto a ganarse la vida como escritor, viviendo en Barcelona: si García Márquez había podido, si Vargas Llosa había podido, ¿por qué él no podría?

Susana Diez Canseco se había quedado en el hotel Sarrià, recientemente inaugurado, a menos de veinte cuadras del barrio en que Mario y Gabriel habían sido vecinos, haciendo lo que más le gustaba: dibujar vestidos, dibujar zapatos, dibujar carteras. Quería ser una diseñadora famosa, rica, riquísima. Soñaba con ser una mujer de éxito, libre, fuerte, no dependiente de ningún hombre. Mientras dibujaba vestidos vaporosos y fantaseaba con un futuro en el mundo de la moda, había recibido una llamada telefónica inesperada, desde Lima, de su madre, diciéndole que Andrés, el marido al que había dejado, estaba en Madrid, en una clínica, bastante mal: al parecer, había querido suicidarse con pastillas.

—Ve inmediatamente a Madrid, Susana —le dijo su madre, en tono imperativo—. Si tu novio, el escritor, no quiere acompañarte, pues irás sola. Pero Andrés es un pan de Dios, y está sufriendo mucho, y tú eres legalmente su esposa, y tu deber ahora mismo es visitarlo y ayudarlo a que se recupere.

—No me des órdenes, mamá —se enfureció Susana—. Yo sé muy bien lo que tengo que hacer.

Cuando colgó el teléfono, un pesado sentimiento de culpa y remordimiento se apoderó de ella. No estaba enamorada de Andrés, pero se sentía responsable de que él no deseara seguir viviendo y pensaba que tal vez debía hacer un esfuerzo para ser, ya que no su esposa ni su amante, al menos su amiga leal, su confidente. Pero Mario, tan celoso, ¿la dejaría? ¿Iría con ella a Madrid? Si no había querido ir a Lima para visitar a su hijo mayor, herido por un perro en los testículos, ¿iría a Madrid a confortar al esposo de Susana, a pedirle que no se matara? Entretanto, mientras caminaba de regreso al hotel, Vargas Llosa le pidió a Edwards que leyese el guion que había escrito para la película *Pantaleón y las visitadoras*.

—Encantado —se comprometió Edwards—. Pero te aconsejo que no hagan la película en el Perú. Porque los militares y Patricia te harán la vida imposible. A los militares los has dejado de nuevo como unos imbéciles, que es lo que son. Y a Patricia la has humillado, y no hay nada más peligroso que una mujer despechada, Mario.

Vargas Llosa permaneció en silencio.

—No vayas al Perú —insistió Edwards—. Y no me digas que es un gobierno revolucionario. Es una dictadura. Velasco Alvarado es un dictador. No te metas en ese pantano. Vas a salir embarrado. Olvídate un tiempo del Perú.

—¿Y si hacemos la película en la República Dominicana? —se preguntó Vargas Llosa, como hablando consigo mismo—. Acabo de estar allí un mes y he quedado fascinado, Jorge. Es una isla preciosa y la gente es muy cálida, ¿sabes? Hice muchos amigos, incluyendo al presidente Balaguer, a quien sus hermanas le han leído mis novelas.

Al llegar al hotel, se dieron un abrazo y quedaron en verse al día siguiente, después de escribir, al final de la tarde. Tan pronto como entró en la habitación, Vargas Llosa supo que algo malo había pasado: Susana no estaba allí, sus cosas tampoco, y sobre la cama había una nota que decía:

—Me voy a Madrid. Ha ocurrido un accidente.

–Quiero dormir con Mercedes en su cama –le dijo el poeta chileno Pablo Neruda a García Márquez.

Gabriel y su esposa Mercedes celebraron riendo la irreverencia de Neruda. Pero el poeta hablaba en serio:

–No puedo dormir solo.

–Entonces dormiremos juntos –dijo Mercedes, encantada con la insolencia y el candor pueriles del ilustre visitante.

Eran las cinco de la mañana. Neruda estaba de paso por Barcelona. Acababa de llegar en el transatlántico *Verdi*, que lo llevaría hasta Valparaíso. Era su primera visita a España, después de la Guerra Civil. Le había dicho a García Márquez que pasaría por Barcelona, pero el escritor colombiano no le creyó, o pensó que era una humorada, y por eso se olvidó de recibirlo en el puerto, de madrugada.

–Yo dormiré en la sala –dijo Gabriel, honrado por la visita de Neruda–. Los niños se despiertan a las siete.

Neruda había tocado el timbre a las cinco de la mañana. Los había despertado. Les había dado un susto. Gabriel y Mercedes estaban en pijama.

–Sólo necesito dormir un par de horas –dijo el poeta.

Lo condujeron a la habitación de la pareja. Neruda dio indicaciones sobre la luz y la temperatura: cerrar tal cortina, abrir tal ventana, una ceremonia, la de dormir, que le parecía sagrada. Luego se sacó los zapatos y, alto, grande, voluminoso, se echó en el centro mismo de la cama.

–Parece un elefante inválido –pensó García Márquez.

–Mercedes, ven a mi lado –dijo Neruda.

La esposa de García Márquez se echó al lado del poeta. Gabriel los miró, fascinado. Había conocido a Neruda tiempo atrás, en Caracas, cuando cayó el dictador Pérez Jiménez. Entonces Neruda era ya famoso en todo el mundo, pero García Márquez era sólo un reportero de prestigio en su país natal y acaso también en Venezuela. Ahora, cuando desembarcó esa madrugada en Barcelona, en la que era su primera visita a España tras la Guerra Civil, una visita secreta, pues apenas pasaría un día y sólo quería ver a los García Márquez, el poeta, bautizado Ricardo Neftalí Reyes, universalmente aclamado como Pablo Neruda, había cumplido ya sesenta y seis años. Mientras dormía como un niño de proporciones desmesuradas, Mercedes lo miraba con asombro, como si un ángel gordo y glotón hubiese caído en el ombligo de la cama. Desde luego, Neruda ignoraba que al año siguiente sería nombrado embajador de Chile en París y, meses después, ganaría el Nobel de Literatura.

–Parece un Papa renacentista –pensó García Márquez, y cerró la puerta de su dormitorio, dejando a solas a Neruda con Mercedes.

Sabía que el poeta era un niño grande, bueno, bonachón. Sabía que era leal, generoso, querendón. Sabía que era incapaz de una felonía, una traición. Cuando Neruda despertó, apenas una hora después, se puso de pie, sacó un libro de su maletín de mano y escribió, con un bolígrafo de tinta verde:

–Para Mercedes, en su cama.

Más tarde, con el bullicio y el alboroto de los niños, despertaron Gabriel y Mercedes. Sentados a la mesa del desayuno, Neruda pidió un babero. No era broma:

–Yo sólo como con babero –dijo–. Si no me pongo un babero, me mancho por todas partes.

–No importa, poeta –dijo García Márquez–. La vida es mancharse.

Mercedes encontró un babero azul, de tela, y se lo acomodó, con una sonrisa triunfal. Neruda comió lo suyo y lo que los demás dejaron: parecía tener un hambre infinita. Rodrigo y Gonzalo salieron al colegio inglés. Quedaba a pocas cuadras. Tenían once y nueve años. Iban caminando, ya su padre no tenía que acompañarlos.

–Vamos a comprar libros viejos –pidió Neruda–. No vengo a Barcelona desde que era cónsul.

Salieron a caminar. No hacía frío. El poeta estaba de espléndido humor. Era mucho más alto que los García Márquez. Caminaba con una sonrisa meliflua, beatífica, la mirada extraviada en algún punto incierto del horizonte, como si viese cosas que los demás no podían avistar. Caminaba, sin saberlo, hacia el triunfo de Allende, hacia la embajada en París, hacia el premio Nobel. Caminaba también hacia el cáncer de próstata, que lo emboscaría poco después de ganar el Nobel, y hacia la muerte, que le sobrevino días después de la caída de Allende. Apenas le quedaban tres años de vida: años de glorias y epopeyas, años de humillaciones y derrotas. Después de caminar unas horas, entrar en librerías de viejo y comprar libros usados, Neruda dijo:

–Vamos a dormir.

–Pero son las once de la mañana, Pablo –dijo Mercedes.

–Yo duermo una siesta cada cuatro horas –dijo Neruda.

Volvieron al apartamento en la calle Caponata, donde los García Márquez saboreaban la gloria de *Cien años de soledad*, publicada tres años atrás, una novela de la que Neruda había dicho:

–Es la mejor novela en español publicada después del *Quijote*.

Descalzo, elefantiásico, papal, Neruda se durmió en segundos, sin esfuerzo alguno. Gabriel y Mercedes lo contemplaron, asombrados: el poeta parecía una criatura marina, bañada en sal, un delfín rechoncho y juguetón, una ballena inofensiva varada por el rencor de los mares, buscando un océano donde pudiese deslizarse sin incomodar a nadie. Luego García Márquez hizo algo que no había hecho nunca en ese apartamento: se echó tan largo como era, sin zapatos también, en el suelo, al pie de la cama, para cuidarle el sueño al poeta, o para soñar cosas fabulosas mientras el poeta durmiese. Mercedes se dirigió a la cocina para lavar el babero tantas veces manchado por Neruda: seguramente lo pediría también en el almuerzo, a las dos y media de la tarde, cuando los niños llegasen del colegio. Profundamente dormido, Neruda lloró y dijo palabras en ciertas lenguas que García Márquez no comprendió. Quizás hablaba en neerlandés, la lengua de su primera esposa, María Antonieta, con la que se casó cuarenta años atrás, un matrimonio que resultó breve y desdichado. Esta vez Neruda durmió tres horas y poco más. Recién despertó, sobresaltado, cuando los niños Rodrigo y Gonzalo llegaron del colegio, hablando a gritos, pidiendo que su padre encendiera el aparato de música y les cantara boleros. Deslumbrado, Neruda escuchó a García Márquez cantar boleros y vallenatos. Enseguida le dijo:

—Carajo, Gabo, cantas mejor de lo que escribes.

—Soy un cantante frustrado —dijo Gabriel—. La literatura es mi hobby, Pablo.

Mientras comía con babero, Neruda dijo, de pronto con un aire triste, mirando a los niños:

—¡Cómo me gustaría tener unos hijos tan estupendos como ustedes!

—Todavía podrías tener un hijo —lo animó Mercedes.

—Ya no —dijo Neruda—. Ya es muy tarde.

—Pues considérame tu hijo adoptivo —dijo Gabriel.

—Tú ganarás el Nobel —vaticinó Neruda—. Yo no. No me lo darán porque he sido senador comunista y candidato presidencial comunista.

—Lo ganarás tú primero —sentenció García Márquez—. Esos suecos son todos unos comunistas del carajo.

—Pero no son huevones: comen salmón y caviar como burgueses —dijo Neruda.

Ambos detestaban volar en avión. Neruda viajaba a menudo, casi siempre en barco. En ese momento, principios de los setenta, las cosas caprichosas de la fama y la fortuna ya no eran como en Caracas, cuando se conocieron, doce años atrás: ahora García Márquez era el escritor universalmente aclamado, que vendía millones de ejemplares de *Cien años de soledad*, que era traducido a las lenguas más remotas, aunque Neruda, por supuesto, seguía siendo un poeta de estatura universal, que era leído en todo el mundo. Además, los unía la pasión por la política, por la revolución cubana, por lo que llamaban «la liberación de nuestros pueblos». García Márquez apoyaba al candidato presidencial Allende, y Neruda a las guerrillas colombianas surgidas bajo la sombra de Fidel Castro.

—¡Cómo me gustaría ser novelista! —dijo Neruda—. ¡Cómo envidio a los novelistas!

—Pablo, tú eres el poeta más grande del siglo xx, en todas las lenguas —dijo Gabriel.

—Pero la novela es el bisté de la literatura —dijo Neruda—. Es lo que los lectores quieren comer.

—¿Y entonces la poesía, qué vendría siendo? —preguntó García Márquez, con su sonrisa pícara, cazurra, del que estaba de regreso de todo, del que, con apenas cuarenta y tres años, era ya un clásico.

—La poesía, no lo sé —dijo Neruda, elegante, de traje y corbata, como si fuese a jurar como presidente de Chile unas horas más tarde, aunque sin despojarse del babero celeste que le puso Mercedes—. La poesía es algo breve, íntimo, refinado. Es el caviar de la literatura, o las ostras, o las trufas blancas.

—Las trufas, sí —dijo Gabriel.

Salieron a caminar a ninguna parte, siguiendo la intuición y la corazonada de Pablo, quien, maravillado por ese barrio, esa ciudad, a la que no había vuelto en casi cuarenta años, no quería embarcar en el *Verdi* y seguir la travesía hasta Valparaíso: quería quedarse unos días más, pero tal cosa no le parecía posible. Llegaron a los jardines de Villa Cecilia, donde unos niños jugaban. Neruda les habló a las palomas, estas se le acercaron como si confiaran en él.

—Es un rey —pensó García Márquez—. Todo lo que toca lo convierte en poesía.

—¿Les he contado que hace muchos años, en Indonesia, donde era cónsul, fui padre de una niña? —dijo Neruda.

Los García Márquez enmudecieron.

—No conocíamos esa historia —dijo Mercedes, la serpiente del Nilo, el cocodrilo sagrado.

—Me casé con una holandesa, Maria Antonieta —dijo Neruda—. Le decían Maryka, yo le puse Maruca, eso de estar casado con una Maryka sonaba cómico. La conocí en Indonesia. Éramos muy jóvenes: yo tenía veintiséis años, ella treinta. Cuatro años después de casarnos, nuestra hija Malva Marina nació en Madrid. Nació enferma. Tenía hidrocefalia, el cuerpo muy chiquito, la cabeza muy grande.

Los García Márquez permanecieron en silencio.

–Me separé de Maruca dos años después –prosiguió el poeta–. No volví a verla. Nuestra hija Malva Marina murió con apenas ocho años, en La Haya, cuando Holanda estaba ocupada por los nazis. Me dijeron que murió sin sufrir.

–¿Y Maruca sigue viva? –preguntó Mercedes.

–No –respondió Neruda, apesadumbrado–. Murió de cáncer, en La Haya, hace cinco años.

En sus cartas a Neruda desde Holanda, cuando la niña Malva Marina vivía, su madre Maruca llamaba a Neruda «mi querido cerdo» y le rogaba que les enviara más dinero todos los meses: «cumple tus deberes de padre, mi querido cerdo». Neruda le decía a su novia de entonces, la argentina Delia del Carril, de quien se enamoró semanas después de que naciera Malva Marina, que había enviado dinero todos los meses a Maruca, incluso después de que muriera la niña. Pero Maruca a menudo se quejaba de que el poeta las había abandonado porque la niña había nacido enferma, con hidrocefalia. Maruca les decía a sus amigas, traspasada por el dolor, quizás despechada, que Neruda, al ver a su hija recién nacida en Madrid, exclamó, aterrado:

–¡Es un engendro, un monstruo de tres kilos!

Como la niña Malva Marina tenía la cabeza muy grande, una cabeza que le crecía y se le llenaba de agua con el paso del tiempo, su madre Maruca se quejaba de que Neruda, cuando aludía a la niña, le decía cruelmente «punto y coma».

–Si Malva Marina hubiese nacido sana, ahora tendría casi tu edad, Mercedes: era sólo dos años menor que tú –dijo Neruda.

–Malva Marina vive en ti, en tu poesía –dijo García Márquez.

–Todas las mujeres que he amado viven en mí –dijo Neruda–. Todas las mujeres de este mundo viven en mí.

Luego se puso de pie, como un gigante aletargado, desperezándose, y dijo:

—Llévenme al barco, por favor.

Sería su penúltimo regreso a Chile. El último sería en avión desde París, dos años más tarde, tras renunciar a la embajada chilena en esa ciudad. Sabiendo que estaba enfermo de cáncer y el mal era incurable, los García Márquez lo despidieron en París, en el aeropuerto, entre lágrimas y abrazos, aterrado Neruda de viajar en avión: sería su último retorno al país de su poesía y su corazón.

—Te invito a mi entierro, estimado amigo –le dijo por teléfono el dictador peruano, general Juan Velasco Alvarado, al escritor Vargas Llosa, que se encontraba de paso por Lima.

—Pero estás vivo, querido Juan –dijo Mario, sorprendido.

—De milagro –dijo Velasco–. Voy a enterrar mi pierna. Te espero en mi casa de Chaclacayo. También estará nuestro amigo Ribeyro. No me falles.

Unas semanas antes de que muriera Picasso, unos meses antes de que muriese Neruda, un año antes de que Vargas Llosa conociese a Susana Diez Canseco en un barco transatlántico y se enamorase de ella, el dictador Velasco, que llevaba cuatro años y medio en el poder, que había confiscado algunos diarios y los principales canales de televisión, que había expropiado campos de petróleo, refinerías, haciendas, minas y bancos, y que se jactaba de ser amigo de Fidel Castro, cayó gravemente enfermo. Era verano en Lima. Ribeyro, embajador de la dictadura peruana ante la Unesco, amigo de Velasco, se encontraba de vacaciones en la capital peruana, lo mismo que Vargas Llosa, con su esposa Patricia y sus hijos Álvaro y Gonzalo: Morgana aún no había nacido, nacería al año siguiente, en Barcelona.

—Allí estaré, querido Juan –prometió Vargas Llosa.

Velasco le dictó entonces la dirección de su casa de campo en Chaclacayo, un barrio de casas grandes y arboladas, en las afueras de Lima, a una hora en auto desde Miraflores, donde se encontraba alojado el escritor, mientras avanzaba la construcción de su casa en el malecón Paul Harris, en Barranco, a la que pensaba mudarse el año siguiente, con su mujer y sus hijos. Tras colgar el teléfono, sorprendido por la invitación del dictador, Vargas Llosa llamó a Ribeyro y le preguntó:

–¿Vas a ir al entierro de la pierna de Velasco?

–Sí, qué más me queda –respondió, resignado, Ribeyro, que odiaba toda reunión de más de cuatro personas–. Soy su embajador en París. Si le hago un desaire, me arriesgo a que me deje en la calle.

Mareado, débil, con fuertes dolores en la espalda y el vientre, sin vida en su pie derecho, el dictador Velasco Alvarado, de sesenta y dos años, había sido internado de urgencia en el hospital militar de Lima. Estaba muy mal. De inmediato, su amigo Fidel Castro mandó un avión a Lima con quince médicos de su confianza y diez enfermeros de probada lealtad, a quienes les dio una orden enfática:

–Me salvan a Velasco Alvarado como sea.

Pero, al cuidado del equipo médico cubano, el general no había experimentado progresos, y ahora estaba desangrándose, presentando un cuadro severo de hemorragia. Por eso llamaron de emergencia al doctor Marino Molina Scippa, un médico peruano de gran prestigio que, el año anterior, había dirigido con éxito el primer trasplante de corazón realizado en el Perú, en el hospital del Empleado. Al entrar deprisa a la sala de operaciones donde se moría el dictador peruano, el doctor Molina Scippa vio dos cosas que lo espantaron: el piso, al pie de la cama donde agonizaba Velasco, era un gigantesco charco de sangre, y sobre aquella sangre fresca, recién derramada, caminaba un tumulto bullicioso de médicos y enfermeros cubanos, que no sabían qué hacer para salvar la vida del general.

–Señores, por favor, abran paso, a partir de ahora acá mando yo –anunció, con autoridad, con aplomo, confiado en su sabiduría, el doctor Molina Scippa, que, siendo joven, a principios de los años cincuenta, había hecho estudios de cirugía de corazón, su especialidad, en Suecia y Estados Unidos.

Enseguida tomó pleno control de la situación, que no podía ser más crítica: Velasco sufría una hemorragia que, de no conjurarse, en cuestión de minutos lo mataría, se encontraba ya sin presión arterial y necesitaba sangre de inmediato. Molina Scippa retiró las gasas y un potente chorro de sangre salió expulsado de la herida, salpicando hasta el charco morado, sanguinolento, en el piso. Sin titubear, introdujo su mano izquierda en la herida, comprobó que Velasco tenía un aneurisma roto, cerró la aorta por encima del aneurisma y reemplazó el pedazo dañado de aorta, donde detectó el aneurisma, con una pieza artificial, un injerto de dieciséis milímetros de diámetro y una longitud de catorce centímetros. En total, Velasco Alvarado recibió una transfusión de diecisiete litros de sangre, tres veces más de la cantidad de sangre que circulaba en su organismo antes de sufrir la hemorragia. Como el dictador no tenía pulso en el pie derecho, como su pierna derecha estaba muerta, corrompiéndose, pudriéndose, ya sin circulación sanguínea, sin cura ni remedio, el doctor Molina Scippa dijo:

—Tenemos que amputarle la pierna ahora mismo.

El jefe de los médicos cubanos, un cirujano vascular, discrepó:

—Yo a Fidel no le cortaría la pierna.

Molina Scippa lo miró con autoridad, sin dejarse intimidar:

—Pero Velasco no es Fidel Castro, y estamos en Lima, no en La Habana, y me perdonarás, pero acá mando yo.

El médico cubano dijo:

—Yo le pediría permiso al señor presidente, antes de cortarle la pierna, con todo respeto.

Entonces, sin perder tiempo, Molina Scippa despertó a Velasco, quien, de nuevo con sangre, volvía a la vida, y le dijo:

—Mi general, tenemos un problema.

Velasco lo miró, el rostro adusto, y dijo:

—Sí, es la pierna.

El doctor Molina Scippa dijo:

—O le corto la pierna, o usted se muere.

—¿Y si no me la corta? —preguntó Velasco Alvarado.

—Le aseguro que, si no la corto, usted va a perder la vida, mi general.

—Entonces córtela —ordenó el dictador—. Pero no la tire a la basura. Guárdeme la pierna.

—Lo que usted diga.

—Métala en la congeladora. Quiero verla cuando me recupere.

—Lo que usted diga, mi general —obedeció el doctor Marino Molina Scippa.

Minutos después, cortó la pierna derecha del dictador, incluyendo la rodilla.

—Tendrá que aprender de nuevo a caminar —dijo el jefe de los médicos cubanos.

—Le pondremos una pierna ortopédica —dijo Molina Scippa.

Los enfermeros cubanos limpiaban el gigantesco charco de sangre, pero parecían no terminar nunca. Al salir de la mesa de operaciones, el doctor Molina Scippa habló con la esposa del dictador, Consuelo Gonzales Posada.

—Le hemos salvado la vida —le dijo—. No se va a morir. Pero tuvimos que amputarle la pierna derecha. No había alternativa. Esa pierna ya estaba muerta, señora.

La esposa del dictador, sollozando, dijo:

—Gracias, doctor. Lo nombraremos ministro de salud.

—No, señora, muchas gracias, pero no me interesa la política, mi vida es operar.

—Le ofrezco la embajada que usted me pida —insistió la señora Gonzales Posada.

—La embajada en Venecia no estaría mal —bromeó el médico: por supuesto, el Perú no tenía embajada en Venecia, sino en Roma.

—Pues será nuestro embajador en Venecia —sentenció la señora, sin advertir la humorada.

La primera dama y el médico Molina Scippa volverían a verse unas semanas después: ya recuperado, con una pierna ortopédica que le fastidiaba, caminando con muletas, quejándose todo el tiempo, fumando a despecho de sus médicos, Velasco Alvarado invitó a su casa en el campo, en Chaclacayo, a una ceremonia religiosa, al cardenal Juan Landázuri Ricketts, al obispo Luis Bambarén, a sus cuatro hijos, a su cuñado Luis Gonzales Posada, a sus asesores más cercanos y a dos escritores de los que se vanagloriaba de ser amigo, dos escritores de gran prestigio intelectual y moral que lo habían apoyado desde que dio el golpe de Estado hasta que expropió las refinerías, los campos de petróleo, las haciendas, las minas, los bancos, ciertos diarios como *Expreso* y *La Crónica* y algunas televisoras, como los canales 4 y 5: Julio Ramón Ribeyro, flaco, muy flaco, huesudo, fumando un cigarrillo tras otro, su embajador en París, ante la Unesco, y Mario Vargas Llosa, que se había distanciado de la revolución cubana tras el caso Padilla, pero continuaba apoyando a la revolución peruana de Velasco Alvarado.

—Dios Santísimo, recibe como una ofrenda revolucionaria, como un sacrificio por el bien de los pobres del Perú, a esta pierna de nuestro jefe y líder máximo, el señor presidente de la república, don Juan Velasco Alvarado —dijo el cardenal Landázuri, al tiempo que rociaba de agua bendita al ataúd de madera noble en el cual habían colocado la pierna muerta y congelada del dictador—. Tanto ama nuestro querido presidente Velasco a los pobres de esta patria, que está dispuesto a ofrecerte esta pierna, su pierna derecha, y hasta la otra pierna, si Tú, Altísimo, Divina Providencia, así se lo pidieras —prosiguió el cardenal, en tono untuoso.

—Carajo —pensó Velasco—, este huevón de Landázuri ya me cortó la otra pierna.

Para consternación y perplejidad de los presentes, quienes no habían asistido jamás al sepelio religioso de una extremidad humana separada de un cuerpo todavía viviente, el ataúd con la pierna se encontraba abierto, y uno podía contemplarla envuelta con la bandera peruana, con varias banderas peruanas. Sobre ella, habían colocado un quepí del general, un crucifijo y una foto de Juan Velasco Alvarado con sus dos piernas, el día en que se casó con Consuelo Gonzales Posada, cuando ella apenas tenía veinte años y él treinta.

—Dios misericordioso —prosiguió el cardenal—, te rogamos que le des muchos años de vida, al mando de nuestra patria, al comando de nuestra querida revolución peruana, al señor presidente, el general Velasco Alvarado, y que cuando sea tu voluntad concederle el descanso eterno, llevártelo de este valle de lágrimas, sentarlo en tu regazo, te asegures de que nuestro querido general Velasco pueda recuperar su pierna y caminar con dos piernas, ya sin muletas, en la vida eterna.

–Si voy a estar eternamente cojo y con muletas en el cielo, mejor me mandan al infierno –pensó Velasco, a quien, hasta entonces, sus partidarios y adulones habían llamado afectuosamente «El Chino», y al que ahora, a sus espaldas, llamarían «El Cojo».

–Con esta pierna bendita que ahora te enviamos al cielo para que tus ángeles y querubines la custodien y preserven en buen estado –prosiguió el cardenal Landázuri, que había bendecido dócilmente todos los abusos y atropellos de la dictadura–, nuestro querido presidente Velasco pateó en el trasero a los imperialistas, a los oligarcas, a los capitalistas, a los terratenientes, a los burgueses. Ha sido, pues –continuó Landázuri–, una pierna muy útil para el progreso del Perú.

–Ahora sólo falta que con su pierna izquierda –intervino el obispo Bambarén– dé una patada en el trasero a los Miró Quesada y a Beltrán Espantoso, y les quite los diarios *El Comercio* y *La Prensa*, que tanto daño le hacen a nuestra querida revolución y al pueblo peruano.

De pronto, Velasco Alvarado, dichoso de estar contemplando su propio sepelio, o al menos un luctuoso anticipo de él, dijo a viva voz:

–Diosito, gracias por este milagro de darme una segunda vida, cuando ya estaba muerto, jodido. Gracias por los médicos que me salvaron la vida. Gracias por la bendición de tus ministros Landázuri y Bambarén. Esta revolución que yo presido, Diosito, es cristiana, católica, humanista. Yo sigo tus enseñanzas nomás. Yo sé que tú, Diosito, estás con nosotros, y eres más velasquista y revolucionario que Landázuri y Bambarén juntos.

Los curas sonrieron, adulones. Velasco, como era costumbre en él, sucumbió a un ataque virulento de tos, reunió una flema haciendo un ruido artero y pedregoso y lanzó un salivazo, como si estuviera en las haciendas de Castilla, en su Piura natal.

–Yo por los pobres de mi patria, doy una pierna, doy las dos piernas, doy el corazón –dijo Velasco–. Sólo te pido, Diosito lindo, que no me corten los cojones.

Entonces una cuadrilla de hombres negros hizo descender suavemente el ataúd, con ayuda de unas cuerdas metálicas, hasta el fondo de una ancha cavidad que los jardineros del dictador habían excavado en el centro del jardín, al tiempo que la esposa y los hijos del general arrojaban flores. Ribeyro, muy flaco, fumando, tomó de la mano a su esposa Alida Cordero. La esposa de Velasco, Consuelo, les dio flores. Enseguida se agacharon y las echaron sobre el ataúd. Al lado, Vargas Llosa presenciaba la escena, consternado, perplejo, maravillado.

–Este entierro esperpéntico de una pierna en putrefacción no se me hubiera ocurrido ni en mis sueños más salvajes –pensaba.

Pero, rumbo a Chaclacayo, en un auto BMW que Vargas Llosa había comprado en Lima, un coche muy parecido al que usaba García Márquez en Barcelona, sólo que el de Mario no era descapotable, y no era azul sino dorado, Ribeyro le había dicho:

–Creo que hubo un dictador mexicano que enterró su pierna. Decretó una semana de duelo cuando le volaron la pierna en una guerra.

Ribeyro había conocido al general Velasco Alvarado en París, hacía diez años: Velasco, entonces general de brigada, fue despachado como agregado militar en París por el presidente Prado, y Ribeyro vivía en esa ciudad, donde, gracias a Vargas Llosa, había sido contratado por la agencia France-Presse. Parecía una amistad improbable, pues Ribeyro era muy tímido y no hacía vida social, y Velasco no leía literatura, no había leído nada de Ribeyro, ni siquiera sabía quién era. Pero la esposa de Velasco, Consuelo Gonzales Posada, se hizo amiga, en París, de la novia de Ribeyro, Alida Cordero: se conocieron en una galería de arte, en la exhibición de los cuadros de un pintor peruano, y se hicieron amigas y confidentes, y entonces fue inevitable que saliesen a cenar los cuatro, con el general y el escritor, que así se conocieron, en restaurantes como La Coupole, en los que Ribeyro no hubiera podido pagar las cuentas: Velasco, que ganaba bien y no hacía nada como agregado militar, era siempre quien las pagaba. Ninguno de los cuatro sospechaba que, apenas cinco años después, Velasco daría un golpe de Estado en Lima, deportaría al caballeroso presidente Belaunde a Buenos Aires y, recordando que tenía buenos amigos en París, nombraría agregado cultural y luego embajador al escritor Ribeyro, un cargo muy bien pagado, con auto y chofer, que le cambió la vida al escritor, y que este ejerció durante dos décadas, lo que le permitió escribir sin apremios económicos. En aquellos años sesenta, cuando el general Velasco era agregado militar en París y trabó amistad con Julio Ramón Ribeyro y Alida Cordero, tanto Ribeyro como su amigo Vargas Llosa, quien también era invitado a las comilonas pantagruélicas con el general, apoyaban a las guerrillas comunistas en el Perú, unos focos terroristas que trataban de derrocar al presidente constitucional Belaunde y capturar el poder, bajo la sombra protectora de Fidel Castro, siguiendo su modelo revolucionario. Tras pasar dos semanas en La Habana, Ribeyro había escrito una carta a su hermano Juan Antonio, diciéndole:

—Fui jurado de cuentos del concurso nacional cubano. Mi impresión de Cuba ha sido muy favorable, por momentos exaltante.

Vargas Llosa y Ribeyro, ya amigos de Velasco, se habían pronunciado desde París:

—Aprobamos la lucha armada iniciada por el Movimiento de Izquierda Revolucionaria (MIR), condenamos a la prensa interesada que desvirtúa el carácter nacionalista y reivindicativo de las guerrillas, censuramos a la violenta represión gubernamental (del presidente democrático Belaunde) y ofrecemos nuestra caución moral a los hombres que en estos momentos entregan su vida para que todos los peruanos puedan vivir mejor.

En aquellos tiempos en París, cuando salían a cenar con Velasco Alvarado y su esposa Consuelo en el restaurante La Coupole, los escritores Ribeyro y Vargas Llosa seguramente no sospechaban que ese hombre enfurruñado, gruñón, de corta estatura y mirada biliosa, ya calvo, que tosía todo el tiempo, fumaba cigarros negros y bebía vodka, el chino Velasco, el que siempre pagaba las cuentas, tan obsequioso, el que no tenía el menor interés en hablar de literatura, pues se jactaba de leer sólo textos de historia sobre la guerra entre el Perú y Chile, sería, pocos años después, dictador del Perú, jefe de la así llamada revolución peruana y amigo de Fidel Castro, tan amigo que, cuando se desangraba en el hospital militar de Lima, eran los médicos de Castro quienes tratarían de salvarle la vida.

—Mi sentido pésame por la pérdida tan dolorosa de su pierna derecha, mi general —le dijo Ribeyro a Velasco, cuando concluyó el entierro solemne, se apagaron las velas y circuló el trago, por fin.

—Gracias, Julito, mi hermano —le dijo el dictador, y lo abrazó.

Enseguida abrazó a la esposa de Ribeyro. Era ella, Alida Cordero, infatigable, diligente, leal a Ribeyro como nadie, defensora del genio discreto y tímido de su marido, tan reacio a promocionarse, a trepar en la escalera del éxito, quien, pocos días después de que Velasco diese el golpe de Estado, había viajado a Lima para reunirse con la esposa del dictador, su amiga Consuelo, a quien, sin más rodeos, le dijo:

—Julio Ramón necesita un trabajo, un buen sueldo, una estabilidad económica. Por favor, nómbralo agregado cultural o embajador en París. Seremos fieles con ustedes hasta la tumba.

Ambas mujeres y sus respectivos maridos cumplieron aquella promesa, y por eso ahora Ribeyro abrazaba a Velasco y le decía:

—Mi general, quiero darle un consejo: debe usted vigilar, perseverar y profundizar la revolución.

Tal vez Velasco entendió que Ribeyro le aconsejaba confiscar los diarios que, a diferencia de *Expreso* y *La Crónica*, aún eran libres, como *El Comercio*, *La Prensa*, *Correo* y *Última Hora*, lo que ordenó el año siguiente. Vargas Llosa, más distante del general lisiado, le dio un apretón de manos y le dijo:

—No desmayes, Juan. Sigue adelante. Tus amigos te apoyamos.

—Me he cagado de risa leyendo *La ciudad y los perros* —le dijo Velasco—. Es la primera novela que he leído completita en toda mi vida —añadió, y soltó una risotada y enseguida se trenzó en un ataque de tos que resolvió con un escupitajo sonoro y soez.

A continuación, preguntó:

—¿De verdad los cadetes se corrían la paja y competían para ver quién disparaba más lejos la lechada?

El cardenal Landázuri y el obispo Bambarén, boquiabiertos, se rieron como dos señoras gordas, en sotana, escandalizadas y, a la vez, divertidas.

—Así eran las cosas, Juan —dijo Vargas Llosa, que se resistía a llamar a Velasco «mi general», o «mi comandante», o «mi presidente»—. En ese colegio aprendí a ser hombre.

—¿No quieres ser mi embajador? —preguntó Velasco—. ¿Tú sigues viviendo en París, donde nos conocimos?

—No —respondió Vargas Llosa—. Estoy viviendo en Barcelona. Pero mi esposa Patricia quiere volver a Lima. Ya tenemos dos hijos, Juan.

—¿No quieres ser mi embajador en Barcelona? —se ofreció Velasco.

—No, muchas gracias —dijo Mario, riéndose—. Además, tendría que ser cónsul, porque en Barcelona no tenemos embajada.

—Entonces te nombro mañana mismo embajador en Madrid —insistió Velasco.

—No, Juan, muchas gracias —dijo Vargas Llosa—. Me temo que el próximo año estaremos viviendo acá, de regreso en Lima.

—Ya sé —se le iluminaron los ojos a Velasco, y luego volvió a toser, tosía todo el tiempo, y no por eso dejaba de fumar—. Te nombraré director del Instituto Nacional de Cultura.

—Pensé que éramos amigos, Juan —dijo Vargas Llosa, pero el dictador no comprendió la broma, no sonrió, no entendía por qué su amigo Mario no le aceptaba los cargos diplomáticos ni burocráticos, no se aseguraba un buen sueldo, como su amigo Julio Ramón, que, pensaba el chino Velasco, no hacía un carajo como embajador ante la Unesco y cobraba un gran sueldo y hasta tenía carro con chofer.

—Serás un lisiado físico —le dijo Vargas Llosa a Velasco, al despedirse ceremoniosamente—. Pero nunca un lisiado del alma, querido Juan.

—Eres un piquito de oro —le dijo Velasco, y obligó a Vargas Llosa a darle un abrazo.

En el auto de Vargas Llosa, de regreso a Lima, fumando por supuesto, Ribeyro pensó:

–Cómo ha cambiado Mario. Se ha subido al carro de la celebridad. Es una estrella.

Luego, reflexivo, se dijo a sí mismo, como admirando a su colega Vargas Llosa, siete años menor que él, al timón del lujoso carro dorado:

–Me impresionan su seguridad, su diligencia, su ecuanimidad, su forma práctica de vivir. Es un hombre que sabe resolver sus problemas: los zanja con lucidez y sangre fría.

No se había atrevido a decirle lo que de veras pensaba de *Conversación en La Catedral*, lo que le había escrito en una carta a un amigo, el crítico y traductor alemán Wolfgang Luchting:

–Te confieso que hasta el momento no me seduce ni me deslumbra ni me atrapa como sus novelas anteriores. Tengo la impresión de que el libro no despega o demora en despegar.

Mientras conversaba con Mario, o más bien lo escuchaba hablar enfáticamente en la ruta de regreso a Miraflores, tras el entierro de la pierna del dictador, Ribeyro pensaba:

–Noto una tendencia a imponer su voz, a escuchar menos que antes, a interrumpir fácilmente el desarrollo de una conversación. No duda de sus opiniones. Mario posee o cree poseer la verdad.

Al mismo tiempo, la esposa de Ribeyro, Alida Cordero, pensaba:

–Aunque los libros de Mario venden mucho más que los de Julio Ramón, al menos Julio cobra un sueldo superior al de Mario. Julio cobra mil quinientos dólares mensuales como embajador en la Unesco, más carro y chofer, y Carmen Balcells, según nos ha contado Mario, le paga mil dólares mensuales. Tenemos que seguir como embajadores como sea, contra viento y marea. Sin la embajada, sin su sueldo de embajador, estaríamos jodidos.

Pocos meses después, ya de regreso en París, Ribeyro enfermó de cáncer al pulmón. Su esposa Alida no tenía dinero para pagar la operación. Costaba quince mil dólares, lo que Ribeyro ganaba en diez meses como embajador. Llamó a su amiga Consuelo, la primera dama peruana, y se los pidió, sin rodeos.

–Mañana mismo recibirás la plata –prometió la señora Gonzales Posada, y cumplió su palabra, y Ribeyro, contra todo pronóstico, se recuperó.

Después de escribir toda la mañana en su apartamento de la calle Caponata en Barcelona, y almorzar con Mercedes y sus hijos, y dormir una siesta breve, García Márquez salió a dar un paseo en su coche de lujo, un BMW azul metálico, serie cinco, descapotable. No se había quitado el mameluco azul que usaba para escribir, había almorzado y dormido la siesta con ese overol gastado. Se detuvo en una gasolinera. Bajó del coche, pidió a un dependiente que le llenase el tanque. Como estaba vestido con un mono azul de obrero mecánico, el empleado de la gasolinera, que no lo reconoció, le dijo, mirando el auto, asombrado:

–Qué suerte tiene usted de conducir el coche de su patrón.

–Mucha suerte la mía –dijo García Márquez, con aire risueño.

–Su patrón debe de tener mucha pasta –dijo el dependiente.

–Mucha –dijo Gabriel.

Luego se marchó y soltó una carcajada: si en París, en sus años de pobreza extrema, cuando comía de la basura de los restaurantes, la policía lo confundía con un argelino indocumentado, ahora en las gasolineras de Barcelona creían que era un chofer, el conductor de un hombre rico, pues les parecía inverosímil que, con esa cara de pirata caribeño, esos bigotes de cantante de boleros, ese mono azul maltrecho, fuese el dueño del coche de lujo.

García Márquez había regresado a Barcelona, tras pasar unas semanas en La Habana, solo, sin Mercedes. Fidel Castro lo invitó, quería conocerlo, le mandó decir que había leído *Cien años de soledad* y estaba deslumbrado. En Barcelona, García Márquez forcejeaba con su imaginación y su memoria portentosas, tratando de escribir la novela del dictador solo, decrépito y demente, *El otoño del patriarca*, y pensó que Fidel Castro podía servirle de inspiración, además de Juan Vicente Gómez, el venezolano, en quien más a menudo pensaba cuando urdía aquella trama endiablada. Invitado por Castro, no dudó en volar hasta La Habana, a pesar del terror que sentía en los aviones. Sus anfitriones lo alojaron en un hotel de lujo, el Nacional, cerca del malecón. Se habían conocido de paso, en el aeropuerto de Camagüey, en Cuba, catorce años atrás, cuando García Márquez era un reportero de Prensa Latina, pero sólo él recordaba aquel encuentro fugaz, su diálogo apurado con la novia de Castro, Celia Sánchez: el dictador, malhumorado porque no le servían un plato de pollo, no le había prestado atención a ese reportero, pensando que era un periodista más, y por eso no lo recordaba, creía que no lo conocía en persona. El día en que se conocieron por segunda vez, Castro y García Márquez salieron en yate a pescar. El escritor le había regalado un ejemplar de *Drácula* al dictador. Mientras pescaban, Castro advirtió que García Márquez tenía más suerte que él, sacaba más peces que él. Debido a ello, se puso de malhumor. No quería perder, no podía perder, nadie podía ganarle nunca. Irritado, haciéndose el gracioso, empujó a García Márquez, que estaba vestido con traje de baño y camiseta, al tiempo que le decía:

–¡Al agua! ¡A darse un chapuzón!

Sorprendido, García Márquez cayó al mar. Apenas sacó la cabeza del agua, gritó:

–¡Me ahogo! ¡No sé nadar!

Fidel Castro dejó su caña de pescar y, vestido con un traje de buzo que lo cubría desde el cuello hasta los tobillos, un traje térmico de jebe, color negro, saltó enseguida al agua para rescatar a su amigo, el famoso escritor, quien parecía ahogarse, dando manotazos, escupiendo agua.

–¡Agárrate de mis hombros! –gritó Castro.

Con dificultad, García Márquez se sostuvo en el cuerpo desmesurado del dictador, quien, nadando, braceando con vigor, lo llevó de regreso al yate.

–Carajo –dijo Castro–, ¡qué susto me has dado!

Gabriel soltó una carcajada y dijo:

–Estaba mamando gallo, Fidel. Sé nadar.

—¡Cabrón! —gritó Castro, riéndose—. ¡Mariconzón!

García Márquez comprendió aquella tarde que, cuando salía a pescar con el tirano, no debía pescar más que él.

Al día siguiente, los ojos irritados, la mirada de lunático con una misión, Castro le dijo:

—No he podido dormir, leyendo ese libro maldito que me regalaste.

Desde entonces, se hicieron amigos inseparables. Tanto admiraba García Márquez a Castro, que le enviaba los manuscritos de sus libros para que el dictador los corrigiera. Tanto lo admiraba, que lo defendía a capa y espada en todos los foros públicos, en todas las entrevistas, diciendo que Fidel era un rey y que su pueblo lo adoraba. Tanto lo querían, que Gabriel y Mercedes iban tres y hasta cuatro veces al año a Cuba y dormían en la misma casa de protocolo que les regaló el dictador, en Cubanacán. Tanta familiaridad se tenían los García Márquez y Fidel Castro, que el tirano los llamaba por teléfono para preguntarle a Mercedes su receta para cocinar un bacalao. Cuando salió *El otoño del patriarca*, Castro le dijo a García Márquez:

—Esta novela es mejor que *Cien años de soledad*.

—Yo sufro la soledad de la fama —le dijo Gabriel—. Pero tú sufres la soledad del poder, que es peor.

Al mismo tiempo que García Márquez y Castro competían pescando, y el escritor simulaba ahogarse, y el dictador creía que le había salvado heroicamente la vida, Patricia Llosa, en Lima, todavía esposa de su primo Mario, pero abandonada por este, que se había marchado con Susana Diez Canseco, llamó por teléfono a Mercedes, la esposa de García Márquez, y le dijo:

—Después de las fiestas de fin de año, iré a Barcelona.

—¿Vas a venir con los niños? —preguntó Mercedes.

—No. Ellos se quedarán con mis padres, en Lima.

—Haces muy bien, Patricia.

—Necesito descansar, Mercedes. Me iré dos o tres semanas a Barcelona. Necesito sentir que todavía existo como mujer, ¿sabes? Porque acá, en Lima, sólo puedo ser madre de mis hijos.

—Quédate con nosotros —dijo Mercedes—. Tenemos un cuarto de huéspedes. Gabito estará encantado.

—No, muchas gracias —dijo Patricia—. Me quedaré en el hotel Sarrià.

—Lo que sea más cómodo para ti. Te esperamos con los brazos abiertos. Y si quieres ir a París, te quedas en nuestro apartamento.

—Gracias, Mercedes. Qué me haría sin ustedes.

—¿Y Mario, dónde está?

—No sé nada de él —dijo Patricia—. Sólo hablo con Carmen. Ella no me dice dónde está Mario. Ella juega en el equipo de Mario, tú sabes.

—Pero no está en Lima, ¿verdad?

—No, acá no está.

—¿Está cumpliendo sus obligaciones económicas?

—Sí, Carmen me mandó un dinero. Me ha prometido mandarme plata todos los meses. Pero Mario se ha desentendido por completo de nosotros. Le mandé decir con Carmen que Alvarito había sido mordido por un perro y ni siquiera me llamó a preguntarme qué había pasado, cómo estaba su hijo.

—Qué horror —dijo Mercedes—. Qué decepción.

—Nos vemos después de las fiestas —dijo Patricia.

—No se te ocurra venir en barco. Vienes en avión, ¿no?

—Sí, claro —dijo Patricia—. Me da pánico, por el accidente de mi hermana, pero nunca más me subo a un barco, por lo que me pasó con Mario.

—Cuando estés por acá, te conseguiremos un buen abogado para que le saques a Mario lo que te corresponde. Gabito está muy preocupado por eso. Quiere ayudarte. Nosotros te pagaremos el abogado y todos los costos del divorcio, si quieres divorciarte.

—Sí —dijo Patricia—. Quiero divorciarme. No quiero ver más a Mario.

Mientras las esposas de los escritores hablaban por teléfono, una en Lima, la otra en Barcelona, Mario Vargas Llosa, todavía alojado en el hotel Sarrià, recibía una llamada telefónica de Susana Diez Canseco, desde Madrid:

—Mario, por favor ven a rescatarme.

—¿Qué está pasando? —se erizó el escritor—. ¿Por qué te fuiste sin decirme nada?

–Mi marido quiso suicidarse, pero ya está de regreso en la casa.

–Pobre tonto –dijo Vargas Llosa.

–Me tiene secuestrada. No me deja salir a la calle.

–¿Qué dices?

–Quiero regresar a Barcelona para estar contigo, pero Andrés saca una pistola, me apunta y me dice que, si salgo de la casa, me matará.

–¿Estás hablando en serio, Susana?

–Te ruego que vengas ahora. Ven a rescatarme. Este loco me va a matar.

Vargas Llosa tomó nota de la dirección de su novia en Madrid y dijo:

–Salgo enseguida. Quédate tranquila. No hagas locuras.

Colgó el teléfono, llamó a Jorge Edwards y le dijo:

–Susana está secuestrada por su marido. Por favor acompáñame a Madrid.

–Encantado –dijo Edwards.

Tomaron el primer vuelo. En el avión, Edwards, siempre de buen humor, dijo:

–Me voy a colgar un cartelito que diga: «Yo no soy Vargas Llosa». No vaya a ser que el marido celoso me dispare a mí, pensando que soy Mario.

Mario soltó una carcajada.

–¿De veras quieres tanto a esta niña mala para jugarte la vida por ella? –preguntó Edwards.

–Yo me juego la vida en cada libro que escribo –dijo Vargas Llosa–. Me gusta jugarme la vida por las cosas en las que creo.

Llegaron a la casa de Susana y su marido en un taxi. Vargas Llosa le pagó al conductor y le dijo:

–Nos espera con el coche encendido, por favor.

Luego tocó el timbre. Temeroso, Edwards se quedó al pie del auto. Ya era de noche. Apenas abrieron la puerta, Vargas Llosa vio a un hombre alto, delgado, todavía joven, acaso en sus treintas con anteojos de intelectual y mirada tímida, cohibida, asustadiza. Sin darle tiempo a nada, sin decir palabra, asumiendo que era el marido celoso de Susana, le dio un golpe furibundo, lo derribó y luego puso una rodilla sobre el pecho del sujeto y le dio dos puñetes en la cara.

—¡Susana! —gritó Vargas Llosa—. ¡Nos vamos!

Aterrada, Susana Diez Canseco salió corriendo con un bolso, vio a su marido tendido, sangrando, quejándose, y le dijo:

—Adiós, Andrés. Por favor, déjame en paz.

Vargas Llosa se puso de pie, pateó al marido en la bolsa testicular, cerró la puerta y caminó atropelladamente hasta subir al taxi, los tres en el asiento trasero, Susana en medio, entre Edwards y Vargas Llosa.

—Nos vamos a Barcelona —dijo Mario.

—¿Los llevo de vuelta a Barajas? —preguntó el conductor.

—No —dijo Vargas Llosa—. Maneje hasta Barcelona, por favor.

Se pusieron de acuerdo en la tarifa. Luego Mario le preguntó a su novia:

—¿Te hizo daño?

—No —respondió Susana—. Pero dice que te matará.

Mientras el taxista manejaba de noche hasta Barcelona, un trayecto que duraría siete horas, parando en las gasolineras, desayunando en Zaragoza, retornando Mario y Susana al hotel Sarrià, una señora llamada Patricia Llosa, recia de carácter, había llamado desde Lima a ese mismo hotel en Barcelona y hecho una reserva a su nombre, sin saber que allí mismo estaban alojados su esposo y la novia de su esposo.

Había entonces al menos tres personas que aquella noche deseaban la muerte súbita de Mario Vargas Llosa: su primera esposa, la tía Julia Urquidi, quien se encontraba en Cochabamba, rumiando su despecho, recordando los nueve años en que fue su esposa; su segunda esposa, Patricia, la prima Patricia, que lo odiaba con ferocidad y acudía a brujas para que hicieran conjuros y hechizos contra él, y el marido celoso de Susana Diez Canseco, Andrés Barba, quien, cuando se recuperó de la paliza que le dio Vargas Llosa, sacó una pistola y dijo:

—Lo mataré en Barcelona, en abril, el día de Sant Jordi, el día del libro.

–¡Tengo un incendio en el culo! –gritó Vargas Llosa, y todos los huéspedes y empleados del hotel Sarrià pudieron oírlo y acaso algunos se rieron, comedidos, pensando que el famoso escritor acababa de ser sodomizado–. ¡No puedo escribir así, con el culo en llamas!

Sin poder sentarse, caminando con dificultad, socorrido por su novia Susana, acudió al consultorio del doctor Javier Lentini, quien, tras examinarlo brevemente, sentenció:

–Es un cuadro severo de hemorroides. Tenemos que operarlo de inmediato.

–¿Qué me van a hacer? –preguntó Vargas Llosa, azorado.

–Una reconstrucción anal –dijo el doctor Lentini–. Removeremos la tumoración varicosa en los márgenes del ano.

Vargas Llosa y su novia soltaron una carcajada. Fue peor para el escritor: de nuevo lo asaltaron los dolores, la quemazón insoportable, los aguijones en el culo.

–Quedará usted como nuevo –dijo Lentini.

–¿Y por qué me quema así, si todavía no he cumplido cuarenta años? –preguntó Vargas Llosa.

–No es culpa suya –dijo el médico–. Suele ser genético.

–Pasa muchas horas sentado, escribiendo –dijo Susana.

–¿Puedo pedirle un favor, doctor Lentini? –preguntó ceremoniosamente Vargas Llosa.

–Sí, cómo no –dijo el médico.

–Aprovechando que me hará una reconstrucción anal, ¿puede también hacerme la circuncisión? –preguntó Vargas Llosa.

Susana pensó:

–Me ama. No lo había olvidado.

–¿Habla usted en serio? –preguntó Lentini.

–Sí, completamente en serio –dijo Vargas Llosa.

–Es un pedido mío –intervino Susana–. Me gustan más los penes circuncidados.

Lentini carraspeó, levemente sorprendido, y dijo:

–Con mucho gusto, le haremos ambas intervenciones.

–¿Cómo será la recuperación? –preguntó Vargas Llosa.

–Tendrá que usar un asiento ortopédico por dos meses –respondió el doctor Lentini–. Una boya, un rodete plástico.

–¿Y las relaciones sexuales? –preguntó Susana.

–Deberá esperar por lo menos cuatro semanas después de la circuncisión –dijo Lentini.

–Serán cuatro semanas en el infierno –resumió Vargas Llosa, y se rieron.

Después de las operaciones, caminando lentamente, todavía bajo los efectos de la anestesia, con una boya de plástico colorada alrededor de la cintura, como si fuese un niño grande que no sabía nadar, Vargas Llosa y Susana Diez Canseco, obligados a permanecer dos o tres meses en convalecencia, permitiendo que el pene descubierto respirase y el ano rehecho sofocase las fogatas que lo habían chamuscado, se dirigieron a la casa en Calafell del editor Carlos Barral, íntimo amigo de Mario, situada a unos sesenta kilómetros al sur de Barcelona, en Tarragona. Enterado Barral de que a Vargas Llosa lo habían operado de almorranas y de paso circuncidado, le dijo, riéndose:

–Irás a mi casa en Calafell, cadete. Y allí nacerá tu nueva verga catalana.

Vargas Llosa conocía aquella casa en primera línea que daba a la playa, pues, años atrás, había escrito allí varios capítulos de *La casa verde*. Ahora, recién operado, con dolores en las partes nobles, en las cañerías, en la vanguardia y la retaguardia, pensó que la casa de Barral en Calafell era el lugar ideal para recuperarse y, a la vez, terminar dos guiones: el que su agente Balcells había vendido a la Paramount por una suma apreciable para filmar la película de *Pantaleón y las visitadoras*, y el que la propia Balcells le había vendido a un cineasta chileno muy exitoso, Álvaro Covacevich, director de *Morir un poco*, quien, el año anterior, tras el golpe de Pinochet y la muerte de Allende, que era su amigo, se había marchado de Chile, afincándose en México, y quería que Vargas Llosa escribiese el guion del documental que él mismo filmaría, basado en la tragedia de un equipo de rugby uruguayo que, dos años atrás, caído el avión en que viajaba a Chile, mientras cruzaba los Andes, se había visto obligado, para sobrevivir en medio del frío inhumano y el hambre creciente, a comer pedazos de carne de sus compañeros muertos en el accidente.

—Aquí, en Calafell, terminaré los dos guiones —le prometió Mario a su novia.

Carmen Balcells no tardó en visitar a Vargas Llosa y Diez Canseco en Calafell. Generosa en grado sumo como era siempre con sus protegidos, les llevó canastas de regalos. Conoció a Susana y, al verla, entendió que Mario estuviese con ella.

—Nadie os va a molestar ni a juzgar en Calafell, y tampoco en Barcelona —les dijo.

Estaba eufórica: la novela *Pantaleón y las visitadoras* era el libro de ficción más vendido ese año en España; la Paramount había pagado una fortuna por los derechos cinematográficos de esa novela y otro dineral para que Vargas Llosa escribiera el guion, la dirigiera y actuara en ella, y Covacevich había desembolsado una suma no menor para fichar a Mario como guionista del documental sobre la tragedia del equipo de rugby en los Andes.

—Este ha sido el año que más has facturado —dijo Carmen Balcells.

—¿Más que García Márquez? —preguntó Mario.

—Más —dijo Balcells, pero Vargas Llosa pensó que le habían mentido para halagar su vanidad.

—¿Le has dado la mitad de todo a Patricia? —se interesó Vargas Llosa.

—¿Estás loco? —tronó Balcells—. Yo soy tu agente, no tu enemiga. A Patricia le daremos un buen dinero mensual para que esté cómoda en Lima.

—Lo que tú digas, Carmen —dijo el escritor—. Tú mandas.

—Os traigo otra buena noticia —dijo Balcells—. La filmación de

Pantaleón no la haremos en Perú. Se hará en República Dominicana.

—¡Fantástico! —se entusiasmó Vargas Llosa.

—En Perú los militares están furiosos contigo —explicó Balcells—. No han encajado bien las críticas que les hiciste por la confiscación de los periódicos. Y la novela de Pantaleón obviamente tampoco les ha gustado. No nos dan permiso para filmar en Perú.

—Ya me lo predijo Jorge Edwards. Son unos idiotas —dijo Vargas Llosa.

—He fichado a José María Gutiérrez, el valenciano, como me pediste, para que te ayude a dirigir la película —dijo Balcells.

—Estupendo —dijo Mario.

—Cuando os recuperéis —dijo Balcells—, os vais directamente a Santo Domingo. La Paramount está impaciente por filmarla. Será una producción millonaria.

—Yo sólo estoy seguro de una cosa —dijo Vargas Llosa—. Quiero a una actriz peruana, Camucha Negrete, en el papel de «La Brasileña».

—Debería darme el papel a mí y no a Camucha —pensó Susana.

Mario y Susana pasaron las fiestas de fin de año en ese apacible balneario de pescadores, sin recibir visitas. Mario escribía sentado en la boya colorada. Avanzaba deprisa en los dos guiones: escribía uno por la mañana, riéndose, el de Pantaleón, y otro por la tarde, asqueado, sufriendo, el de los sobrevivientes de los Andes. Tomaba pastillas para mitigar los dolores. Comía poco. Temía el momento de defecar, que lo emboscaba con dolores arteros. Temía asimismo crisparse de deseo por Susana y tener una erección, una circunstancia que le resultaba lacerante. Como era invierno y hacía frío, no bajaba a la playa. Entretanto, Susana, bien abrigada, se entretenía pintando con poemas y letras de canciones el barco de Carlos Barral, varado en la arena, cerca de la casa. De pronto, se sentía viviendo con un anciano, un hombre disminuido y estragado que no podía hacerle el amor, que no deseaba tener una erección, que defecaba dando gritos de dolor.

También Carlos Barral pasó a visitarlos y se alegró de que Mario, su gran amigo, su escritor favorito, se encontrase descansando, se recuperara, reuniera fuerzas, haciéndose de nuevos bríos en aquella casa de Calafell que había sido de sus padres, punto de reunión de grandes artistas, llamada *El Consulado*. Barral, señorito de Barcelona, Quijote tronado, apuesto pirata, pasó la noche bebiendo y piropeando a Susana, ante la mirada risueña de Mario. El editor le había dado un premio literario a Vargas Llosa doce años atrás, el Biblioteca Breve, de Seix Barral, que había lanzado a la gloria al escritor peruano, quien, debido a ello, se sentía siempre en deuda con él:

—Yo soy escritor gracias a ti y a Carmen Balcells.

Ambos, Barral y Mario, estaban enojados con García Márquez, decepcionados de él, y dedicaron aquella noche de copas a castigar verbalmente al colombiano, sin saber que, un año y unos meses más tarde, en la capital mexicana, Vargas Llosa daría por terminada, de un fulminante puñete en la cara, su amistad con él.

—No me gusta su prosa pastelera —dijo Barral—. Es un narrador oral del norte de África.

Rieron a carcajadas. Barral era así, ingenioso, arbitrario, ocurrente, demoledor en sus fobias y aversiones.

—Se ha convertido en un lacayo de Fidel —dijo Vargas Llosa—. ¿Viste lo que dijo en Lisboa sobre la confiscación de los periódicos en el Perú?

Vargas Llosa estaba enojado con García Márquez, decepcionado de él, por razones políticas, ideológicas, de principios, desde la carta que redactó por el caso Padilla, tres años atrás, en París, y que Plinio, el amigo de Gabriel, firmó en su nombre, para luego retirar su firma, desairándolos, lisonjeando a Fidel Castro. Desde entonces, Vargas Llosa había recibido los ataques sañudos de la dictadura cubana, y Gabriel había reforzado su amistad con el dictador Fidel Castro, apoyándolo sin reservas. Eso los había distanciado. Vargas Llosa decía en privado que García Márquez se había convertido en un bufón de Fidel, un arlequín de la corte de Castro. Mientras tanto, desde La Habana, Haydée Santamaría, íntima amiga del dictador cubano, jefa de un cenáculo o una cofradía de escritores subordinados al régimen, Casa de las Américas, había escrito:

–Vargas Llosa es la viva imagen del escritor colonizado, despreciador de nuestros pueblos, vanidoso.

García Márquez no la había corregido, no se había solidarizado con su amigo y compadre: políticamente, eligió ser amigo de Fidel Castro y enemigo o cuando menos adversario de Vargas Llosa. Por eso había vuelto a discrepar públicamente de Mario unos días antes de que este llegase con Susana a recuperarse en Calafell de las operaciones: Vargas Llosa había condenado que la dictadura militar de su país, de su amigo o examigo Juan Velasco Alvarado, hubiese confiscado todos los diarios independientes, sometiéndolos a la férrea censura del régimen, y García Márquez, de paso por Lisboa, había declarado, apoyando el zarpazo del dictador Velasco a la libertad de prensa:

–No creo en la libertad de prensa burguesa en el Perú ni en ninguna parte, que, en último análisis, representa la libertad de prensa para la burguesía, no para los periodistas.

A Vargas Llosa le irritó que García Márquez, para halagar a Fidel Castro, para adularlo, aplaudiera el fin de la prensa libre en el Perú. Por eso, el año siguiente, cuando filmaba la película *Pantaleón y las visitadoras* en La Romana, República Dominicana, declaró, aludiendo a la novela recién publicada de García Márquez, *El otoño del patriarca*, con un tiraje de medio millón de ejemplares en total, cinco veces más del tiraje inicial de Pantaleón:

–No me gustó. Es como una caricatura de García Márquez. El dictador es una caricatura. De todas sus novelas, me parece la más floja.

Apenas cuatro años después de haber publicado un ensayo, *Historia de un deicidio*, precisamente editado por Carlos Barral, en el que afirmaba que García Márquez era Dios, ahora Vargas Llosa parecía declararse ateo respecto de ese Dios que había adorado. No sólo le molestaban las ideas políticas de Gabriel, o su falta de ideas políticas, su falta de principios éticos, su amistad con Fidel Castro, una amistad que juzgaba interesada, arribista, trepadora, pues creía que García Márquez no tenía las agallas para romper con el dictador, temía el baño de mugre que sobre él habrían vertido si rompía con Castro, sino que también estaba decepcionado de que García Márquez no se tomara tan en serio a sí mismo como escritor:

–Es un poco payaso. Todo el día payasea. Cuando habla con los periodistas, es un bufón.

Le molestaba, por ejemplo, que Gabriel dijera:

–Soy sólo un hombre que cuenta anécdotas. Soy muy bruto para escribir. Se es escritor como se es judío o se es negro.

También lo enfurecía que Fidel Castro adulara continuamente al escritor colombiano:

–Por supuesto que García Márquez es un jefe de Estado. El único problema es saber de qué Estado, o de qué Estados.

Una tarde, eufórico porque los guiones avanzaban sin sobresaltos, ilusionado con dirigir pronto la película en La Romana, mientras le buscaba un papel menor a Susana en el guion Vargas Llosa se puso un traje de baño de Barral que le quedaba ajustado y anunció:

–¡Nos metemos al mar, Susana!

–¿Estás seguro, Mario? –preguntó ella.

–El agua salada me hará bien en la herida –dijo el escritor–. Además, Carlos Barral me ha dicho que hace ejercicios para robustecer el pene en este mar de Calafell.

–¿Ejercicios para robustecer el pene? –preguntó Susana, riéndose.

–Sí –dijo Vargas Llosa–. Carlos dice que hay que golpear la pinga en las olas del mar, que eso la robustece.

Susana soltó una carcajada y salieron entusiasmados de la casa, Susana haciendo toples, la playa desierta en invierno, Mario mirando arrobado a su novia, celebrando la buena fortuna de estar con ella, sin pensar un segundo en Patricia ni en los niños, y se metieron lenta y cautelosamente al mar, Susana primero, Mario después, tiritando, pero contento, despojado por fin de la boya colorada, el rodete, el asiento ortopédico que dejó en la arena. De pronto, cuando el mar se deslizó por debajo del traje de baño del escritor y humedeció las zonas recientemente operadas, reconstruidas, reabiertas, Vargas Llosa dio un respingo que pareció el salto de un caballo chúcaro, al tiempo que lanzó un alarido, como si un tiburón le hubiese arrancado una pierna:

—¡Miéchica! ¡Me cachen!

Luego se quebró en un gemido de dolor que acaso se oyó hasta en Sitges y salió corriendo del mar, mientras Susana se reía.

—¡Me cachen, me cachen! —siguió gritando Vargas Llosa, saltando en la arena de dolor, dando brincos, corriendo en círculos como un demente, un orate sodomizado por un regimiento entero—. ¡Ven, ayúdame, y deja de reírte! —le gritó a su novia.

Susana salió del mar a toda prisa, reprimiendo las risas. Vargas Llosa se bajó el bañador, le dio la espalda, se abrió las nalgas, agachándose, y le dijo:

—¡Sóplame! ¡Échame aire con la boya! ¡Apaga el incendio!

Susana sopló en el culo de su novio, al tiempo que se desternillaba de risa.

—Te conviene pedirle el divorcio —le dijo García Márquez a Patricia—. Mario no va a volver contigo.

—No quiero divorciarme —dijo Patricia—. Es un desgraciado, pero todavía estoy enamorada de él.

—No seas ingenua, Patricia —intervino Mercedes—. Cuando el cadete se enamora, no le entran balas. Tú lo sabes mejor que nadie. Tú y la tía Julia.

Estaban los tres en los altos de la discoteca Bocaccio, en la calle Muntaner, número 505, en la mesa que el dueño, Oriol Regás, les reservaba siempre a los García Márquez, la más esquinada, la más discreta, mientras abajo, en el primer piso, alguna gente bailaba. Gabriel, Mercedes y Patricia bebían la champaña preferida del escritor, Dom Perignon. Todavía era invierno en Barcelona. Patricia no sabía que Mario y su novia estaban cerca, en Calafell, en la casa de Carlos Barral. Para protegerlos, Carmen Balcells le había mentido:

—Mario está en Londres. Luego irá a París.

Patricia no quiso alojarse en el apartamento de los García Márquez. Prefirió el hotel Sarrià, donde Mario y Susana habían dormido unas semanas atrás. Estaba resignada a quedarse en Lima. Pero quería que Gabriel y Mercedes la ayudasen a recuperar a Mario, a reconquistarlo, a hacerlo entrar en razón, a devolverlo al redil de la sensatez y la cordura.

—El problema con Mario —le dijo García Márquez a Patricia— es su vanidad. Mario necesita no que lo amen, sino que lo adoren. Y tú lo quieres, pero no lo adoras. En cambio, la noviecita del barco lo reverencia, lo glorifica, lo adora, ¿comprendes?

—Mario es Dios –dijo Mercedes–. Se siente Dios. Necesita que sus mujeres sean fanáticas religiosas de él.

—Mario es agnóstico –dijo Patricia–. No cree en Dios. No se siente Dios.

—Te equivocas, primita –dijo Gabriel–. Para Mario, Dios existe: es él. Hay dos Dioses en su universo: él y yo. Pero a mí me ve como un Dios fallido, defectuoso: un Dios con las ideas políticas equivocadas.

—Yo no puedo adorarlo como si fuera una fanática –dijo Patricia–. Y estoy cansada de hacer todos los trabajos en la casa, mientras él se dedica a escribir y viajar.

—Porque Mario –siguió Gabriel– necesita que su esposa sea su secretaria.

—Y su sirvienta, su criada, su chacha –dijo Mercedes.

—¡Pero ya estoy harta de ser su criada! –levantó la voz Patricia–. ¡Harta de ser su secretaria! ¡Miren cómo me paga, cómo me agradece! ¡Conoce a una chica más joven y se larga con ella y me deja sola, con tres hijos, con una bebita! ¡Y tiene el cuajo de decirme que su destino de escritor está primero! ¿Y mi destino de escritora, qué? ¿Mis sueños no importan?

—¿Tú querías ser escritora? –preguntó Mercedes.

—Claro –respondió Patricia–. Estudié literatura un año en La Sorbona. Soñaba con ser escritora. Vivía en París con Mario y Julia, cuando todavía estaban casados.

—Pues si soñabas con ser escritora –dijo Gabriel–, serás escritora. Ningún hombre va a torcer el cuello del cisne de tus sueños, primita.

—¡No es justo! –dijo Patricia–. ¡Yo le di todo! ¡Dejé mis estudios en La Sorbona, me fui a la guerra con mis padres por él, me casé con él! ¡Y los tres años que vivimos en Londres, y los cuatro años que vivimos acá, yo me encargué de todo, absolutamente de todo, para que él pudiera escribir tranquilo!

—Te entiendo muy bien –dijo Mercedes–. Cuando Gabito escribió *Cien años de soledad* en México, yo tuve que vender todo, empeñar todo, y endeudarme hasta el cuello.

—Debíamos doce mil dólares cuando por fin salió la novela –dijo García Márquez.

–Imagínate, Mercedes, que, después de todos tus sacrificios por Gabriel, sale la novela, él se enamora de una chica y te deja. ¿Qué le harías?

–Le cortaría los huevos.

Se rieron. Patricia pidió más champaña. Mercedes se levantó y se dirigió al baño.

–Mario ha sido mi único hombre –le dijo Patricia a Gabriel, bajando la voz, acercándose a él–. No me he acostado con otro hombre. Le di mi virginidad cuando tenía quince años. Pensé que nunca me sería infiel. Pero no: es infiel y no sé si cambiará.

–El problema con Mario –dijo Gabriel– no es tanto que sea infiel, sino que es desleal.

–¿Tú la has sacado la vuelta alguna vez a Mercedes? –se atrevió a preguntar Patricia.

–Nunca –dijo Gabriel–. Yo soy fiel y leal a la serpiente del Nilo. Soy fiel y leal al cocodrilo sagrado. Soy salchichón de un solo hoyo, primita.

–Pero has tenido otras mujeres –dijo Patricia–. Has tenido otras novias.

–Novia, sólo una, en París, antes de casarme con Mercedes –dijo Gabriel–. Una española, vasca, poeta, actriz. Éramos muy pobres. Vendíamos botellas vacías. A veces comíamos de la basura. Pero, desde que me casé con la madre superiora, no he estado ni quiero estar con otra mujer.

Mercedes volvió del baño y encendió un cigarrillo: ella fumaba, seguía fumando, a pesar de que Gabriel había dejado de hacerlo cuatro años atrás, cuando los Vargas Llosa llegaron a vivir a Barcelona.

–¿Ustedes creen que es la primera vez que Mario me saca la vuelta? –preguntó Patricia.

Mercedes miró a su esposo y ambos sonrieron, como si supieran todos los secretos que la pobre Patricia, tan candorosa, no conocía.

–No –dijo Mercedes–. Lo ha hecho otras veces.

Patricia se llevó las manos al rostro y rompió a llorar. Mercedes la abrazó. Gabriel pensó:

–La primita sigue enamorada del cadete. Está jodida.

–¿Otras veces? –se indignó Patricia, recuperándose, reuniendo orgullo, recobrando la dignidad y la altivez–. ¿Cómo lo saben?

–Porque Gabito estuvo allí –dijo Mercedes.

Patricia pareció perpleja, confundida. García Márquez se sintió obligado a explicar lo que hubiese preferido callar, pero Patricia era un animal herido y sentía compasión por ella:

–Tú sabes que a Mario le gustan las putas.

–Y a ti también –dijo Mercedes, con una sonrisa cínica.

–Pero yo no me las tiro –dijo Gabriel–. Me gusta ir a los burdeles, pero no para tirar con las putas, sino para hablar con ellas, para emborracharme con ellas.

–Mario debutó con una puta –dijo Patricia–. Tenía catorce años. Y a Julia, cuando estaban casados, la engañó con putas francesas. Eso me lo ha contado él mismo.

–Por eso te digo –continuó Gabriel– que Mario, cuando está de paso en una ciudad, tratar de ir al mejor burdel y tener a la puta más linda.

–Pero no se enamora de ellas, Gabito –dijo Mercedes–. Ahora se ha enamorado de esta peruanita del barco. Es otra cosa.

–¿Tú has ido de putas con Mario, cuando ya estaba casado conmigo? –preguntó Patricia, haciendo acopio de valor.

García Márquez bebió champaña, se alisó el bigote, buscó las palabras precisas, se sintió en una emboscada, una trampa: ¿debía ser leal a Patricia, la víctima, o a Mario, el verdugo? ¿Podía quedar bien con ella, sin quedar mal con él?

–Sí –dijo García Márquez–. El cocodrilo sagrado lo sabe –añadió, mirando a su esposa.

–Cuéntamelo todo –le dijo Patricia a Mercedes.

–Cuando se conocieron en Caracas, tú estabas en Lima, ¿recuerdas? –dijo Mercedes.

–Sí, claro –dijo Patricia–. Estaba a punto de dar a luz a Gonzalo: tu ahijado, Gabriel.

–Después de recibir el premio, Mario le pidió a Gabito que lo llevase al mejor burdel de Caracas –continuó Mercedes.

–Pero ¿tú no estabas en Caracas con ellos? –se sorprendió Patricia.

–Sí –dijo Gabriel–. Pero yo le conté que me iba de putas con Mario.

–Yo sé que cuando Gabito se va de putas, no me es infiel, sólo conversa con ellas –dijo Mercedes–. Gabito me lo cuenta todo. A veces hasta se enamora de ellas.

–Me sirve para escribir sobre las mujeres –dijo Gabriel.

–¿Y fuiste con Mario al burdel en Caracas? –preguntó Patricia.

–Sí –dijo Gabriel–. Yo conocía bien Caracas, habíamos vivido en esa ciudad cuando cayó Pérez Jiménez. Conocía a todas las putas del mejor burdel.

–¿Y Mario se tiró a una? –preguntó Patricia–. ¿Se tiró a una puta, mientras yo estaba en Lima pariendo a su hijo?

–Bueno, no sé si se la montó –dijo Gabriel–. Pero fueron juntos a uno de los cuchitriles y salieron un rato después.

–¡Claro que se la tiró! –se impacientó Mercedes–. ¿O tú crees, Gabito, que Mario estaba leyéndole *La casa verde*?

García Márquez se replegó, guardó silencio. Se sentía oprimido, asfixiado. Quería irse. Pero Patricia parecía dispuesta a ir a la guerra:

–¿Has ido con Mario a otros burdeles?

–¡Claro! –respondió Mercedes–. ¡A todos los burdeles! ¡En ese viaje que hicieron juntos, cuando se conocieron, Gabito lo llevó a un burdel en Caracas, a uno en Mérida, a uno en Bogotá!

García Márquez se rio, qué más le quedaba, y añadió:

–Y fuimos a uno en Lima, que Mario conocía bien.

Pero Patricia no sonrió. Herida, dijo:

–Qué egoísta es Mario: hacer eso ya casado conmigo, ya nacidos Alvarito y Gonzalo, ¡recién nacido Gonzalo!

–Pero quizás Mario se va con la puta que ha elegido –dijo Gabriel– y una vez en el cuchitril, no se la coge, y prefiere hablar con ella, como me gusta a mí hacer en el bar, en la barra del burdel.

–¡Ni tú mismo te crees esa mentira, Gabito! –dijo Mercedes.

–¿A qué otros burdeles han ido juntos? –preguntó Patricia–. Quiero saberlo todo.

Gabriel no supo qué responder.

—Mario conoce todos los burdeles del mundo —dijo Mercedes.

—Al menos, los del mundo libre —la secundó, con aire pícaro, Gabriel—. En Londres y en París, donde ha vivido, las madames de los burdeles más refinados lo reciben como si fuera el dueño, le hacen todos los honores.

—Pero debes entender una cosa, Patricia: Mario y Gabito tuvieron sus primeras experiencias con prostitutas —dijo Mercedes.

—Yo con las putas lindas de Cartagena y Barranquilla, si hasta vivía en los altos de un burdel —dijo Gabriel—. Y Mario, según me ha contado, con las putas de Lima, cuando salía los fines de semana del internado militar.

—Si no puedes aceptar eso, si no puedes vivir con un hombre que se va de putas cada vez que viaja, entonces mejor divórciate de una buena vez —dijo Mercedes.

—Es un machista —se exasperó Patricia—. Él puede sacarme la vuelta con todas las putas de este mundo, y yo tengo que serle fiel y cuidar a sus hijos y limpiarle la casa y cocinarle, lavarle y plancharle. ¡No es justo!

—No —dijo Mercedes—. No es justo.

Luego añadió:

—La mejor manera de hacer justicia es sacándole un buen divorcio.

Una chica linda se acercó y le pidió a García Márquez un autógrafo en una servilleta de papel. Gabriel le dijo:

—No firmo autógrafos en papeles en blanco. Anda a comprar uno de mis libros, me lo traes y te lo firmo.

—Pero a esta hora las librerías están cerradas —dijo la chica.

—Anda a la librería del Drugstore, en el paseo de Gracia, que atiende las veinticuatro horas —dijo Gabriel.

La chica se retiró, emocionada, y media hora después volvió con un libro de García Márquez que este firmó sin reticencias.

—Te vas a reunir con mi abogado, que es el mejor de Barcelona —le dijo Gabriel a Patricia—. Y le vas a decir que quieres divorciarte de Mario.

Patricia asintió, compungida.

–Si crees que Mario va a regresar contigo, vas a quedarte esperándolo la vida entera.

–Ciento cincuenta años –dijo Mercedes–. El tiempo que dura el contrato de Gabito con Carmen Balcells.

–¿Recuerdas dónde quedaba el burdel en Lima adonde te llevó Mario? –preguntó Patricia.

–Lima, qué ciudad tan espantosa –dijo Gabriel.

–Era nuestra primera vez en Lima –dijo Mercedes.

–Y no volveremos más –dijo Gabriel.

–¿Por qué? –preguntó Patricia.

–Supersticiones de Gabito –dijo Mercedes.

–Lima tiene la pava –dijo García Márquez–. Es pavosa. Me di cuenta estando allí, en esa charla insufrible que tuve con el cadete en una universidad. ¡Cómo sufrí en esa jodida charla! ¡El cadete quería que yo explicara racionalmente todas las cosas que escribo!

–¿No debo quedarme en Lima? –preguntó Patricia.

–No –respondió Gabriel, sin vacilar–. Vente a Barcelona, primita.

–Pero estamos pensando mudarnos a México –dijo Mercedes.

–Queremos comprar la casa donde escribí *Cien años de soledad* –dijo García Márquez–. ¡Si supieras cuánto sueño con esa casa!

–No me has respondido, Gabriel –insistió Patricia.

–¿Qué? –dijo Gabriel, haciéndose el distraído.

–¿Dónde quedaba el burdel en Lima al que fuiste con Mario?

Gabriel resopló, abrumado, abatido, acaso pensando qué mujer tan aguerrida, tan peleona esta primita Patricia, nunca lo va a dejar a Mario, está obsesionada con él.

–En San Isidro –dijo García Márquez–. Una casa noble, señorial, de dos pisos, en una callecita angosta, cerca de un parque llamado Olivar, Olivares, un parque muy triste, con árboles de olivos.

–Voy a encontrar ese burdel a mi regreso a Lima y voy a hablar con todas las chicas –dijo Patricia.

–No vayas –le aconsejó Mercedes–. No eches sal en la herida.

–¡Vamos a bailar! –dijo Gabriel, poniéndose de pie.

–Vayan ustedes –dijo Mercedes.

Mientras bailaba con Patricia, la primita despechada, la primita mancillada, la primita abandonada, viendo cómo ella lo abrazaba, lo miraba, le acariciaba la espalda, cómo se apretaba sutilmente en su pecho velludo, García Márquez pensó:

–La prima se me está encimando, carajo.

Luego un hombre bajo, ventrudo, narigón, con cara de boxeador retirado, se acercó y le dijo a Patricia:

–¿Bailamos?

–Claro, encantada –dijo Patricia, y García Márquez se sintió aliviado y volvió con Mercedes, el cocodrilo sagrado que lo sabía todo.

Mientras bailaba con Patricia Llosa, la esposa que Mario había dejado, un chisme que había recorrido como vodka puro los altos del club, Juan Marsé pensó que algún día escribiría un libro sobre las noches desenfrenadas en aquella discoteca, Bocaccio, que reunía a la izquierda divina, a los escritores más talentosos:

–Todo esto no es más que una noctámbula inclinación al reencuentro, una fantasmal manera de beber juntos y de prolongar la noche, un guiño a la inteligencia en horas de relajo –escribió mentalmente Marsé y enseguida se relamió pensando en Patricia sin sus bragas de oro.

–Tienes que mostrarte desnuda –le dijo Vargas Llosa a la actriz peruana Camucha Negrete–. Si no, no puedes hacer el papel de «La Brasileña».

–Mario, tú sabes cuánto te admiro –dijo Camucha Negrete–. Pero estoy casada, acaba de nacer mi hija Claudita, no puedo hacer un desnudo en tu película.

Vargas Llosa y Camucha Negrete estaban tomando café en La Tiendecita Blanca, en Miraflores, Lima. No había comensal, parroquiano, camarero o viandante que, al pasar, no los mirase con asombro y una leve crispación morbosa: con treinta años, Camucha Negrete era una de las actrices más bellas y talentosas del Perú, un ícono erótico, una diosa sensual, la niña mimada de las televisiones; y, con treinta y nueve años cumplidos, Vargas Llosa lucía guapo, brillante, seductor, irresistible, tras haber estado casado con la tía y después con la prima, aunque ahora separado de la prima, pero eso en Lima poca gente lo sabía.

–¿Estará saliendo Vargas Llosa con Camucha? –se preguntaban los mozos en la cocina, excitados por el chisme–. ¿Se habrá templado el escritor de esa mamacita?

–Puedo hacer semidesnudos de espaldas –dijo Camucha–. Puedo hacer escenas de cama, todas las que quieras, Mario. Pero no voy a mostrar los senos ni el trasero, tú me disculparás.

Vargas Llosa y su novia Susana se encontraban de paso por Lima, rumbo a la República Dominicana, donde, a pedido de la Paramount, se filmaría la película *Pantaleón y las visitadoras*. Mario había visitado a sus tres hijos, que estaban al cuidado de sus abuelos Lucho y Olga, los padres de Patricia, quien seguía en Barcelona, confortada por los García Márquez.

—Tienes que convencer a Camucha para que haga el papel de «La Brasileña» –le dijo Lucho, su suegro, a Vargas Llosa–. Si tienes a Camucha, la película será una bomba en el Perú. No hay peruano que no se ponga virolo de arrechura con Camucha.

—Contrataremos a Camucha –prometió Vargas Llosa–. Pero será difícil que se desnude, como lo tiene que hacer «La Brasileña».

—Todo tiene un precio –dijo Lucho–. Si la Paramount le paga bien, se mostrará desnuda.

A pesar de que Mario se había separado de Patricia, a pesar de que Lucho y Olga estaban cuidando a los tres hijos de Mario y Patricia, a pesar de que Patricia seguía furiosa con Mario y aludía a él como «un traidor, un desgraciado, un egoísta», los suegros de Vargas Llosa, que eran también sus tíos, lo seguían queriendo, lo perdonaban, lo consideraban un genio, pensaban que la calentura de Mario por la chica del barco, Susana Diez Canseco, Susanita, pasaría pronto.

—¿Y a quién le vas a dar el papel del enano arrecho? –preguntó Lucho.

—No lo sé –dijo Mario.

—Petipán está pintado para ese papel –dijo el suegro de Vargas Llosa–. Contrátalo. Es perfecto para el papel de Chupito.

—Sólo dejarás a tu esposo y a tu hija por un mes, máximo un mes y medio, no más –le prometió Mario a Camucha, en La Tiendecita Blanca–. En cuanto a los desnudos o semidesnudos, ya lo veremos allá. No puedes perderte esta película, Camucha. Es una producción internacional de la Paramount. Se verá en España, en México, en todo el mundo.

—Cuenta conmigo, Marito. Pero cuídame en los desnudos. Te lo pido por mi hija Claudita.

En los pocos días que pasó en Lima, Vargas Llosa, además de ver a sus hijos, conoció a los padres de su novia, Susana Diez Canseco, a quienes visitó en su casa señorial de San Isidro.

—Queremos saber si tus intenciones con nuestra hija son serias –le dijo ceremoniosamente el padre de Susana, Mauricio.

—Muy serias –respondió Mario–. Nunca he estado tan enamorado. Estos meses con ella han sido los más felices de mi vida.

La madre de Susana, Amparo, pensó:

–Seguro que este zamarro le dijo lo mismo a su tía Julia y a su prima Patricia.

–¿Tienen planes de casarse? –preguntó la señora Amparo.

–No –dijo Vargas Llosa–. Por el momento, no. Yo todavía estoy casado con Patricia. El divorcio será largo y complicado.

Entonces el padre de Susana, Mauricio Diez Canseco, hombre de vasta hacienda personal, enemigo de la dictadura militar de Velasco Alvarado, caballero de la orden de Malta, dueño de caballos de paso, le dijo a Vargas Llosa:

–Tú sabes que Susana no es mi hija biológica. Si van a ser novios formales, es bueno que lo sepas.

Vargas Llosa dio un respingo, carraspeó y a continuación preguntó:

–¿No es tu hija?

–No –dijo don Mauricio–. En rigor, no.

–Es que yo tuve amores con otro señor, antes de conocer a Mauricio y casarme con él –dijo la señora Amparo–. Pero ese señor no la reconoció como su hija, no le dio su apellido.

Vargas Llosa miró a Susana, consternado.

–Ese señor se llama Ernesto Vargas –dijo Mauricio Diez Canseco–. Vive en Los Ángeles. Es tu padre, Mario, y es el padre de Susana.

–Susana, tu novia, es también tu hermana –dijo Amparo Diez Canseco.

–Hermana por parte de padre –matizó Mauricio Diez Canseco.

Vargas Llosa se puso de pie, tembloroso, los ojos desorbitados, la mirada ardiendo de vergüenza, y exclamó:

–¡No puede ser! ¡No puede ser que Susana sea hija de Ernesto!

–Pues lo es –dijo Mauricio, muy serio–. Después de tener amores con tu tía y con tu prima, ahora estás acostándote con tu hermana, querido Mario.

En ese momento Susana Diez Canseco estalló en una carcajada que contagió de inmediato a sus padres.

–¡Es una broma, tonto! –le dijo a su novio–. ¡Te están tomando el pelo!

—Nos disculparás la picardía —dijo Amparo, doblada en risas.

—¡Te creíste el cuento! —se desternillaba de risa Mauricio—. ¡Le hicimos un cuento al escritor de cuentos y novelas! ¡Caíste redondito!

Sin decir palabra, Vargas Llosa se marchó, ofuscado, detestando a los padres de Susana: qué carajo se habían creído esos vejetes pitucos para hacerle ese chiste de mal gusto, si serán tarados. Irritado con Susana, Mario le dijo:

—Quédate unas semanas en Lima con tus padres. Necesito estar solo en Santo Domingo, concentrado totalmente en la película. No sé cómo diablos voy a dirigirla.

Al llegar a Santo Domingo, Vargas Llosa recorrió en taxi ciento treinta kilómetros al este, hasta llegar al pueblito de La Romana, cerca de Punta Cana, donde los productores de la Paramount habían construido una suerte de aldea o villa, una isla dotada de todos los recursos técnicos y las comodidades para que la aventura llegase a buen puerto y la película resultase una comedia erótica de éxito global. Esos productores ya conocían a Vargas Llosa por el documental que el escritor les dirigió, para la Radio y Televisión Francesa, sobre la República Dominicana en tiempos del dictador Trujillo: la Paramount, dirigida por Charles Bludhorn, había sido adquirida por la compañía Gulf and Western, y el jefe para las Américas de esa transnacional con grandes plantaciones de azúcar, Álvaro Carta, nacido en Cuba, residente en Miami, era admirador de Vargas Llosa, lo mismo que Bludhorn, quienes habían leído la novela de Pantaleón en un vuelo transatlántico, se habían reído a carcajadas y se habían empecinado en hacer una película que triunfase en España y Latinoamérica:

—No quiero una película peruana —le dijo Charlie Bludhorn a la agente Balcells—. Quiero una película internacional. Debemos tener actores de primer nivel, grandes estrellas que nos abran las puertas de España y México.

Como la Paramount de Charlie Bludhorn no escatimaba recursos, pues disponía del copioso dinero de la Gulf and Western, que acababa de inaugurar un hotel de lujo, Casa de Campo, con una espectacular cancha de golf, muy cerca de los ingenios azucareros de La Romana, Vargas Llosa, al llegar a la aldea coqueta de La Romana, quedó maravillado: los productores habían montado un pueblo entero para rodar allí la película, sin tener que moverse de una locación a otra, en la acogedora isla de La Española: todo estaba bien pensado y bien dispuesto, el cuartel, el burdel, la oficina del alcalde, las casas del servicio de visitadoras, y las cámaras y equipos de luces y sonido eran de última tecnología, y los directores y las estrellas de la cinta se alojarían en Casa de Campo, a tiro de piedra. Mario no podía quejarse: la Paramount de Bludhorn le había dado gusto en todo, había complacido sus requerimientos, su visión artística, sus caprichos y antojos, sus preferencias estéticas. Meses atrás, de paso por Nueva York con su novia Susana, había visto en el teatro, en la avenida Broadway, a una actriz mexicana, Katy Jurado, a quien ya conocía por sus películas en Hollywood y, deslumbrado por su belleza, por su aire perverso y seductor, había pedido que la fichasen para el papel de «La Chuchupe», la jefa del servicio de visitadoras, de las hetairas amazónicas. También había pedido que el papel de «Pantaleón» fuese adjudicado al actor español José Sacristán, uno de los actores de moda en aquella España en la que el dictador Franco languidecía y parecía morir en cámara lenta: Vargas Llosa había visto en Barcelona, recientemente, de paso con su novia, dos películas con Sacristán, dos comedias que le habían encantado: *No quiero perder la honra*, en la que Sacristán interpretaba a un proxeneta que se enamoraba de una puta, y *Los nuevos españoles*.

–Pepe Sacristán nos llenará los cines en España –le dijo Vargas Llosa a su agente Balcells–. Y Katy Jurado nos llenará los cines en México.

–Y tú los llenarás en Perú –dijo Balcells.

–No –la corrigió Mario–. En el Perú los llenará Camucha Negrete.

Pero Camucha, recién llegada a La Romana, sin su esposo ni su hija de un año, emocionada por trabajar con Vargas Llosa, se negaba a mostrarse desnuda en la película:

–Sólo pueden enfocar mi espalda desnuda. Y mis senos deben estar cubiertos con gasa o *masking tape*.

–¿Qué coño es *masking tape*? –preguntó el codirector de la película, José María Gutiérrez, amigo de Vargas Llosa desde los tiempos en que el escritor peruano se mudó a Madrid, con una beca.

–Cinta adhesiva –tradujo Mario, decepcionado porque Camucha no asumía su papel de bomba erótica, de diosa lujuriosa, y parecía una señora pacata.

Tanto insistieron los directores Vargas Llosa y Gutiérrez, que Camucha Negrete condescendió a mostrarles los pechos, pero en privado, a solas con los dos, para que comprendiesen que, como había dado de lactar un año a su hija Claudia en Lima, los tenía caídos, arrugados, no aptos para la exhibición cinematográfica. Encerrados en un tráiler reservado para Vargas Llosa, sin cámaras ni luces, sentados los directores con rostro adusto, como si fuesen a presenciar a un cadáver en la morgue y no a esa mujer de belleza sofocante que se disponía a mostrarles los senos, secándose el sudor de la frente Vargas Llosa, Camucha Negrete se despojó con naturalidad de su blusa blanca de lino y su sostén, dio dos pasos adelante, gallarda, acercándose a ellos, y dijo:

–¿Ya ven? Tengo los senos caídos. Están chorreados. Parezco una vieja.

–Discrepo, Camuchita –dijo Vargas Llosa, muy serio–. Tienes unos senos preciosos.

–Gracias, Marito, eres un galán –se ruborizó la actriz–. Tú sabes que para mí no hay nadie más churro que tú.

–Tengo la solución –dijo Gutiérrez, entusiasmado–. Tú mostrarás la espalda desnuda, Camucha, y cuando mostremos los pechos, serán los de otra mujer.

–¿Cómo? –se sorprendió Camucha–. ¿Los de otra mujer?

–¡Gran idea! –dijo Vargas Llosa.

–Y el público pensará que son los tuyos –dijo Gutiérrez.

–Y se verán gloriosos –dijo Vargas Llosa.

–Ay, qué vergüenza –dijo Camucha–. Bueno, sí, eso lo acepto. ¡Todo sea por amor al arte!

Tras vestirse, la actriz se retiró del tráiler con aire triunfal: no se mostraría desnuda, no humillaría a su marido, no quedaría como una casquivana ante su familia. Poco después, mientras Vargas Llosa y Gutiérrez repasaban partes del guion, alguien tocó la puerta del tráiler: era el enano peruano Justo Espinoza, de apenas noventa centímetros, natural de Jauja, conocido como Petipán, que haría el papel de «Chupito»:

–Si necesitan que haga escenas eróticas, cuenten conmigo –les dijo–. Soy bien dotado –añadió, y estallaron en risas.

Unos días después, cuando faltaba poco para iniciar las grabaciones de la película, llegaron José Sacristán desde Madrid y las mexicanas Katy Jurado y Rosa Carmina desde la Ciudad de México. Al ver nuevamente a Jurado, a quien había visto recientemente en un teatro de Broadway, Vargas Llosa pensó:

–Esta mujer es un ciclón, un huracán. Qué pedazo de hembra. Con razón dicen que se ha tirado a Marlon Brando y a Frank Sinatra.

No sabía el escritor, guionista y ahora cineasta que otro ciclón, de nombre *Eloísa*, un tifón real y no histriónico, estaba por arrasarlo todo en La Romana, en Punta Cana, en Santo Domingo, en toda la República Dominicana, en la isla La Española, pero, en particular, y como ensañándose con él, en el pueblito coqueto y cachondo que la Paramount había edificado con materiales precarios para filmar allí la película de *Pantaleón y las visitadoras*.

–Gabriel, ven ahora mismo a París con tu mujer –le dijo Neruda por teléfono a García Márquez–. Los invito a comer mañana.

Era un miércoles de octubre. Neruda llamaba por teléfono desde su despacho en la embajada chilena en París. García Márquez y su esposa se encontraban en Barcelona.

–Pero Pablo, tú sabes que a París no viajo en avión –dijo García Márquez, sorprendido por el tono apremiante de la invitación: ¿estaría mal de salud el poeta chileno, se habría enamorado de una jovencita como decían los rumores, o era un capricho repentino?

–Te ruego que vengas, Gabriel.

–Yo a París no voy sino en tren, Pablo. Sabes que me aterra volar en avión.

–Si no vienes, me harás llorar.

–Pues iremos en avión –prometió Gabriel–. Y comeremos contigo mañana.

Tras colgar el teléfono, García Márquez, eufórico, gritó:

–¡A Pablo le dio berrinche! ¡Hay que comer mañana con él en París!

Neruda había sido informado telefónicamente por el presidente de la academia sueca, el escritor Artur Lundkvist, comunista, enemigo de Borges, que, al día siguiente, jueves, se anunciaría, en horas de la tarde, que había ganado el premio Nobel de Literatura, un galardón que hasta entonces sólo habían ganado dos latinoamericanos: la chilena Mistral y el guatemalteco Asturias. Pero el sueco Lundkvist le dijo a Neruda:

–Es un secreto. Nadie debe saberlo. No debe filtrarse a la prensa.

–No se preocupe –respondió Neruda–. Nunca creo nada, mientras no lo vea escrito.

En el vuelo de Barcelona a París, los García Márquez leyeron el ensayo que recientemente Carlos Barral, en su editorial Seix Barral, le había publicado a Vargas Llosa, titulado *Historia de un deicidio*. Como sólo tenían una copia del libro, y ambos querían leerlo al mismo tiempo, Gabriel leía una página, la arrancaba y se la daba a Mercedes, que a su turno la leía, ya descuadernada, y la dejaba caer discretamente al piso alfombrado del avión.

–Este Mario me ha despellejado, me ha desmenuzado, me ha descuartizado –decía García Márquez, en tono tristón–. Me siento un cadáver al que le están haciendo la autopsia.

Y arrancaba una página más, que luego Mercedes leía y dejaba caer.

Cuando Mario se enteró de que Gabriel y Mercedes rompían una a una las páginas de sus libros para leerlas al mismo tiempo, algo que Mercedes le contó pensando que se sentiría halagado, que lo tomaría como un cumplido, no pudo reírse, se sintió ofendido y pensó que era una falta de respeto a su trabajo intelectual.

Neruda no había invitado a comer en París a Vargas Llosa, que ese día de octubre se encontraba también en Barcelona. Lo conocía, lo había invitado dos años atrás a su casa en Isla Negra, había conocido también a Patricia Llosa, pero no se consideraba amigo de él, no sentía la complicidad risueña y juguetona que encontraba en García Márquez, por eso no quiso invitarlo a la cena en que festejaría el Nobel, a pesar de que sabía muy bien que los Vargas Llosa y los García Márquez eran amigos, compadres y vecinos. Al llegar a París pasada la medianoche, Gabriel y Mercedes se dirigieron al apartamento que habían comprado en el edificio donde también vivía la antigua novia del escritor colombiano, Tachia Quintanar, en el barrio de Montparnasse, a unos pasos del restaurante La Coupole. Al día siguiente, jueves, la academia sueca anunció que Neruda había ganado el Nobel. Neruda y su esposa Matilde se confundieron en grandes abrazos con Gabriel y Mercedes. También estaban allí, en la embajada chilena, la hermana de Neruda, Laura, Laurita, el escritor Jorge Edwards, ministro consejero de Neruda, y su esposa Pilar, y el pintor chileno Roberto Matta, gran amigo de Neruda y de García Márquez, y el escritor francés Régis Debray. Tras brindar con una champaña que había comprado Edwards, siempre tan generoso con el poeta, se dirigieron a cenar al restaurante que eligió Neruda y pidieron caviar, ostras, trufas blancas, las exquisiteces que el poeta asociaba con la poesía. De pronto, el flamante Nobel pareció ensimismarse y comenzó a escribir en el revés de la hoja del menú.

—¿Estás escribiendo un poema? —le preguntó Gabriel.

—No, estoy escribiendo el discurso del Nobel —respondió Neruda, sin ínfulas de nada, con naturalidad.

—Si no hubieras retirado tu candidatura presidencial en favor de Allende, ahora mismo serías presidente de Chile y no premio Nobel de Literatura —dijo Gabriel.

—Tienes razón —dijo Neruda.

—Recuerda, Pablo —dijo García Márquez—, que los presidentes se vuelven expresidentes, pero los premio Nobel no se vuelven expremios Nobel: son premios Nobel toda la vida y toda la eternidad.

Neruda anunció que al día siguiente llegaría a París el periodista chileno Augusto Olivares, jefe de prensa de Televisión Nacional de Chile, amigo del presidente Allende:

—Olivares quiere que me hagas una entrevista —dijo.

—¿Una entrevista para la televisión chilena? —preguntó García Márquez.

—Sí —dijo Neruda—. Una entrevista o una conversación entre el actual Nobel y el futuro Nobel. Porque este Nobel, Gabriel, lo merecías tú más que yo.

—No sé, Pablo —dijo García Márquez, de pronto turbado por la sombra de la duda—. Yo desconfío mucho de la televisión. La televisión te roba el alma.

Sin embargo, al día siguiente, en la embajada, fue tal la insistencia de Neruda y Olivares, que García Márquez acabó rindiéndose y dijo:

—Bueno, está bien, pero sólo diez minutos, no más.

Olivares era alto, calvo, bigotudo, cegatón. Se resignaba a ser periodista porque, como tantos periodistas, no se atrevía a ser un escritor. García Márquez lucía incómodo desde los primeros segundos de aquella grabación. Neruda, por su parte, hablaba en tono solemne, profesoral, tratando de capturar unas palabras que a veces se le escapaban como pececillos inasibles. A diferencia del escritor colombiano, el Nobel chileno no parecía estar sufriendo. Pero Gabriel se quejó, a mitad de la entrevista:

—Esto de hablar para la televisión es absolutamente falso. Esto no sirve para nada.

Sólo hubo un par de momentos felices, distendidos, en los que García Márquez pareció relajarse, bajar sus defensas, disfrutar de la entrevista: cuando Neruda dijo que las novelas eran el bisté, el plato fuerte de la literatura, y cuando, al final, como un niño travieso, cogió un león de peluche muy grande y, como ventrílocuo, lo hizo decir unas cosas pueriles, inesperadas, ocurrentes, que hicieron reír a García Márquez, aunque no a Olivares, que miraba todo muy serio, como muy serio habría de matarse dos años después, de un tiro en la sien, cuando Pinochet dio el golpe a Allende: Olivares se suicidó por Allende, antes de que el propio Allende se quitase la vida.

Al día siguiente, sábado, el poeta y novelista francés Louis Aragon, director de la revista Lettres Françaises, amigo de Neruda, pasó por la embajada chilena, felicitó efusivamente al poeta por el Nobel y le dijo:

—Nuestro amigo Pablo Picasso cumple noventa años este lunes. Estoy saliendo a Mougins ahora mismo. ¿Quieres venir conmigo?

Guapo, atildado, de traje y corbata, modales refinados, Aragon, apodado «El Coronel», era un poeta que se declaraba revolucionario, un agitador intelectual, un erudito en cuestiones literarias, y era también miembro del comité central del Partido Comunista Francés, hombre de confianza de la dictadura soviética, amigo del embajador de Moscú en París: se decía que su revista literaria era financiada por los soviéticos.

—Pero ¿Picasso nos ha invitado? —preguntó Neruda.

–No –dijo Aragon, entusiasmado–. Le daremos una sorpresa. Estará encantado de verte. Debe de estar feliz por tu Nobel.

–¿Cuántas horas son de París a Mougins en tu auto, Louis? –preguntó Neruda.

–Nueve o diez horas.

El poeta revolucionario francés había enviudado recientemente de Elsa, su mujer de toda la vida, o una de sus mujeres de toda la vida, a la que había dedicado un puñado de sus libros. Ahora corría el rumor de que se había enamorado de un poeta joven, desgreñado, melenudo, como se esparcía el rumor de que Neruda recibía en París cartas de amor de una jovencita chilena que, para burlar la vigilancia de Matilde, esposa del poeta, dirigía esas cartas a nombre de Jorge Edwards, el ministro consejero.

–Es demasiado para mí –dijo Neruda–. Estoy muy cansado. He pasado una mala noche. No aguantaría diez horas en auto.

No exageraba. Esa noche, tras festejar con sus amigos en La Coupole, había tratado de hacer el amor con Matilde, pero un aguijón persistente, un dolor insólito, una molestia que no cedía, le habían impedido demostrarle físicamente a Matilde cuánto la amaba, cuánto la seguía deseando: diez horas en auto con Louis, que hablaría como una cotorra, que me obligaría a ser inteligente todo el tiempo, me dejarían exhausto, me costarían la vida, pensó Neruda, y se excusó de acompañar a su amigo en la travesía. Pero cuando Aragon se marchó, Neruda llamó por teléfono a Picasso y le preguntó:

–¿Quieres que vaya a saludarte por tu cumpleaños con mi amigo, el escritor García Márquez?

–No –dijo Picasso–. No vengan mañana. No recibiré a nadie. Estoy de malhumor.

–¿Por qué estás enojado, Pablo? –preguntó Neruda.

–Porque has ganado el premio Nobel de Literatura y porque no hay un premio Nobel de Pintura –bromeó Picasso, y se rieron.

Se conocían hacía décadas. Ambos eran artistas geniales. Ambos eran comunistas o se declaraban comunistas. Ambos habían recibido premios entregados por la dictadura comunista de Moscú. Ambos habían recreado el mundo con palabras y pinturas. Neruda había escrito un poema, «Llegada a Puerto Picasso», en honor al pintor nacido en Málaga: «Desembarqué en Puerto Picasso a las seis de los días de otoño, recién el cielo anunciaba su desarrollo rosa, miré alrededor, Picasso se extendía y encendía como el fuego del amanecer». Había escrito maravillas del Guernica. Había dicho que Picasso era el mejor pintor del siglo, «el genial minotauro de la pintura moderna». Cuando se encontraban en París o en Varsovia, en congresos por la paz, Picasso besaba en las mejillas a Neruda y, a pesar de que era bajito y Neruda un gigante mofletudo, abrazaba al poeta chileno, o abrazaba el vientre oscilante y húmedo del poeta chileno.

–No vengas con Márquez mañana domingo –dijo Picasso–. Venid unos días después. Y dile a Márquez que he leído *Cien años de soledad* en francés. Es cierto lo que dicen de él: ese cabrón es bicéfalo, tiene dos cerebros.

El lunes que cumplió noventa años, quizás presintiendo que le quedaba poca vida, menos de dos años, hubo tal barullo y tal alboroto pueblerino frente a la casa del pintor en Mougins, un entrevero de autoridades locales, artistas, modelos, efebos, poetas publicados y poetas inéditos, cantantes, guitarristas, bailarines, enanos y hasta toreros franceses que no mataban al toro, que Picasso, furioso, se asomó al balcón y gritó:

–¡Váyanse todos a la mierda! ¡Váyanse a tomar por culo!

Luego regresó a su estudio y siguió pintando su autorretrato, el último de sus autorretratos, una figura apenas humana, deformada por el tiempo, erosionada por la crueldad de los años.

Louis Aragon tocó el timbre, golpeó la puerta, habló con la mujer del pintor, dijo que Picasso lo esperaba, pero, como toda respuesta, escuchó:

–Pablo no ha invitado a nadie y no va a recibir a nadie. Por favor, márchese.

Unos días después, todavía los García Márquez en París, disfrutando del otoño, la estación que más apreciaban en aquella ciudad donde ya no se sentían forasteros, Neruda les dijo:

–Nos vamos a Mougins a saludar a Picasso. Nos espera.

—¿No nos habías invitado a Normandía a comprar una casa con la plata del Nobel? —preguntó Gabriel.

—Iremos después —dijo Neruda—. Ahora volaremos a Niza.

—¿Volaremos a Niza? —se sobresaltó Gabriel.

—Yo no aguanto diez horas en auto —explicó Neruda.

—Entonces vamos en tren —dijo Gabriel.

—No —dijo Neruda—. Iremos en avión a Niza.

—Será lo que usted diga, poeta —se resignó Gabriel.

Pero, al día siguiente, Neruda no podía levantarse de la cama, no podía caminar: era el cáncer de próstata que había llegado, como un espía o un intruso, a desgraciarle la vida. Dos años después, Picasso estaría muerto, Neruda estaría muerto, Allende estaría muerto, Augusto Olivares estaría muerto y la amistad entre García Márquez y Vargas Llosa estaría a punto de morir.

—Si no vamos a celebrar los noventa de Picasso, entonces celebraremos mi cumpleaños —le dijo García Márquez a Neruda, al verlo tendido en la cama, triste, afligido, disminuido por una enfermedad que aún no le había sido diagnosticada, pero ya lo tenía jaqueado.

—Pero tu cumpleaños, ¿no es en marzo? —se sorprendió Neruda.

—Sí —dijo Gabriel—. El 6 de marzo. Pero mi abuelo Nicolás me quería tanto que me enseñó a cumplir años todos los meses.

Cuatro días después, Neruda dio plenos poderes a Carmen Balcells, la agente literaria de García Márquez y Vargas Llosa, para que fuese también su agente. Le dictó a su secretaria una carta:

—Estimada señora Balcells: me es muy grato dirigirme a usted por encargo del señor embajador Pablo Neruda para decirle que el adelanto ofrecido le parece exiguo.

—Quítate la ropa —le dijo Vargas Llosa a la actriz mexicana Katy Jurado, solos los dos en el tráiler reservado al escritor y director de la película *Pantaleón y las visitadoras*, en La Romana.

—¿Toda? —preguntó Jurado, menos sorprendida que halagada, orgullosa de su cuerpo voluptuoso, vestida con una falda corta y una blusa transparente.

—Toda —dijo Mario—. Necesito que ensayemos la escena que harás con el enano erótico.

Katy Jurado había cumplido ya cincuenta años, era bastante mayor que Vargas Llosa, que estaba por cumplir cuarenta. Sin embargo, seguía siendo una mujer atractiva: el cabello oscuro, los ojos almendrados, los labios insolentes, la mirada preñada de riesgos y secretos.

—No me considero bella —decía a la prensa—, pero sí sensual.

Había tenido éxito como amante de famosos y como actriz de cine. Le adjudicaban romances furtivos con Elvis Presley, con Frank Sinatra, con John Wayne, con Marlon Brando, y ella, coqueta, no los desmentía. Antes de cumplir treinta años, había ganado un Globo de Oro por una película, *High Noon*, con Gary Cooper, y había sido nominada al Óscar como mejor actriz secundaria por *Lo que la tierra hereda*, con Spencer Tracy y Robert Wagner, y había actuado en *El Bruto*, dirigida por Luis Buñuel.

—¿Estás dispuesta a salir totalmente desnuda en la película? —preguntó Vargas Llosa.

Jurado se rio de un modo altivo, señorial, y al mismo tiempo lujurioso, desenfadado. Luego dijo:

—Yo no tengo vida privada, Marito. Mi vida privada es mi vida pública. Mis partes privadas son públicas.

Había estado casada con un actor mexicano, Víctor Velásquez, y después con uno estadounidense, Ernest Borgnine, pero ahora se encontraba divorciada y sus miradas, sus desplantes, su aire rompedor, el dominio sobre su cuerpo desmesurado, sugerían que no le haría ascos a una aventura, o a varias, con el director Vargas Llosa, o con el codirector Gutiérrez, o con el enano erótico peruano, Justo Espinoza.

Después del paso del huracán *Eloísa*, que destruyó los escenarios de filmación de la película en La Romana, el director de la Paramount, Charles Bludhorn, viajó de urgencia y dirigió las obras de reconstrucción del pueblito de vegetación exuberante donde rodarían las escenas, una tarea que completaron en pocos días, mientras los actores, los productores, los técnicos y los directores se tomaban un descanso en las lujosas instalaciones del hotel Casa de Campo. Ahora, superados el revuelo del ciclón y el caos que dejó, la película podía comenzar a filmarse.


—Tienes una selva negra entre las piernas, Katy —dijo Vargas Llosa, al ver desnuda a la mexicana.

—¿A qué te refieres, Marito? —preguntó Jurado.

—Tienes que depilarte —dijo Vargas Llosa—. No puedes salir así, tan peludita.

—Ay, qué tonta, no había pensado en eso —se ruborizó Jurado, mirándose ahí abajo.

—Tus vellos púbicos parecen la barba de un comunista cubano —bromeó Vargas Llosa—. Pero, si quieres, Katycita, yo mismo te los depilo.

—Sería un honor —dijo la actriz mexicana.

De noche, Vargas Llosa y su amigo leonés, el codirector José María Gutiérrez, veían, junto con el actor José Sacristán, los rollos que la Paramount les mandaban de la película *El Padrino II*, de Francis Ford Coppola, a ver si Mario y José María se inspiraban viendo esa obra maestra, decía Bludhorn, quien, lo mismo que su colega de la Gulf and Western, Álvaro Carta, había leído todas las novelas de Vargas Llosa y lo admiraba. Era el propio Mario quien había pedido, casi exigido, que la película la codirigiese con Gutiérrez, pues no se sentía suficientemente apto ni entrenado para dirigirla a solas. Conocía a Gutiérrez hacía casi dos décadas: el día en que se conocieron en París, Mario estaba tan corto de plata que José María le prestó mil francos, y desde entonces se hicieron amigos. Además de dirigir películas, Gutiérrez era pintor. Pero, para ganarse la vida, hacía cine y series de televisión.

–Eres el ser más puro que he conocido –le dijo una noche Vargas Llosa, mientras veían un rollo más de la película de Ford Coppola–. No se puede ser tan puro en un mundo de impuros, Josema. No se puede ganar guerras renunciando a matar.

–¿Prefieres depilarme con tijerita o con hojita de afeitar? –le preguntó Katy a Mario.

–Con tijerita –respondió el escritor.

Vargas Llosa había pedido que José Sacristán, Pepe, el actor fetiche de la transición española, hiciera el papel de «Pantaleón», porque lo admiraba, le parecía perfecto para ese personaje enamoradizo y bobalicón. Apenas un año menor que Mario, Sacristán, que de niño había sido muy pobre en un pueblito llamado Chinchón, tan pobre que tenía que defecar con las gallinas en el corral, y que ya casado y con dos hijos seguía siendo pobre, fatalmente pobre, tan pobre que no le alcanzaba la plata para pagar la pensión en que vivía con su familia, de pronto se había puesto de moda como actor de comedias, haciendo de españolito atribulado, levemente pícaro, aspirante a progresar, de izquierdas, antifranquista pero medio que disimulándolo, pues aún no se moría el dictador, habría de morirse pronto: hizo cinco comedias con el director Pedro Masó a fines de los sesenta, actuó con Fernando Fernán Gómez en *El viaje a ninguna parte* y descubrió algo que le decía a Vargas Llosa, en La Romana, recordándole que la película de Pantaleón debía, ante todo, hacer reír al público:

–La gente necesita reírse, Mario, y nosotros les llevaremos las risas.

Al recibirlo en La Romana, Vargas Llosa, exultante, le dijo:

–Tu cara es un mapa, Pepe.

–Tengo la lucidez del perdedor –respondió Sacristán.

Como no era de derechas ni tampoco comunista, como era un artista apasionado y descreído de los charlatanes de la política, los comunistas lo llamaban «Franquistán» y los derechistas decían que era militante del Partido Comunista, como había sido su padre, Venancio, que estuvo en la cárcel por sus ideas políticas.

—Tú quédate sentada, Katycita —dijo Vargas Llosa—. Yo me arrodillo frente a ti.

Desnuda, sin inhibiciones, con un descaro que parecía una forma de talento cinematográfico, Katy Jurado se abrió de piernas y dijo:

—Yo, para ti, me abro cuando quieras, Marito.

En Lima, la novia de Vargas Llosa, Susana Diez Canseco, se aburría. Tenía la ilusión o la fantasía de que Mario le diera un papelito menor en la película: si él mismo, que no es actor, va a salir haciendo un papel chiquito, de capitán, el capitán Mendoza, jefe de Pantaleón, ¿por qué no puede darme un papel cortito, un cameo, como una de las putas del servicio de visitadoras, y así comienzo mi carrera como actriz de cine?, pensaba. Por eso, sin decirle nada a Vargas Llosa, pensando en darle una sorpresa, viajó de Lima a San Juan, Puerto Rico, en una aerolínea alemana (el capitán le pidió su número de teléfono, pero ella no se lo dio), cambió de avión en San Juan, subió a una nave cochambrosa de bandera dominicana y llegó a Santo Domingo con la ilusión de darle una gran sorpresa a su novio.

—Eres una diosa, Katycita —le dijo Vargas Llosa, de rodillas, con una tijerita en la mano, a la actriz mexicana—. No te muevas, que voy a cortarte estos pelitos azabaches.

—Hazme lo que quieras, Marito —dijo la Jurado, las piernas bien abiertas—. Tú eres el director. Tú dirígeme a tu libre albedrío.

Contemplando arrobado la vagina de la actriz, prosternado ante ella como si fuera su súbdito o su sirviente, amando de pronto su carrera en el cine, Vargas Llosa comenzó a depilarla con mucha delicadeza.

Al llegar a Santo Domingo, Susana Diez Canseco subió a un taxi y le dijo al conductor:

—Lléveme a La Romana.

—Pero, señorita, matemáticamente hablando, es bien lejos —le dijo el chofer.

—No importa —dijo Susana—. Le pagaré lo que usted diga.

Pepe Sacristán había sido actor desde niño. Arrancaba plumas a las gallinas de su pueblo, en Chinchón, se las ponía en la cabeza y hacía morisquetas, mientras su abuela le decía, riendo:

—Virgen Santa, ¡ha llegado un indio!

José María Gutiérrez también había crecido en el campo, en León, y se había sentido pintor desde muy joven. En su tráiler en La Romana y en su habitación en Casa de Campo, aprovechaba los ratos libres para pintar acuarelas. No se sentía bien. Le dolía el estómago. No sabía que tenía la solitaria. Por eso a menudo vomitaba o defecaba con dolor.

—Estás ojeroso y esquelético —le decía Vargas Llosa—. Tienes que comer más, Josema.

Pero Gutiérrez ignoraba que la solitaria estaba devorándole las entrañas, saboteándole el rodaje, regodeándose con sus tripas.

Tan pronto como llegó a Casa de Campo, donde se registró como huésped, y luego al inmenso set de filmación, que recreaba un pueblo en la selva peruana, Susana Diez Canseco reconoció a la actriz Camucha Negrete, le dio un abrazo y le preguntó por Vargas Llosa.

—Está en su tráiler, mamita —le dijo Camucha, y señaló el remolque donde debía de estar el escritor—. ¿Tú actúas también? —preguntó Camucha, picada en la curiosidad.

—¡Ojalá! —respondió Susana—. Me gustaría hacer de visitadora.

Luego caminó a reunirse con su novio y, sin tocar la puerta, sin anunciarse, pensando en darle una sorpresa, abrió la portezuela angosta y metálica en el momento en que Vargas Llosa, aún de rodillas, agachado, se acercaba a los vellos púbicos de color negro retinto de Katy Jurado.

–Me gustaría ser una escritora –le dijo Patricia Llosa a Carmen Balcells, en el despacho de la agente literaria, en la avenida Diagonal 580, en Barcelona.

Patricia demoraba su regreso a Lima. Libre y dichosa en Barcelona, sabía que sus hijos estaban bien cuidados: nadie podía cuidarlos mejor que sus padres Lucho y Olga.

–Me das una gran noticia –dijo Balcells, conmovida, a punto de llorar–. No sabía que nos escondías a una escritora.

–Desde niña quise ser escritora –dijo Patricia–. Estudié literatura en La Sorbona el primer año con Mario en París. Literatura e Historia del Arte. Pero lo dejé todo por Mario. Renuncié a ser una escritora para que él pudiera escribir tranquilo, sin preocuparse por nada.

–Escribe sobre tu familia –le dijo Balcells–. Escribe la gran novela sobre tu familia, los Llosa.

Patricia era menudita, de paso rápido y resuelto, de nariz respingada y cabello negro esponjoso, delgada, muy preocupada siempre por su peso, su belleza: a menudo almorzaba apenas una manzana y un plátano, tenía pavor a ser gorda.

–¿Te gustaría ser mi agente? –preguntó.

Balcells abrió los ojos como una niña colmada de ilusiones, sonrió con aire benefactor, de gran madrina, de Mamá Grande, toda ella vestida de amarillo, enormes sus ojazos de lechuza, formidable su inteligencia y su audacia y su bondad, una criatura sobrenatural, un huracán de vientos nobles, inventora y domadora de todos los genios, y dijo:

–¡Por supuesto, Patricia! ¡Será un honor!

Pero Patricia torció levemente el gesto y preguntó:

–¿Y Mario? ¿Te dejará ser mi agente? ¿O le darán celos y romperá contigo?

–Yo soy agente de mis escritores y de sus contrarios –respondió Balcells–. Yo no tengo amigos, tengo intereses. ¡Y claro que me interesa ser tu agente!

Detrás de Balcells, en una pizarra en blanco, García Márquez había pintado, en una de sus visitas casi diarias al despacho de la agente, a quien adoraba más que a su propia madre:

–El sueño de mi vida es poner una agencia y tener un autor como yo.

–Quiero divorciarme de Mario –dijo Patricia–. Quiero que me ayudes con eso, Carmen. Los García Márquez me ofrecen a un abogado amigo de ellos, pero confío más en ti.

En el escritorio vasto y desbordado de papeles, de manuscritos, o de «menoscritos» como bromeaba ella, con un cuaderno amarillo en las manos, o cerca de sus manos, tomando apuntes todo el tiempo, mirándolo todo, incluso lo que los demás no veían, capturándolo todo, incluso lo que escapaba a la percepción de los demás, Balcells había puesto un pequeño cartel que decía:

–Mi destino es América.

–No tan pronto –le dijo a Patricia–. No tan deprisa. Dale tiempo a Mario.

De pronto, Patricia Llosa sucumbió a un virulento ataque de estornudos. El polvillo de tantos papeles, carpetas y libros a su alrededor le había provocado una reacción alérgica. Estornudó tantas veces, tres, cuatro, cinco, seis, que Balcells estalló en una carcajada. Luego se compuso y dijo:

–Mario volverá contigo. Yo soy bruja. Lo he visto. Créeme, Patricia: Mario volverá contigo.

–¡Es imposible, Carmen! –pareció crisparse Patricia–. Mario, cuando te deja, ¡no vuelve más!

Balcells se puso de pie, grande, inmensa, colosal, dueña de un universo de genios que giraban como satélites alrededor de ella, reina madre de una colonia de genios hormigas que trabajaban para ella, y dijo:

–¿Quieres que te muestre algo?

Sin esperar una respuesta, abrió un cajón superior con una

clave, extrajo un revólver calibre treinta y ocho, sopló el cañón, limpiándolo de polvo, y lo puso sobre la mesa.

—Esto me lo regaló Mario —dijo.

Callada, perpleja, sin salir del asombro, Patricia preguntó:

—¿Mario? No sabía que Mario tenía pistolas.

Balcells se sentó, resopló y dijo:

—Se la dieron cuando era cadete del colegio militar. La guardó cuando se graduó. Su padre se la confiscó. Pero cuando su padre se fue a Los Ángeles, Mario recuperó el revólver. Me dijo:

—No imaginas, Carmen, cuántas veces he estado a punto de matar a mi padre con esta arma.

Patricia enmudeció. Carmen prosiguió:

—Cuando me hice agente de Mario, él todavía estaba casado con Julia, recordarás. Y a Julia le daba miedo que tuvieran un arma en la casa. Pero más miedo tenía Mario de que ella, en una de sus crisis suicidas, se quitase la vida con este revólver.

—No sabía nada —dijo Patricia.

—Por eso Mario me lo regaló. Y me dijo: «Por favor, esconde este revólver. Si no te lo doy, Julia se pegará un tiro».

—¿En verdad crees que Mario dejará a su noviecita y volverá conmigo? —preguntó Patricia.

Era muy joven todavía: estaba por cumplir treinta años, los últimos diez años casada con Mario, y no quería quedarse a vivir en Lima porque la gente, al enterarse de que Vargas Llosa la había dejado, seguramente la trataría con lástima, con compasión, como si fuese una viuda prematura, una mujer anonadada por la desgracia. En Lima, pensaba ella, no seré libre, seré siempre la ex que Vargas Llosa abandonó, la prima tonta que Vargas Llosa dejó tirada, como antes dejó tirada a la tía tonta que también se enamoró de él. Tengo que irme de Lima, la horrible, pensaba. Si quiero ser escritora, tengo que ser libre, y si quiero ser libre, debo irme, se decía a sí misma.

—Quédate un año en Lima —le aconsejó Balcells—. Dale un año a Mario. Te aseguro que antes de fin de año, Mario te pedirá perdón y volverá contigo.

Patricia volvió a estornudar una y otra vez, con un pañuelo blanco cubriéndose la nariz.

–No sé si lo perdonaré –dijo.

–Te diré lo que dice un personaje de Gabo: «También el amor se aprende» –dijo Carmen.

–Estoy harta de ser su empleada, su secretaria –dijo Patricia–. En Londres, Carmen, antes de que lo convencieras de venir a Barcelona, se sentaba a escribir a las nueve de la mañana, y a la una en punto de la tarde tenía que llevarle el almuerzo, siempre lo mismo, todos los días bisté con arroz y huevo frito, y lo dejaba en la puerta de su estudio, y él abría, almorzaba escribiendo y no conmigo, almorzaba solo y no conmigo, y luego seguía escribiendo hasta las cuatro de la tarde. ¡Es muy duro estar casada con él! ¡Porque Mario no está casado conmigo, sino con la literatura!

–Pues entonces serás su amante –dijo Balcells, sonriendo, invicta a todos los conflictos, angustias y tribulaciones de su tropa de genios díscolos.

Nacida en el pueblo casi desértico de Santa Fe, hija de un señor que tenía una finca y una señora muy culta que escribía en francés y en inglés y tocaba el piano, Carmen Balcells, de niña, bromeaba en el colegio de monjas:

–Cuando sea grande, quiero ser la chica que sale trotando con un cartel que anuncia el número del circo. Trabajaré en un circo. Y viajaré por el mundo con el circo.

En cierto modo, había cumplido su sueño: ella era la dueña del circo, un circo planetario, con carpa en las principales ciudades del mundo, un circo con bufones y payasos, con genios salvajes y genios dóciles, con mujeres barbudas y enanos libidinosos, con hombres elefante, hombres camello, hombres tigre, hombres sapo, un circo que hacía reír y llorar, que hacía soñar y levitar. ¿Quién no quería ser parte de ese circo formidable? Todos querían entrar en él, ser domados por Carmen Balcells, ejecutar las piruetas, acrobacias y contorsiones que ella les dictase. Todos, menos Mario Benedetti, el poeta uruguayo, que le había escrito:

–Me disculpará, señora Balcells, pero soy bastante maniático y nunca he querido tener un agente total.

Los demás, todos los demás, estaban en el circo, o querían estar en el circo, como Patricia Llosa, que soñaba con ser la mujer pálida y esbelta que caminaba sobre la cuerda floja, sin red debajo que la sostuviera en caso de caer.

—Cuando Cervantes apareció, Carmen Balcells ya estaba allí —había escrito Carlos Fuentes.

—Gracias a Carmen Balcells, voy al mercado todas las mañanas —había declarado Juan Carlos Onetti.

—Carmen Balcells tiene pellejo de rinoceronte —había dicho Pablo Neruda.

—Carmen Balcells es el súper agente 007 —había bromeado Vargas Llosa.

—Gracias a Carmen Balcells, soy un pobre con plata —había dicho García Márquez.

—¿Qué te parece si nos vamos este fin de semana a Sitges, a tomar un poco de sol? —le preguntó Balcells a Patricia Llosa.

Era ya verano en Barcelona, como también era canícula en La Romana, República Dominicana, donde Vargas Llosa rodaba su película, como era verano en Londres, donde García Márquez se reunía en secreto con Carlos Rafael Rodríguez, emisario del dictador Fidel Castro, como era invierno en Lima, donde los hijos de Patricia acaso extrañaban a sus padres: Álvaro y Gonzalo asistían al colegio Franco Peruano, y Morgana, una bebita, miraba todo con sus ojillos vivarachos de niña bruja sabelotodo.

—Estupendo, vamos juntas a Sitges —dijo Patricia—. ¿Irás con tu marido y tu hijo?

—No —dijo Carmen—. Iremos solas.

Fueron en el coche con chofer de Carmen Balcells, quien parecía absorta, acaso pensando debo evitar que Mario y Patricia se divorcien, el divorcio le costaría a Mario un ojo de la cara, y además le conviene la estabilidad que Patricia le da para escribir. No debieron irse de Barcelona, debieron quedarse acá, en mala hora se embarcaron en ese transatlántico, les dije que aquella aventura acabaría mal.

—Estoy preocupada, Carmen —dijo Patricia.

Ambas comían unos chocolates rellenos de naranja que la agente solía regalar a sus autores.

—Mi hijo Álvaro, Alvarito, no hace sino escribir, y tiene apenas nueve años.

–¡Fantástico! –se entusiasmó Balcells–. ¡Es una gran noticia! ¡Será un genio, como vosotros, sus padres! ¿Y qué está escribiendo?

Patricia esbozó una sonrisa tímida y respondió:

–Sus memorias. Tiene nueve años ¡y está escribiendo sus memorias! ¡Dice que no cree en Dios, que es ateo! ¡Y tiene una obsesión con ver revistas de mujeres desnudas!

–¿Cómo las consigue? –preguntó Balcells, riendo.

–Sus amigos del colegio se las prestan –dijo Patricia–. Es tan precoz mi hijo que ya tiene el título para sus memorias.

–¿De veras? –dijo Balcells, riendo y llorando a la vez.

–*Memorias de Alvarito* –dijo Patricia–. Quiere que sus memorias lleven ese título: *Memorias de Alvarito*.

–¡Es un genio, Patricia, es un genio!

–¡Dice que va a contar todo lo que pasó en el barco! ¡Me muero de miedo! ¿No habrá quedado traumado porque su padre nos abandonó?

Balcells se puso seria y dijo:

–No os ha abandonado. Se ha tomado un sabático. Pero volverá. Créeme, Patricia: Mario volverá.

Tras registrarse en un hotel en el paseo Marítimo, Carmen Balcells y Patricia Llosa caminaron a la playa, se acomodaron bajo las sombrillas del hotel, bebieron cerveza, comieron patatas bravas y enseguida Carmen le dijo a Patricia:

–¿Hacemos toples?

Sin esperar una respuesta, Carmen Balcells caminó al mar. Patricia no podía acobardarse. Nunca había hecho toples. Pero ahora había llegado el momento. Se despojó de la parte superior del bikini, como había hecho Carmen, corrió al mar, entró lanzándose de cabeza al agua y dio un alarido de felicidad. Libres sus tetas, unas tetas que Vargas Llosa había glorificado, libre de sus hijos y de su marido infiel, libre de cocinar, limpiar, lavar y planchar todos los días, libre de llevarle bisté con huevo frito y arroz a Mario, Patricia Llosa se sintió, aquella mañana en Sitges, la mujer más feliz del mundo. Luego le sobrevino un ataque de estornudos, mientras Carmen Balcells se moría de la risa.

–¡Sáquenme de acá! –gritó la actriz peruana Camucha Negrete–. ¡Sáquenme, que me estoy muriendo!

–¡No estás muriéndote! –le gritó Vargas Llosa–. ¡Ya estás muerta, Camucha!

Como el personaje que interpretaba Negrete, «La Brasileña», había sido asesinada en la trama de la película *Pantaleón y las visitadoras*, los directores habían convencido a la actriz para que se metiera dentro de un ataúd y se mantuviera tiesa, inmóvil, aguantando la respiración, simulando estar muerta.

–¡Me muero, carajo, me muero! –gritó Camucha, tratando de salir del ataúd, pero un vidrio pesado se lo impedía.

–¡Aguanta, Camuchita! –gritó José María Gutiérrez–. ¡Y no grites, que nos empañas el vidrio y así no se puede filmar!

De forma hexagonal y madera noble, más ancho a la altura de la cabeza y angosto en los pies, rodeado de velas y con un reclinatorio morado para ponerse de rodillas ante la supuesta finada, el ataúd temblaba, se estremecía, se movía con peligro de caer porque la actriz, atacada de pánico, víctima de claustrofobia, daba patadas, golpeaba el vidrio, gritaba, desesperada:

–¡Me están matando! ¡Sáquenme ahora mismo o los enjuicio a todos! ¡Renuncio! ¡Renuncio a la película!

La habían metido en bikini al ataúd porque tales eran los deseos de «Pantaleón Pantoja», papel interpretado por José Sacristán, quien reprimía las risas, de rodillas, viendo cómo Camucha Negrete pataleaba para escapar de su muerte en la ficción.

–¡Sáquenla! –ordenó Vargas Llosa, resignado.

–Habrá que revivirla en la película –dijo Gutiérrez.

–No –dijo Mario–. Ya la mataron. Yo no revivo a mis muertos. No soy García Márquez.

Sudorosa, sollozando, histérica, Camucha salió del ataúd, caminó hacia Vargas Llosa y le dijo:

–¡Casi me matas! ¡Renuncio! ¡Me voy a Lima! ¡No aguanto más sin ver a mi Claudita de un añito!

Vargas Llosa sonrió amablemente y dijo:

–Es tu última escena, Camuchita. Si sale bien, te vas mañana a Lima.

Entonces Camucha Negrete lo abrazó, rompió a llorar y le dijo:

–Me dijiste que sería un mes de filmación y ya llevamos tres meses. ¡Necesito irme a Lima, Mario! ¡Por favor, acabemos con este suplicio!

Enseguida Sacristán se acercó y le dijo:

–Señora, con todo respeto, usted necesita un calmante. Por favor tome estas pastillas, que le vendrán muy bien.

Una hora más tarde, todavía en bikini, Camucha roncaba en su tráiler. Sacristán y Vargas Llosa la cargaron, la metieron en el ataúd y la escena se grabó por fin, sin sobresaltos. Prefirieron no sacarla, no fueran a despertarla. Abrieron la tapa de vidrio, apagaron las luces y la dejaron durmiendo. Cuando Camucha despertó, pensó:

–Carajo, ahora sí me morí.

En el momento exacto en que ella salía del ataúd, dopada por los potentes hipnóticos que le había dado Sacristán, al otro lado del mundo, en Londres, en un hotel de lujo, García Márquez hablaba con el escritor cubano Lisandro Otero, enviado por Fidel Castro para persuadirlo de que viajase pronto a La Habana: el dictador quería que el novelista escribiera una serie de reportajes sobre la guerra en Angola, sobre la operación Carlota que estaba tramando, sobre el envío de tropas cubanas a ese país africano. No fue difícil convencerlo:

–El Caribe es mi casa –le dijo a Otero–. Yo me siento en casa cuando estoy en La Habana.

Sin embargo, García Márquez veía con reticencias un viaje suyo a Angola, a tomar apuntes para describir la guerra:

—Iré a La Habana —le dijo a Otero—. Hablaré con Fidel. Pero no iré a Angola. No puedo ir a una guerra. No puedo ver una guerra.

—¿Por qué? —preguntó Otero—. ¿No admirabas a Hemingway? ¿No quieres ser nuestro Hemingway en Angola?

—Más admiro a mi abuelo —dijo García Márquez—. Él siempre me decía:

—Tú no sabes lo que pesa un muerto.

Luego le recordó a Otero que su abuelo materno, Nicolás Márquez, el coronel Márquez, con quien había vivido hasta los ocho años, quizás los más felices de su existencia, había peleado en tantas guerras, quizás veintiocho, quizás treinta y dos, que ya había perdido la cuenta. En una de ellas, mató a un conservador, un godo, un sujeto que venía a matarlo: tuvo que dispararle para salvar su vida, y por eso le decía a su nieto Gabriel, arrastrando la culpa y el tormento de aquel desenlace sangriento:

—Tú no sabes lo que pesa un muerto.

En otra de esas guerras que nadie ganaba al fin, el coronel Márquez había perdido un ojo:

—Lo único que le quedó en la mano fueron las lágrimas del ojo que le reventaron —le dijo García Márquez a Otero.

En ese momento, sonó el teléfono. Contestó el pintor chileno Roberto Matta, que los acompañaba en aquella suite:

—Gabo, es para ti.

—García Márquez, a sus órdenes —dijo el escritor, en el teléfono.

—¡Estoy abajo! —gritó Carmen Balcells, entusiasmada—. ¡Traigo las primeras copias de tu novela!

Aludía a los primeros ejemplares de *El otoño del patriarca*, editados por Plaza y Janés, un tiraje de trescientas mil copias sólo para España. Además, la editorial Sudamericana había impreso doscientas mil para América Latina. Era, por fin, la esperada novela de García Márquez, después de *Cien años de soledad*, ocho años después del triunfo mundial de los Buendía de Macondo.

—Aureliano Buendía es Fidel Castro —le dijo Gabriel a Lisandro Otero, aquella noche en Londres.

–¿Y cómo se te ocurrió el nombre de Macondo? –preguntó Matta.

–Así se llamaba una finca de bananos cerca de Aracataca –respondió Gabriel.

Poco después, Balcells irrumpió como un huracán categoría cinco en la suite del hotel londinense. Agitada, resoplando, vestida enteramente de blanco, la más prodigiosa y clarividente de todos los genios llevaba cinco ejemplares de *El otoño del patriarca*, que, tras abrazarlo, y ahora llorando, conmovida, porque era una mujer de buena entraña, de gran corazón, leal hasta la muerte, arrojada e intrépida como una mariscala en el campo de batalla, entregó a García Márquez.

–¿El patriarca de esta novela también es Fidel? –preguntó, en tono lisonjero, Lisandro Otero.

–No –dijo Gabriel–. El patriarca está solo. Fidel es amado por su pueblo.

–¿Entonces quién es? –preguntó Matta.

–El patriarca soy yo –dijo García Márquez–. Es mi libro más autobiográfico. Son mis memorias.

–Pero tú no estás solo –dijo Matta–. Nunca estás solo. Eres una celebridad mundial.

–Soy un hombre solo –dijo Gabriel–, rodeado por una multitud. Soy un hombre solo, que siempre está huyendo de una multitud.

–¡Fírmalos! –le dijo Carmen, pasándole un bolígrafo.

La agente literaria pensó que García Márquez firmaría un ejemplar para ella, otro para Otero, un tercero para el pintor Matta. Se equivocó. De pronto vio con sorpresa que firmó el primero para Fidel Castro, el segundo para Raúl Castro, el tercero para Carlos Rafael Rodríguez, el cuarto para Raúl Roa, privilegiando a dichos espadones, los más poderosos de Cuba, y el último para Lisandro Otero: todos para la dictadura cubana, o al servicio de ella. Balcells pensó:

–Gabo será fidelista hasta la muerte.

Como también seguía siendo fidelista, comunista, defensor de la dictadura cubana hasta la muerte, el escritor Julio Cortázar, quien, en el momento exacto en que García Márquez firmaba los primeros cinco libros del patriarca, paseaba por Barcelona con su amiga, la escritora uruguaya Cristina Peri Rossi. Cuatro años antes, Cortázar había firmado la carta a Fidel Castro, escrita por Vargas Llosa en París, en la que se pedía la liberación del poeta Heberto Padilla y el cese de la censura y la persecución a los intelectuales cubanos que criticaban a la dictadura, pero luego, arrepentido, había redoblado su alianza con Castro.

—Estoy enamorado de ti —le dijo Cortázar a Cristina, mientras se acomodaban a una mesa del café La Puñalada—. No quiero volver con Ugné. Ya no la amo. Le tengo miedo. Es una tirana.

No le dijo: enamorado de vos. Le dijo: enamorado de ti. Cortázar había estado casado con una argentina apasionada y leal, Aurora Bernárdez, de quien se separó cuando conoció en Cuba a la lituana Ugné Karvelis, que trabajaba en la editorial francesa Gallimard, casa editorial de Cortázar en París, y era amante del dueño, Robert Gallimard. Ardiendo en las llamas de aquella improbable pasión por la lituana, Cortázar dejó a Aurora, al tiempo que Ugné rompió con Robert, aunque el argentino y la lituana no se casaron, se ahorraron ese trámite que les parecía sospechosamente burgués. Convivían en París. Ahora estaban peleados. Por eso Julio había viajado a Barcelona para ver a su amiga uruguaya.

—Lo nuestro es imposible —dijo Cristina—. No podemos ser amantes. Sería un suicidio. Sabes bien que soy lesbiana.

Pero Cortázar amaba a Cristina a pesar de que era lesbiana, o precisamente porque era lesbiana, y por eso se había quedado a dormir en el apartamento de la escritora uruguaya, y no en el hotel Colón, en el corazón del Barrio Gótico, donde solía alojarse cuando pasaba por Barcelona, ciudad en la que había vivido de niño, tras nacer en Bruselas. Sin embargo, la cama de Peri Rossi, mujer de corta estatura, le quedaba chica al argentino, le dejaba bailando las piernas en el aire, por eso ella acomodó unas sillas para que allí descansaran los pies del escritor, que padecía de gigantismo, medía un metro y noventa y dos centímetros y era, como lo había definido Vargas Llosa, «alto y angosto».

Frustrado porque ella no lo amaba, o lo amaba sin desearlo de un modo erótico, Cortázar le escribió varios poemas que traspasaron de pudor a la uruguaya en cuya sonrisa generosa cabía el mundo:

—Creo que no te quiero / que solamente quiero la imposibilidad / tan obvia de quererte / como la mano izquierda / enamorada de ese guante / que vive en la derecha.

Siete años atrás, cuando dejó a Aurora y se enamoró de Ugné, Cortázar, harto de ser lampiño, de tener cara de niño, de niño gigante, le dijo a la lituana:

—Mi sueño no es ganar el premio Nobel. Mi sueño es tener barba.

Quería tener una barba como la de Fidel Castro, o al menos unos bigotes cantineros, de mariachi, como los de Vargas Llosa, García Márquez y Carlos Fuentes. Pero era lampiño, no le crecían pelos en la cara ni en el pecho ni en el trasero ni en la zona genital.

—Yo te daré una barba —le prometió Ugné.

Era rubia, atractiva, y hacía alarde de una personalidad dominante, despótica: las cosas se hacían como ella quería, o no se hacían. Todavía tímido y sigiloso como un gato, Cortázar le hacía caso en todo, la obedecía sin chistar. Por eso fue a ver a una doctora rumana en París, a quien Ugné conocía, y se sometió a un agresivo tratamiento hormonal, inyecciones de testosterona, y al cabo de unos meses no sólo le habían crecido la barba y el bigote, y pelos en el pecho, y vellos púbicos, sino que, para su júbilo, para su asombro pueril, hasta le había crecido la verga.

—Soy otro —le dijo Julio a Ugné—. Soy un hombre nuevo. Te amaré siempre. Hasta el fin de los tiempos.

Pero ahora, en Barcelona, paseando de la mano de Peri Rossi, decía que estaba harto de Ugné, que no deseaba seguir viviendo con ella, que su cuerpo le pedía otras experiencias eróticas:

—Contigo, Cristina, me olvido del tiempo.

Aunque era argentino, no hablaba como argentino, no decía vos: decía tú, decía usted. Se había marchado de la Argentina veinticuatro años atrás, a principios de los cincuenta, y, aunque en ese país lejano vivía su madre, no quería volver más. Estaba furioso porque un periódico argentino había titulado recientemente:

—Julio Cortázar ataca a Fidel Castro.

Los amigos cercanos de Cortázar, como García Márquez y Vargas Llosa, como Fuentes y Edwards, querían mucho a Aurora, su primera esposa, pero no tanto a la lituana Karvelis, quien, en una recepción en la embajada mexicana en París, había dicho, vanagloriándose:

—Yo soy la madrina de la literatura latinoamericana.

Irritado por esa mujer envanecida, el poeta Octavio Paz le dijo:

—Usted se equivoca, señora. Usted es la secretaria de Gallimard que ahora ha sido promovida a amante de Cortázar.

Poco después, simulando un accidente, Ugné dejó caer la taza de azúcar en la cabeza aún no coronada por el Nobel de Octavio Paz, bañándolo en una lluvia de azúcar blanca, disculpándose, pero en realidad disfrutándolo: nadie que contempló la venganza de Ugné dudó un segundo de que había arrojado el azúcar sobre el poeta de un modo deliberado.

Ahora, en Barcelona, harto de Ugné, enamorado de Cristina, Julio Cortázar lucía una barba espesa e hirsuta, la barba de revolucionario latinoamericano, de discípulo de Fidel Castro, de guerrillero verbal, con la que tanto había soñado, «unas barbas rojizas e imponentes», decía Vargas Llosa, perplejo porque Cortázar se había convertido en otra persona: barbudo y risueño, barbudo y seductor, barbudo y mujeriego, barbudo y obsesionado con las revistas eróticas, los burdeles y las drogas:

—Era un niño tímido y se ha vuelto un donjuán —pensaba Mario, sin saber que le habían inyectado copiosas dosis de testosterona.

Pocas semanas atrás, en el día de Sant Jordi, el día del libro en Barcelona, Cortázar, mientras firmaba ejemplares de su última publicación, *El libro de Manuel*, desinhibido y desbordante de simpatía sobre sus lectores, charlando con ellos, abrazándolos, besándolos, había recibido unas bragas blancas de un lector, quien le dijo:

—Maestro, por favor fírmelas para mi novia.

Riendo, Cortázar escribió en las bragas:

—Con mucho deseo, Julio Cortázar.

Ahora deseaba a Peri Rossi, quería sacarle las bragas cuando dormían juntos, apiñados, en la misma cama, pero ella era lesbiana y no se dejaba confundir al respecto: Julio y ella serían amigos, buenos amigos, amigos para toda la vida, mas no amantes, tal cosa no era posible.

De pronto, Patricia Llosa entró en la cafetería La Puñalada, vio a Cortázar, su amigo desde los tiempos de París, cuando ya estaba casada con Mario, y a una mujer muy linda que no era Aurora ni era Ugné, y se acercó a ellos, entusiasmada, sonriendo, celebrando la magnífica casualidad de encontrar a su amigo esa tarde, en Barcelona:

—¡Julio!

—¡Patricia querida!

—Esta es Cristina, mi amiga, escritora uruguaya.

Grandes abrazos, grandes besos.

—Qué mujer tan guapa —pensó Cristina.

—¿Y Mario? —preguntó Cortázar.

—De viaje —respondió Patricia.

—Los hacía en Lima —dijo Cortázar—. Pensé que se habían mudado.

—Lima es imposible —dijo Patricia.

—Lima, la horrible —dijo Peri Rossi.

—¿Están viviendo en Barcelona? —preguntó Cortázar.

—Sí —respondió Patricia, que no quería contarles que Mario la había dejado, pues Carmen Balcells le había sembrado la duda, quizás Mario volvería pronto, arrepentido, y seguirían juntos—. Pero Mario ahora está en América, tú sabes que él no para de viajar.

Cristina Peri Rossi pensó: Qué buen gusto tiene Mario.

—Los cronopios nos han juntado esta tarde —dijo Cortázar, sonriendo, maravillado.

Había visto por primera vez a los cronopios, esos globos verdes, inquietos, con vocación de comediantes, invisibles a los demás, en el entreacto de un teatro en París, vacío de pronto el auditorio, flotando en el aire, deslizándose por la platea y la *mezzanine*, dictándoles palabras musicales, palabras como esa misma, cronopios, y desde entonces comprendió que él, Julio Cortázar, hombre gatuno, hombre elefantiásico, veía cosas raras que los demás no veían, vivía en un mundo en el que no cabían los otros.

–Quiero contarles algo que Mario todavía no sabe –dijo Patricia Llosa–. He decidido ser una escritora. Por eso he venido a Barcelona.

–¡Fantástico! –se entusiasmó Cortázar, poniéndose de pie, un torreón de sueños inalcanzables, un dragón enfermo de ternura, una torre de babel de erres arrastradas por los rieles del ferrocarril.

Enseguida abrazó a Patricia Llosa, sin saber que él, amante del boxeo, habría de enterarse, pocos meses después, que Vargas Llosa, boxeador aficionado, había noqueado de un derechazo a García Márquez, dando por terminada aquella amistad.

–Hemos terminado –decía la nota manuscrita que Susana Diez Canseco le dejó a Vargas Llosa, en la recepción del hotel Casa de Campo, antes de marcharse precipitadamente de La Romana, volver al aeropuerto de Santo Domingo y tomar el primer vuelo a San Juan, Puerto Rico–. No quiero verte más. Por favor, desaparece de mi vida.

Como siempre cuando se encontraba solo y abatido, solo y descorazonado, solo y humillado, se refugió en la lectura de un libro que llevaba consigo dondequiera que viajase: *Madame Bovary*, su biblia particular de la novela moderna, a cuyas páginas volvía con ardor, como los fanáticos religiosos encontraban consuelo y gratificación en la lectura de los textos sagrados. Releyó el suicidio por arsénico de Emma Bovary, se lo sabía de memoria, podía recitar párrafos enteros, conmovido hasta las lágrimas:

«Su pecho comenzó al punto a jadear rápidamente; la lengua entera se le salió de la boca; sus ojos, girando, se apagaban como luces que se extinguen, y se la creyera muerta a no ser por la espantosa aceleración de sus costados, sacudidos por hálito furioso, como si el alma se debatiera a saltos para escaparse.»

Vargas Llosa estaba triste por el malentendido que había presenciado Susana Diez Canseco, en el tráiler de la película, con la actriz Katy Jurado. No quería perder el tiempo buscándola, pidiéndole que lo perdonase, humillándose ante ella. Debía ser fiel a Flaubert: mantener la pasión amorosa a conveniente distancia, para dedicarse a escribir, «al oficio amargo de ser un escritor». Pero, al mismo tiempo, se sentía eufórico, exultante, porque, poco después de leer la nota de despedida de Susana, en la que daba por terminado ese corto noviazgo de origen marinero, recibió una copia de su libro *La orgía perpetua*, un ensayo sobre Flaubert y *Madame Bovary*, recientemente publicado en España, que Carmen Balcells, tan atenta a los detalles, le había despachado por correo rápido a Casa de Campo. Siempre que recibía un libro suyo recién publicado, sentía un poderoso estremecimiento interior, un movimiento telúrico de las fuerzas de la pureza artística y la belleza incorruptible, y ahora sentía eso mismo, mientras abría las páginas de *La orgía perpetua*, un título que le encantaba, y releía en su cuaderno de notas algunas sentencias de Flaubert, de su voluminosa *Correspondencia*:

«Lo primero en la vida no es amar, sino escribir.»

«La tristeza es un vicio.»

«El hombre no es nada; la obra lo es todo.»

«Todo el problema reside ahí: hacer belleza sin que deje de ser verdad.»

«Ocupémonos siempre del arte, que es más grande que los pueblos, las coronas y los reyes.»

«Ama el arte. Trata de amarlo con un amor exclusivo, ardiente, devoto.»

«El artista debe ser en su obra como Dios en la creación: invisible y todopoderoso, que podamos sentirlo en todas partes, pero sin verlo.»

«La vida es algo tan odioso que sólo se puede soportar evitándola, y se la evita viviendo en el arte, en la búsqueda incesante de la verdad expresada por medio de la belleza.»

«Lo que es bello es moral, así de simple y nada más.»

«Había entonces algo más serio que los hombres que morían por la patria, que los que rezaban por ella, que los que trabajaban en volverla más feliz: eran los que cantaban, ya que sólo ellos sobreviven.»

«Cuando uno no se dirige a las masas, es justo que las masas no paguen a cambio. Sostengo que una obra de arte no puede pagarse. Conclusión: si el artista no tiene rentas, ¡deberá morirse de hambre!»

«Sudo sangre, meo agua hirviente, defeco catapultas y eructo pedruscos.»

Y leyó también lo que había escrito Borges sobre la *Correspondencia* de Flaubert:

«Quienes dicen que la obra capital de Flaubert es la *Correspondencia* pueden argüir que en esos varoniles volúmenes está el rostro de su destino.»

En pocas semanas, Vargas Llosa terminaría el rodaje de la película y tomaría un vuelo a Nueva York, donde debía pasar el otoño, desde principios de octubre, dando clases en la Universidad de Columbia, clases precisamente sobre García Márquez y *Cien años de soledad*. No le disgustaba la idea de pasar el otoño a solas en Manhattan, dictando clases y escribiendo en el apartamento que la universidad le había reservado, en el Upper West Side, a distancia caminable de Central Park, donde solía dar largos paseos cuando se encontraba en esa ciudad. Tras darse una ducha, llamó a Carmen Balcells, le dijo que estaba entusiasmado con *La orgía perpetua* en sus manos y le preguntó:

—¿Qué sabes de la princesa de Brocelandia?

A veces aludía así a Patricia Llosa, sobre todo cuando la recordaba con cariño, como ahora: la situaba en unos bosques en Normandía, la convertía en hada y la elevaba a las nubes de sus sueños y sus deseos.

—Está en Barcelona —dijo Balcells, que contestaba las llamadas de Vargas Llosa y García Márquez a cualquier hora de la noche y del día: para ellos no dormía, trabajaba sin desmayo las veinticuatro horas—. Me ha dicho que quiere ser escritora.

Vargas Llosa soltó una risa espléndida.

—¡No me digas! —dijo—. ¿Estás bromeando, Carmen?

—No. Va en serio. Y dice que Alvarito está escribiendo sus memorias. Que se ha vuelto ateo.

—¡Pero sólo tiene nueve años! —se sorprendió Mario, riendo a carcajadas.

—Sí, claro, pero es tu hijo y el hijo de Patricia, así que no debería sorprenderte que sea un genio precoz.

Vargas Llosa siguió riendo. Luego preguntó:

—¿Cómo estás de salud?

—Mal, gracias —respondió Carmen—. ¿Y cómo va la película?

—Mal, gracias —bromeó Mario.

Luego añadió, muy serio:

—Pero no hay como la angustia, la melancolía y el estreñimiento para escribir, querida Carmen.

—¿Ya grabaste tus escenas? —preguntó Balcells.

—No todavía.

—No dejes de hacerlo. Es muy importante que actúes. Recuerda que nos hemos comprometido a ello con la Paramount.

En el guion, Vargas Llosa se había reservado el papel breve y desangelado del capitán Mendoza, jefe de Pantaleón Pantoja. Sólo quería aparecer en una escena, en la que Mendoza y Pantaleón compartían una cerveza, hablando de «La Brasileña», la prostituta a la que daba vida Camucha Negrete:

—Si esa hembra te gusta, Pantaleón —debía decir el capitán Mendoza—, y te friega que la toquen, ¿por qué no la exceptúas totalmente del servicio de visitadoras?

—Eso no, mi capitán —diría entonces Pantaleón, tosiendo, ruborizándose—. No quiero faltar a mi deber.

—Todos los oficiales saben que estás templado de «La Brasileña» y les parece bien que tengas tu querida —debía decir Vargas Llosa, como el capitán Mendoza—. Se entiende que no te haga gracia que la tropa se tire a tu hembra. Para qué entonces ese formalismo ridículo de sólo diez polvos autorizados con «La Brasileña». Diez polvos es lo mismo que cien, hermano.

—En octubre estaré en Nueva York, en Columbia, dando clases, Carmen.

—Estupendo. Pues iré a verte. ¿Cómo está Susana?

Vargas Llosa soltó una risa triunfal, levemente cínica, impregnada de profunda confianza en sí mismo, en su futuro.

—Me ha dejado —dijo, en tono coqueto—. Se ha cansado de mí.

—¡Eso no te lo creo! —dijo Carmen—. ¡Esa niña está loca por ti!

—Estaba —dijo Vargas Llosa—. Pero me pilló en una situación comprometida con Katy Jurado.

Balcells soltó una carcajada.

—¿Una situación comprometida?

—Sí —explicó Mario—. La estaba depilando. Pero Susana pensó que estaba haciéndole un cunnilingus.

Las risas de Carmen Balcells se oyeron como truenos, rayos y centellas en La Romana, República Dominicana.

–No le digas a Patricia que Susana me ha dejado como a un perro sarnoso –pidió Vargas Llosa.

–¡Faltaría más! –dijo Balcells–. ¡Por supuesto que no se lo diré!

Dos días más tarde, Patricia Llosa debía tomar un vuelo a las siete de la mañana, en el aeropuerto de El Prat, en Barcelona, que la llevaría de regreso a Lima, a sus tres hijos, después de pasar unas semanas de verano en el hotel Sarrià, un edificio alto, de veintitrés pisos, que se había inaugurado en abril de ese año, en la esquina de la carrera de Loreto y la avenida de Sarrià, frente a la plaza del doctor Barraquer, a sólo diez minutos andando de la agencia Balcells, en la avenida Diagonal 580. Era un vuelo que haría escala en Madrid, en San Juan, en Caracas, en Bogotá y finalmente aterrizaría en Lima. Con su habitual y desmesurada generosidad, Balcells le había comprado a Patricia un billete aéreo en primera clase y dado instrucciones a la gerencia del hotel Sarrià para que no le cobrasen la cuenta al momento de retirarse de madrugada: ella la pagaría con todo gusto.

–He organizado una cena de despedida en tu honor –le dijo por teléfono a Patricia–. ¿Te parece bien?

–Genial –dijo Patricia–. ¿A quiénes has invitado?

–Sólo a los Gabos y a los Edwards –dijo Carmen–. ¿Te viene bien así, en petit comité?

–Perfecto –dijo Patricia–. ¿Sabes que Cortázar está en Barcelona? ¿No quieres que lo invitemos?

–¿En qué hotel está? –preguntó Balcells.

–Está en casa de una escritora uruguaya, Cristina Peri Rossi.

–Prefiero no invitarlo. Cortázar no me quiere. No me ve con simpatía.

–Caramba, qué sorpresa, Carmen, no sabía.

–Le he rogado que me permita ser su agente, pero me ha dicho que no –dijo Balcells–. Me ha dicho que soy una capitalista, una burguesa, una adoradora del dinero. Me ha dicho que sus libros no son mercancías. No comprende que yo le haría ganar mucho dinero.

—Ha cambiado mucho —dijo Patricia Llosa—. Ahora que tiene barba, es otra persona.

—Entonces cenaremos temprano, a las ocho, en el restaurante del hotel —dijo Balcells—. Porque debes estar en el aeropuerto a las cinco de la mañana. El vuelo sale a las siete, recuerda.

—Estupendo —dijo Patricia.

Luego preguntó:

—¿Has sabido algo de Mario?

—Está en República Dominicana, dirigiendo la película —dijo Balcells—. Apenas la termine, se va a Columbia a dar clases hasta enero.

—¿Te ha preguntado por mí? —dijo Patricia.

—Sí, y con mucho cariño —dijo Balcells—. Y le he dicho que vas a ser una escritora.

Patricia se permitió una risa tímida y acaso temerosa, una risa coqueta y acaso triunfal. Luego dijo:

—¿Y cómo reaccionó?

—Con gran alegría —dijo Balcells—. Mario te adora, Patricia.

—No creo que le haga gracia que yo quiera ser escritora, Carmen. Mario es tremendamente ególatra. Todos los premios tienen que ser para él.

—Te equivocas, Patricia. Mario te apoyará en tu carrera literaria. Pero ya lo hablaremos en la cena.

Aquella noche, horas antes de que Patricia Llosa se dirigiera al aeropuerto, llegaron al hotel Sarrià, a cenar con ella, sólo tres personas y no las cinco que esperaba: Carmen Balcells, siempre con energías, siempre con hambre, siempre con sed, una sed insólita de cognac que ardía en ella esa noche de despedida; García Márquez solo, sin Mercedes, con una camisa colorida y una chaqueta de cuero negro, y Jorge Edwards, atildado, circunspecto, vestido como diplomático, con chaqueta azul, camisa celeste y corbata guinda, como si fuera a una recepción en una embajada, aunque ya no era diplomático chileno. Había renunciado tras el golpe de Pinochet, no quería servir a la dictadura, se había propuesto ganarse la vida como escritor, como traductor, como lector de editoriales amigas, afincado en Barcelona. La esposa de Edwards, Pilar, se encontraba pasando unos días en Calaceite, con los Donoso, y la mujer de García Márquez, Mercedes, se había quedado en casa, fatigada, ligeramente indispuesta, sin hambre, con ganas de partir pronto a América, a México, donde deseaba pasar dos meses, aprovechando las vacaciones escolares de los niños, que ya no lo eran tanto: Rodrigo había cumplido dieciséis años y Gonzalo catorce.

—He reservado el sótano privado del restaurante del hotel —anunció Balcells, después de que saludasen a Patricia Llosa, que lucía espléndida, con un pantalón ajustado y una blusa escotada, coqueta.

—Cojonudo —dijo García Márquez—. Así estaremos a salvo de los lagartos.

Llamaba lagartos a los admiradores y los fanáticos, a los aspirantes a novelistas y poetas, a los periodistas majaderos que deseaban entrevistarlo, a las señoras que maliciaban con seducirlo.

—Me están cayendo un promedio de tres lagartos diarios —añadió—. Vienen de toda América Latina. Después del verano, Carmen, tengo que mudarme a un apartamento secreto.

—No es una mala idea —dijo Balcells.

—Todos los lagartos vienen a explicarme cuál es su anclaje en la angustia universal —dijo Gabriel, mientras bajaban al restaurante.

Balcells, Llosa y Edwards rieron de buena gana.

—Y luego me dejan unos originales de ochocientas páginas, carajo —se quejó García Márquez.

—No son manuscritos —bromeó Balcells—, son «menuscritos».

—Mamotretos —dijo Edwards—. Mamotretos de mamertos literarios.

—Mercedes está harta de los lagartos —dijo Gabriel—. Pero aguanta como un hombre.

Durante la cena, abundante en caviar, ostras, langostas y bacalao, García Márquez dijo:

—Mi madre, cuando me tenía en el vientre, tomó mucho aceite de bacalao, una cosa que se llamaba emulsión de Scott. Mi padre decía que eso, el bacalao, me dio la buena memoria.

Eran Balcells y García Márquez quienes más hablaban, más comían y más bebían. Protegidos por el ambiente recoleto y en penumbras de aquella cava, rodeados de centenares de botellas de vino bien dispuestas en las cajas de madera que adornaban las paredes de ladrillo de la bodega subterránea, parecían los jefes de un clan mafioso, los capitostes de una secreta cofradía de anarquistas, los conspiradores más estupendos de la ciudad: todo lo sabían y soñaban, todo lo controlaban y dominaban, todos acabarían rindiéndose ante ellos, tarde o temprano.

—El otro día —contó Gabriel— a la salida de una librería, una señora franquista me dijo: «Usted no existe, usted sólo existe en Cuba».

—Quiero contarles algo que ni Mario sabe —dijo Patricia Llosa, achispada, contenta—. Si me ha dejado por una jovencita, si me ha dicho que la ama más que a mí, si me ha sacado la vuelta con no sé cuántas putas...

—¡Qué dices, Patricia! —se sorprendió Balcells, contrariada por esa alusión a Vargas Llosa.

Pero García Márquez y Edwards guardaron prudente silencio.

—... es porque mi destino no es pasarme la vida a su lado, como su secretaria, sino cumpliendo mis sueños —continuó Patricia—. O sea que Mario, al dejarme, me ha hecho un favor. Gracias a él, he abierto los ojos, he visto mi futuro, he recordado mi vocación.

—¿Y cuál es tu vocación? —preguntó Edwards, con un ligero sobresalto—. ¿Vas a ser doctora, como decía Mario?

—Seré escritora —anunció Patricia.

—Ya eres una escritora —dijo Gabriel—. Sólo que aún no has escrito. Los escritores somos escritores también cuando no escribimos.

—En realidad, he escrito dos o tres cuentos —dijo Patricia.

Jorge Edwards pensó:

—Esto puede terminar muy bien o muy mal. A Mario no le sentará nada bien que Patricia, despechada, salga a competirle.

—Cuenta con nosotros incondicionalmente –dijo García Márquez–. Pero si Mercedes te imita y se pone a escribir, nos vamos todos al carajo.

Tras pagar la cuenta y beber las copas del estribo, Carmen Balcells anunció:

—Patricia debe ir a dormir. Tiene que estar en el aeropuerto a las cinco de la mañana.

—No –la corrigió Patricia Llosa–. No quiero dormir. ¡Vamos a Bocaccio!

–Gabriel, ven a bailar conmigo –le dijo Patricia Llosa a García Márquez en el oído, acercándose a él.

No le decía Gabo ni Gabito ni Melquiades el mago: le decía Gabriel, y él le decía afectuosamente prima o primita.

–Pero tú sabes que yo no bailo esas cosas raras, primita –se excusó García Márquez–. Yo sólo bailo cumbias y vallenatos.

Estaban en los altos de la discoteca Bocaccio, en la calle Muntaner 505, acompañados de Carmen Balcells y Jorge Edwards, después de cenar en el privado del hotel Sarrià. Abajo, en el primer piso, mujeres en vestidos cortos o minifaldas y hombres en traje y corbata bailaban las canciones de moda en Londres y Nueva York: las de los Beatles y los Rolling Stones, las de Elton John y Olivia Newton John, las de Pink Floyd y Lou Reed.

–¿Qué canción quieres que pongan? –le preguntó Patricia a Gabriel.

–La única que sé bailar en inglés es de los Beatles –dijo García Márquez–. Esa que dice: *it's been a hard day's night...*

–*... and I've been working like a dog...* –cantó Patricia.

Los Beatles habían tocado en Barcelona, por primera y única vez, diez años atrás, en la plaza de toros Monumental. Los Rolling Stones aún no se habían presentado en esa ciudad. Patricia Llosa corrió donde Oriol Regás, el dueño y fundador de Bocaccio, y le dijo:

–Gabriel quiere que pongas los Beatles, «A hard day's night».

–¡Encantado, Patricia! –dijo Regás–. ¿Cómo está Mario? ¿Habéis venido con él?

–No –dijo Patricia, sonriendo, coqueta–. Ya sabes que él no viene a estos antros de malvivir.

Oriol Regás rio de buena gana y enseguida se ocupó de complacer los deseos de García Márquez. Había fundado la discoteca Bocaccio el mismo año en que salió *Cien años de soledad*. Salvador Dalí, el pintor, su amigo, asistió a la inauguración y le regaló un cuadro dedicado: «Al único catalán que funciona». Regás pensó llamar Snobísimo a la discoteca, pero prefirió Bocaccio cuando leyó algo que Giovanni Boccaccio, el autor de *Decamerón*, había escrito:

«Mejor es hacer algo y arrepentirse, que arrepentirse de no haberlo hecho.»

Ahora García Márquez, con chaqueta de cuero negra, y Patricia Llosa, con pantalones ajustados, bailaban en el centro mismo de la pista de baile, Gabriel tarareando la canción de los Beatles que le gustaba porque era simple, sencilla y feliz, su historia, la historia del que trabajaba como un perro y debería estar durmiendo como un tronco pero prefería estar con su mujer, dispuesta ella a dárselo todo, en gratitud al trabajo canino que él había desplegado ese día largo y extenuante, y las chicas bellas y confundidas de la discoteca, casi todas en minifalda, miraban con arrobo y admiración al escritor colombiano, y acaso con una pizca de envidia a la mujer que bailaba con él y le hacía morisquetas pícaras. Sin hacer alarde de ello, Gabriel era un gran bailarín, e incluso cuando no bailaba cumbias ni vallenatos, sino rock, como aquella noche, demostraba que tenía un oído musical muy fino:

–Toda mi vida he querido ser cantante –le dijo al oído a Patricia Llosa–. Soy un cantante frustrado.

–Ya quisiera Mario bailar como bailas tú –le dijo Patricia–. Mario es un desafinado. Baila horrible. Me pisa los pies todo el tiempo.

Apenas terminó la canción de los Beatles, Oriol Regás puso la primera canción que había sonado en Bocaccio la noche de la inauguración, cuando Dalí, a pesar de sus ruegos, se había negado a bailar: «Good vibrations», de los Beach Boys. A Gabriel le gustó y a Patricia le gustó aún más, así que siguieron bailando, felices, liberados unas horas de sus parejas o exparejas, celebrando la amistad noble y vecinal que los había unido en Barcelona, cuando llegaron a vivir los Vargas Llosa. Sin embargo, Mario sólo había pisado Bocaccio una noche, a pesar de que Carlos Barral lo había invitado tantas veces, lo mismo que Beatriz de Moura y Esther Tusquets, y Jaime Gil de Biedma y Juan Marsé, y Ricardo Bofill y Serena Vergano. Tan famosa era aquella discoteca que un joven Enrique Vila-Matas escribía en la revista *Fotogramas* una columna de chismecillos titulada «Oído en Bocaccio», cosas que él había oído o, más probablemente, que se había inventado, como se inventó una entrevista con Marlon Brando en esa revista.

—Dile a Oriol que ponga «Help!» —le dijo Gabriel a Patricia.

Ahora bailaban la canción de los Beatles, cuya letra sabían de memoria y gritaban, eufóricos: lo poco que García Márquez sabía en inglés eran esas canciones de los Beatles, que tenía en muy alta estima. Pero, cuando dejó de sonar aquella canción, pusieron varias canciones lentas, tranquilas, románticas, que sugerían a los bailarines cambiar el ritmo y el paso, aproximarse, abrazarse, bailar apretados, pegados, más o menos juntos según dictasen los deseos. García Márquez, renuente a bailar a una distancia inquietante con la prima Patricia, amagó subir al segundo piso, donde charlaban y bebían animadamente Balcells y Edwards, pero Patricia se lo impidió y le dijo al oído:

—Bailemos apretadito. No seas tímido.

Caballeroso, Gabriel asintió. Pusieron «Conejito de terciopelo», de Serrat, una canción en honor a la bella modelo danesa Susan Holmquist, que había desfilado en Bocaccio. Pusieron «Libre», de Nino Bravo, que se había matado en un accidente de auto, dos años atrás. Hasta pusieron «Por qué te vas», de Jeanette. Y luego «Wish you were here», de Pink Floyd, y «Gloria», de Patti Smith. Esa seguidilla de cinco canciones dio valor y audacia a Patricia Llosa para abrazar sin cohibirse a su gran amigo, apretarse en su cuerpo, descansar su rostro en el pecho con la camisa abierta del escritor, y en ocasiones oler de un modo apenas furtivo y fugaz el cuello de Gabriel, el olor de su sudor, el olor áspero de macho caribeño. Si bien no tomaba la iniciativa ni se arrimaba a Patricia, García Márquez tampoco daba un paso atrás cuando ella citaba el peligro, suspiraba en su pecho, rozaba su naricita respingada en el cuello del bailarín, quien, disimulando la preocupación, pensaba:

—La primita se me está arrimando, carajo.

Cuando pusieron una canción, «Monday Monday», que no le gustó, García Márquez se disculpó y caminó al baño. Patricia volvió a la mesa con Balcells y Edwards.

—¿Nos vamos? —sugirió Carmen.

—No todavía —dijo Patricia.

—Recuerda que debes estar a las cinco de la mañana en el aeropuerto —dijo la Balcells—. No quiero que pierdas el vuelo.

—No te preocupes —dijo Patricia, y pidió más champaña, fina cortesía de la agente literaria—. No lo perderé.

Jorge Edwards y García Márquez eran amigos, se profesaban mutuo aprecio y respeto intelectual, y por eso, para preservar la amistad, no hablaban de política, y sobre todo no hablaban de Cuba, de Fidel Castro, del caso Padilla, de la guerra en Angola. Dos años atrás, Edwards había publicado *Persona non grata*, sus memorias de los cuatro meses que pasó como diplomático en La Habana continuamente espiado por la dictadura cubana, un libro que, a García Márquez, defensor de Fidel Castro, no le había gustado, le había parecido desleal, o así les decía, en rueda íntima, a sus amigos, los Feduchi:

—Un buen diplomático es el que sabe secretos, pero los calla por razones de su oficio. Un buen diplomático no publica un libro contando todos los secretos que conoció, gracias a su oficio. Edwards no estuvo en La Habana como escritor: estuvo como diplomático. No debió publicar ese libro.

Pero Edwards ya no quería ser diplomático, y menos aún representante del dictador Pinochet, y Gabriel lo respetaba por eso. También le tenía aprecio porque Fidel Castro le había dicho, recordando sus discusiones con Edwards, cuando jugaban juntos al golf:

—Su tranquilidad es asombrosa. Es un caballo ese chileno inglés. Yo decía cosas a gritos, lo amenazaba, le decía que Allende y Neruda eran mis amigos, que lo hundiría por traidor, y él me miraba a los ojos, sonriendo, y no se asustaba.

Cuando dieron las cuatro de la mañana, ya Patricia Llosa, borracha y feliz, borracha y libérrima por fin, se había subido a una de las mesas circulares y bailaba sobre ella con bastante gracia, reuniendo las miradas de los fisgones que se relamían sin saber que era todavía la mujer de Vargas Llosa, salvo los entendidos, como Oriol Regás y su hermana Rosa, o la fotógrafa Colita y el cineasta Ventura Pons, o Jorge Herralde y Lali Gubern, quienes por supuesto ya estaban al tanto de la sabrosa comidilla, del chisme resinoso: que Mario había dejado a Patricia con tres hijos en Lima, para irse con una modelo jovencita, Carmen Balcells se puso de pie y anunció, en tono imperial:

—¡Nos vamos!

La discoteca Bocaccio no estaba en España, sino en Europa, y allí no mandaba el dictador Franco, sino Oriol Regás, el mago de las noches catalanas, quien los acompañó hasta el coche azul metálico de García Márquez, aparcado en la puerta, en la calle Muntaner. Cabían los cuatro en ese coche, pero muy apiñados, dado el tamaño ciclópeo de Carmen Balcells, quien por eso dijo:

—Patricia, tú vienes conmigo. Mi conductor te llevará al hotel y luego al aeropuerto.

Balcells tenía no uno, sino varios conductores de taxi trabajando para ella y para su agencia, para ella y sus escritores mimados, las veinticuatro horas del día. Les pagaba bien, les cuidaba la salud, les recordaba sus cumpleaños, les hacía grandes regalos. Por eso sus choferes la adoraban.

—No, Mamá Grande —dijo García Márquez—. Yo llevaré a la primita al aeropuerto.

Balcells miró a Patricia, pidiéndole una señal. Patricia asintió: quería irse con Gabriel.

—¿No vais a perder el vuelo? —se inquietó Carmen.

—No —dijo Patricia—. Nunca he perdido un vuelo en toda mi vida.

Olfateando el peligro, replegándose como buen diplomático, Jorge Edwards, el menos alcoholizado de los cuatro aquella noche, dijo:

—Yo me voy andando.

Carmen abrazó a Patricia y le dijo, susurrándole al oído:

–Dale tiempo a Mario. Antes de fin de año, volverá contigo.

Luego Edwards abrazó a Patricia:

–No te quedes en Lima –le aconsejó–. Ven con los niños a Barcelona. Acá eres libre.

A continuación, García Márquez abrió la puerta del coche más lujoso jamás manejado por un escritor en Barcelona y dijo:

–Adelante, *mademoiselle*.

No dijo madame: dijo *mademoiselle*.

—No me demoro –dijo Patricia, cuando llegó con García Márquez al hotel Sarrià, todavía de noche–. Bajo en diez minutos.

—No te apures –dijo Gabriel–. Vamos bien. A esta hora no hay tráfico.

Cuando entraba en un hotel, en un restaurante, en un bar, en un avión, no había quien no lo reconociera: era el genio tropical de las palabras, el dueño del circo, el inventor del hielo, el hombre mitológico que sobrevivió a todas las humillaciones y las miserias con que la vida lo emboscó: era él, García Márquez, Gabo, Gabito, el rey del mambo.

—Es tan tímido que, desde que se volvió famoso, se pasa la vida huyendo –decía María Luisa Elío, la amiga a quien le dedicó *Cien años de soledad*.

García Márquez se acomodó en un sillón del vestíbulo, cerró los ojos y buscó una siesta corta, bienhechora. De inmediato volvió a la casa de su abuelo Nicolás, el coronel Márquez, donde vivió sus primeros ocho años, quizás los más felices de su existencia. Mientras tanto, Patricia Llosa empacaba su ropa y sus libros en dos pesadas maletas y un maletín rodante: había comprado tantas novelas, tantos libros de poesía, y Carmen Balcells le había regalado tantos otros libros recientemente publicados por los autores de su agencia, que no le cabían todos en las valijas, a pesar de que eran bien grandes y pesaban como un muerto. Decidió entonces dejar los libros que menos le interesaban, los metió debajo de la cama, se despidió de ellos, pensó ojalá que sus autores no se enteren de que les di de baja por razones de sobrepeso, pero era imposible viajar con todos esos libros, en qué había estado pensando cuando compré tantos, se dijo a sí misma. Pero no llevaba prisa y le gustaba empacar con orden y prolijidad, como una viajera profesional. Uno de los libros que metió debajo de la cama fue el que Balcells le había regalado: *La orgía perpetua*, ensayo de Vargas Llosa en homenaje a Flaubert y *Madame Bovary*.

Era una lectora voraz, enfebrecida, y leía tanto como Vargas Llosa y quizás más que García Márquez y Mercedes. Pensaba que la gran novela de su esposo no era *La ciudad y los perros* ni *La casa verde*, sino *Conversación en La Catedral*. Ahora comprendía la obsesión de Mario con ese burdel en las afueras del Piura, al norte del Perú, al que concurría con sus amigos piuranos, sobre todo con su leal y divertido compinche de aventuras, Richard Artadi, al mediodía, cuando «las pupilas», como las llamaban Mario y Richard, estaban desperezándose.

–Debí sospechar que me sería infiel con todas las putas de este mundo –se dijo Patricia–. De haberlo sabido, quizás *La casa verde* no me habría gustado tanto.

La había leído al año siguiente de casarse con Vargas Llosa, a poco de que naciera su hijo mayor, Álvaro, que, según contaba Patricia, «nació con el pipí parado», una poderosa erección que no cedía, no se replegaba, tanto que el doctor Carlos de Romaña, el prestigioso ginecólogo, en la clínica de Lima donde ocurrió el parto, dijo, en tono socarrón:

–Viene listo para divertirse. Será un hombre feliz.

–¿No tendrá priapismo? –preguntó Mario, invadido por una dicha repentina que no conocía, una felicidad acaso mayor o más completa que la de ganar premios literarios.

Patricia bajó jalando su maletín rodante. Un botones cargaba acezando las dos pesadas maletas. Al entregar su tarjeta de crédito para pagar la cuenta, le dijeron:

–La señora Carmen Balcells ya pagó todo.

Patricia sonrió, agradecida, dejó una buena propina y dijo:

–Carmen siempre un paso adelante de todos.

Luego despertó delicadamente a García Márquez, acariciándole la cabeza, oliendo su pelo y su cuello, diciéndole al oído:

—Gabriel, Gabrielito, despierta, soy tu musa, la primita.

García Márquez dio un respingo y regresó de Aracataca a Barcelona. Sonrió, como si la noche recién comenzara. En una hora o poco más, a las seis, las primeras luces del día dibujarían los contornos de la ciudad, delinearían las colinas del Tibidabo. El botones se afanó resoplando en colocar las valijas en el asiento trasero y el baúl del BMW azul metálico del escritor, un coche que Gabriel había comprado a poco de llegar a Barcelona, con las ganancias fantásticas de *Cien años de soledad*. Patricia le dio una propina al botones, quien, muy serio, le preguntó a García Márquez:

—Maestro, ¿quién es Aureliano Buendía?

Gabriel sonrió y dijo:

—Yo.

—Pero a él lo fusilan —observó el maletero.

—A mí me han fusilado muchas veces —dijo García Márquez, sin saber que, unos meses después, en la capital mexicana, sería su amigo Vargas Llosa quien lo fusilaría de un puñetazo.

Encendió el auto, miró a Patricia de soslayo, vio que ella sonreía y preguntó:

—¿Te parece bien si abrimos el techo?

—Me parece genial —dijo Patricia.

Entonces Gabriel bajó y descorrió el techo negro, replegándolo, sujetándolo. No hacía frío. Eran casi las cinco de la mañana, verano en Barcelona, una temperatura agradable, cálida sin ser sofocante. Patricia Llosa se sentía extrañamente feliz. ¿Estaba así, dichosa, exultante, porque se sentía libre por fin? ¿Desbordaba optimismo y pasión por la vida porque se había propuesto ser una escritora y emanciparse de la tutela machista de su marido? ¿Gozaba prolongando la noche con su amigo Gabriel porque nunca habían estado juntos, a solas, a las cinco de la mañana, borrachos los dos? ¿Debía volver a América, a los niños, a ser madre de familia, o hacerle caso a Jorge Edwards y traer a los niños a Barcelona? Pensó:

—Nunca en mi vida me había sentido tan contenta como esta noche. Ni siquiera cuando me casé. Ni siquiera cuando estuve de luna de miel.

También estaba contenta, o se sentía libre, dueña de su cuerpo, de su futuro, porque, al llegar a Barcelona, semanas atrás, había comenzado a tomar la píldora anticonceptiva por primera vez en su vida, no fuese a presentarse una aventura irresistible en el camino. Estando casada con Mario, no había tomado la píldora porque, después de tener a sus dos primeros hijos, que llegaron bien pronto, como ella quería, era él quien se cuidaba, era ducho cuidándose, todo un experto, podía hacer el amor perfectamente con un condón y hasta con dos, había aprendido a cuidarse, poniéndose preservativos, con «las pupilas», de Lima y Piura, cuando tenía catorce, quince años, y era un volcán.

–¿Ponemos música? –preguntó Gabriel.

–¡Claro! –se entusiasmó Patricia–. ¡La que tú quieras!

Manejaba García Márquez a prudente velocidad, sin atropellarse, mirando la noche, capturando toda la belleza que, poco antes de amanecer, desplegaba aquella ciudad, apenas una moto o un taxi pasaba cada tanto, sobre todo motos y a veces una bicicleta o un autobús. No le gustaba manejar deprisa, caminar deprisa, vivir a toda prisa. Todo le gustaba hacerlo despacio, tranquilo, consciente de que la velocidad correcta y el ritmo apropiado eran elementos cruciales para el arte y la felicidad: un artista apurado se metería en embrollos o pariría algo malhecho, un amante presuroso se perdería los goces mejores, un conductor acelerado acabaría chocando: en la vida del artista era clave encontrar la voz, cómo no, pero también la velocidad, la cadencia exacta para escribir cada palabra, para volverla música, para cantarla escribiendo.

–¿Te gusta el vallenato? –preguntó.

–¡Me encanta! –dijo Patricia.

Vargas Llosa no era musical, o no necesitaba escuchar música para vivir. Gabriel y Mercedes vivían para la música, creían que las personas que vivían de espaldas a la música se perdían una de las cosas mejores. García Márquez cantaba bien, bailaba bien y se emocionaba hasta las lágrimas escuchando los vallenatos que había aprendido de joven. Por eso metió un casete de color blanco en el orificio horizontal del equipo de música, subió el volumen y anunció:

–«La casa en el aire», del maestro Rafael Escalona.

De pronto unos ritmos caribeños, rumbosos, parranderos, unos ritmos tan alegres que disolvían todas las penas, empezaron a sonar, a embriagar al conductor y a su pasajera, a confundirse con los débiles ecos del amanecer, con el fugaz estrépito de una moto, con la voz del canillita anunciando el diario recién impreso. Eufórico, García Márquez cantó, como si fuera el propio Escalona:

–Voy a hacerte una casa en el aire, solamente pa' que vivas tú.

Patricia, arrobada, lo miró y pensó:

–Este hombre sí que sabe vivir. Este hombre es feliz. Lo envidio.

García Márquez continuó cantando para que lo escucharan en Sitges, en Calafell, en Calaceite, para que lo escucharan también en Cadaqués, adonde no quería volver nunca más, temeroso de sus vientos pérfidos de madrugada que traían el espíritu de los muertos inconstantes:

–Después le pongo un letrero grande, de nubes blancas que digan a la luz: el que no vuela no sube, a ver la luz en la nube.

Y Gabriel, cantando, volaba, subía, veía la luz, se instalaba en las nubes, era una nube, unas nubes, una criatura nefelibata que moraba allá arriba.

–Al final –le dijo a Patricia, acercándose a ella, como si quisiera olerla bien de cerca–, todos seremos nubes, mi querida prima.

Era una noche mágica, propicia a la felicidad, a la hermandad de los amigos, al pacto secreto de los conspiradores. Era una noche, y un coche, y una canción o unas canciones, y era también una delicada, secreta conspiración, cuyas posibilidades se multiplicaban e inducían a Patricia a pensar:

–Mario, tan serio, tan intelectual, no conoce esta forma de felicidad. Que se la pierda él, porque yo no quiero perdérmela.

Luego García Márquez puso el casete de «La diosa coronada», de Alfredo de Jesús Gutiérrez, el rey del vallenato, una canción que había salido pocos años atrás y era una de sus preferidas:

–Señores, vengo a contarles, hay nuevo encanto en La Sabana, en adelanto va en estos lugares, si tienen su diosa coronada.

Gabriel cantaba bien, cantaba y sonreía, cantaba y no era el escritor famoso ni el reportero estrella, cantaba y era Gabo, Gabito, el de Barranquilla, el de la cueva con sus amigotes de siempre, Alfonso Fuenmayor, Álvaro Cepeda y Germán Vargas, el corresponsal trotamundos del diario de Cartagena, el de la columna «La Jirafa» en honor a la egipcia Mercedes, era auténticamente el nieto del coronel tuerto Nicolás y su esposa Tranquilina, y no había trazos de vanidad o vestigios de arrogancia en él, pues la música le recordaba lo más hondo y perdurable de la condición humana.

–¡La diosa coronada esta noche eres tú! –le dijo a Patricia, y ella soltó una risa fresca, inocente, una risa que no se había permitido desde la ruptura en el barco con Mario, desde la aparición pavosa de Susana.

Luego siguió cantando:

–Cuando el rey querido llega de tarde a la serranía, hay que ponerle gallinas rellenas, que el rey es fino, madre mía, le pones la mesa bien servida, tú sabes que el rey es gente fina, le pones un arroz volado, que coma el rey considerado.

Entonces Patricia recordó algo que Mario le había dicho, cuando la seducía furtivamente en París, todavía casado con Julia, menor de edad Patricia, apenas quinceañera, aún viva Wanda, su hermana mayor:

–Yo con las mujeres soy un águila, Patita: las miro desde arriba, volando, sobrevolando, y ellas son como gallinas para mí.

–Pues yo no quiero ser una gallina –pensó Patricia esa noche, libre, borracha y feliz, escuchando cantar a García Márquez–. Yo también quiero ser un águila.

Y esa noche, en efecto, se sentía un águila, o un cóndor, un ave majestuosa e inconquistable que podía ver su vida, su futuro, desde muy arriba, sin asustarse, y que le demostraría a Mario que ella también podía volar muy alto. Borracho de música y de champaña, de afectos nobles y lealtades hasta la muerte, García Márquez quería prolongar la noche, seguir la parranda hasta mediodía, ir a buscar a Mercedes para sumarla a la conspiración: cuando las noches eran así, tan felices, tan perfectas, le parecía un crimen interrumpirlas por razones de trabajo, de agenda, de los odiosos compromisos del día siguiente:

—No hagas hoy lo que puedes hacer mañana —bromeaba con sus amigos de la cueva en Barranquilla.

A continuación, empezó a sonar «La gota fría», al tiempo que Gabriel tronaba, buscando la voz caribe en los páramos calientes de su corazón de trovador:

—Tengo un recado grosero, para Lorenzo Miguel, que me trata de embustero, cuando el embustero es él.

Patricia movía la cabeza, sacaba el brazo derecho, cortando el viento con su manita, una manita que, cuando Mario era un adolescente, le había inspirado un poema, un poema que Mario había escrito a máquina, viendo dormir a la niña Patricia, sin sospechar que años después, esa niña, su prima, sería su esposa. Patricia lamentaba no saberse las letras de esos vallenatos, pero, moviendo la cabeza, era como si mentalmente los cantara o bailara, y era sólo Gabriel quien cantaba:

—Acordate Moralito, ya que el día que estuviste en Urumita y no quisiste hacer parranda, te fuiste de mañanita, sería de la misma rabia.

Gabriel no quería que Patricia se fuera aquella mañanita a Lima, sería de la misma rabia de perderla de vista como amiga, como vecina, como comadre y ahora acaso también como colega escritora. ¿No podía tomar el vuelo a Lima mañana, o pasado? ¿No se animaría a prolongar la rumba hasta el mediodía, como era de rigor con los amigos de la cueva?

—Me lleva él o me lo llevo yo —siguió cantando—, pa' que se acabe la vaina, ay Morales a mí no me lleva, porque no me da la gana.

Y Morales era Vargas, y Moralito era Varguitas, y Gabo, Gabito, Gabriel, Gabrielito, quizás pensaba o se la lleva él, Varguitas, o me la llevo yo, a seguir la rumba con la egipcia, con el cocodrilo sagrado, con Mercedes.

Entonces se aproximaron lentamente, a sesenta kilómetros por hora, a una bifurcación de la autopista al sur: debían doblar a la izquierda para llegar al aeropuerto, y no andaban sobrados de tiempo, porque el avión salía a las siete, pero Patricia volaba en primera, fina cortesía de Carmen Balcells, así que no haría grandes colas. Y antes de llegar a la bifurcación, al desvío que debían tomar, comenzó a rugir Pérez Prado y su «Mambo número 5», una canción que García Márquez amaba, y Gabriel le dijo a Patricia:

–Esta canción tiene la letra más breve y perfecta de todas las canciones en español.

Dijo eso porque la canción casi no tenía letra, y sus letras eran unos gritos formidables, y sólo en ocasiones Pérez Prado daba un alarido gutural, cavernoso, el chillido simiesco de un hombre bigotudo y emplumado que quería montarse a una hembra en la caverna, ponerla a bailar un mambo con él. Y entonces, en el momento mismo en que debía girar a la izquierda para llegar al aeropuerto, García Márquez lanzó un rugido leonino, el clamor de un jaguar, la voz aguardentosa de un macho en celo, una explosión de autoridad que rasgó la noche, acompañando al alarido bronco de Pérez Prado, acaso anunciando que la noche aún era virgen y sus mejores placeres estaban por desflorarse. Y cuando gritaba como un león en la selva de los mambos caribeños, dobló a la derecha, no a la izquierda, quizás distraído, probablemente despistado, tan sumergido en el mambo y sus leones, en la noche y sus promesas, que no recordó la necesidad de girar a la izquierda y viró entonces a la derecha, al tiempo que Patricia pensaba:

–Ha tomado el camino equivocado.

Y a continuación se preguntaba, con una sonrisa coqueta:

–¿Lo habrá hecho a propósito?

Gabriel siguió manejando, gritando con Pérez Prado:

–Sí, sí, sí, ¡yo quiero mambo!

Y entonces Patricia pensó:

–Yo también quiero mambo. Lo ha hecho a propósito. No quiere que me vaya.

Poco más allá, manejando por la ronda de Sant Ramón, llegando al pueblo de Sant Boi de Llobregat, García Márquez dijo:

–Carajo, primita, creo que me he perdido.

Patricia Llosa soltó una carcajada triunfal y dijo, sin vacilar, volando como un águila:

–Mejor. No sé si quiero viajar. Por acá cerca hay un hotel.

—¿Estás segura de que quieres perder el vuelo? —le preguntó García Márquez a Patricia Llosa—. Todavía estamos a tiempo de llegar.

Eran pasadas las seis de la mañana. Patricia estaba pasada de tragos, pero tal vez no lo sabía del todo, no era plenamente consciente de ello. Gabriel también se encontraba ebrio, aunque sabiéndolo, atento al peligro que se avecinaba, que lo rondaba.

—No quiero viajar —dijo Patricia—. Ha sido una de las noches más divertidas de mi vida. No quiero irme. Quiero que siga.

García Márquez, sin mover un solo músculo de la cara, sin tensar el bigote, se preguntó, con tanta curiosidad como asombro, qué habría de pasar, o qué quería Patricia, la primita, que pasara aquella noche, para que, a sus ojos, fuese completa, inolvidable.

—No me dejes sola —dijo, mirándolo a los ojos con el poderío que ejercía sobre él—. Sube conmigo.

Se encontraban todavía en el auto, detenidos frente al hotel El Castell, en el pueblo de Sant Boi de Llobregat, a sólo diez minutos del aeropuerto, un antiguo castillo que había sido refaccionado como hotel de tres estrellas, de aires nobles, señoriales, para los viajeros de paso y los amantes clandestinos. Patricia bajó sin esperar una respuesta y caminó resueltamente hacia la recepción. Un botones se acercó al coche.

—La señora perdió su vuelo —le dijo García Márquez—. Por favor, baje sus maletas.

Luego se preguntó si debía irse o quedarse, si debía subir con Patricia o marcharse en ese mismo instante, tan pronto como el

maletero bajase las valijas. Decidió quedarse. Estaba alcoholizado, pero sin perder la lucidez, y sabía que, al final de cuentas, el
poder lo tenía él, no ella, y sólo ocurrirían las cosas que él decidiera que podían ocurrir, no las que ella deseara. Entretanto,
Patricia se registró en la recepción.

—¿Una cama o dos camas? —le preguntaron, al ver que se acercaba García Márquez.

—Lo que tengan —dijo ella.

—¿Cuántos días piensan quedarse, señora?

—Hasta mañana —dijo Patricia.

Pero Gabriel no podía quedarse veinticuatro horas: su esposa
lo esperaba en casa, y siendo pasadas las seis, despertaría en
cualquier momento y lo echaría en falta.

—Que suban de inmediato mis maletas —ordenó Patricia.

—Enseguida, señora —dijo el hombre de la recepción.

—Y una botella de champán —añadió.

Mientras el botones se llevaba las maletas, García Márquez,
caminando con Patricia hacia el ascensor, le dijo, en voz baja:

—Mejor me voy, primita.

Patricia lo miró, apenada, y dijo:

—¿Me vas a dejar sola?

—Prefiero dormir en casa —dijo Gabriel—. Mercedes me espera.

—Comprendo —dijo Patricia—. Pero no te vayas ahora. Quédate un momento y luego te vas.

—Una copa y me voy —dijo García Márquez. No quería desai-
rar a Patricia, no quería humillarla, pero tampoco deseaba trai-
cionar a Mercedes: la egipcia no había concurrido esa noche a
Bocaccio porque confiaba a ciegas en él.

Tan pronto como dejaron las maletas, descorcharon la botella de champaña y sirvieron dos copas, a solas los dos, y Patricia
brindó:

—¡Por esta noche!

Como si llegara del desierto, de una larga travesía, bebió la
copa entera, miró a García Márquez en los ojos y le sonrió de un
modo que Gabriel no la había visto sonreír nunca, sonrió como
abriéndose ante él, como invitándolo, como diciéndole esta no-

che soy tuya, toda tuya, y haz conmigo lo que quieras, o eso fue lo que García Márquez creyó leer en la sonrisa arrojada e intrépida de Patricia Llosa, liberada del cadete, emancipada de las servidumbres del cadete pingaloca y trotamundos, harta de que el cadete le pusiera los cuernos con decenas de putas a su paso marcial por la alfombra roja de los genios victoriosos. Enseguida Patricia se quitó los zapatos de taco y dijo:

—Qué rico hemos bailado, cómo me duelen los pies.

De pie al lado de la ventana, observándolo todo con una mirada felina, calculando con sigilo su próximo movimiento, pensando que debía irse cuanto antes o sería demasiado tarde, García Márquez dijo:

—Descansa. Te vendrá bien dormir.

Pero Patricia no le hizo caso. Bebió un sorbo de champaña, se acercó a Gabriel, lo abrazó por la cintura, como asiéndose a una boya, a un salvavidas, lo miró hacia arriba y, a pesar del bigote, pues ella detestaba a los hombres con bigote, lo besó en las mejillas. Pero sólo lo besó en las mejillas porque no quiso que ese beso escalara a mayores: si bien Gabriel se dejó besar, prefirió no ofrecerle a Patricia sus labios, su lengua juguetona, su lengua adherida a cien mil palabras musicales, su lengua cantarina de cumbias y vallenatos, su lengua que era de Mercedes y de nadie más.

Entonces Patricia Llosa, la prima despechada, la prima humillada por el cadete y sus putas, se echó en la cama sin despojarse de la blusa y el pantalón, y mirando desde allí a García Márquez, que seguía de pie, al lado de la ventana, alisándose el bigote, como un tigre al acecho de su presa, le dijo:

—Ven, Gabriel.

Pero García Márquez no se movió ni dijo palabra. Sabía que estaba en un callejón sin salida, una trampa mortal. Si le hacía el amor a Patricia, se echaría encima todos los infortunios y las desgracias de este mundo, por traidor, por mal amigo, por cabrón de mala entraña, por felón con Mercedes. Y si no se acostaba con Patricia, quedaría como un pusilánime, un tipo miedoso, y ella no se lo perdonaría jamás y lo odiaría hasta el fin de los tiempos.

—Espérame un momento —le dijo a Patricia.

Enseguida entró al cuarto de baño, se quitó la ropa y puso en marcha la ducha en agua bien caliente.

Mientras García Márquez se duchaba canturreando y el baño se cubría de vapores que humedecían el espejo, Patricia, que nunca se había sentido tan libre como aquella noche, se puso de pie y se quitó la ropa paulatinamente, una sonrisa iluminando su rostro sutil. Mirándose en el espejo, se desabrochó la blusa, un botón tras otro, sin atropellarse, luego se despojó del pantalón, y cuando se quedó en bragas y sostén, se puso a cantar bajito, a bailar dulcemente, observando el espejo ovalado que transformaba su pequeño cuerpo en una figura esbelta, ligera, sensual. Con el sostén en las manos, bailó su danza de los siete velos y, ya totalmente embriagada con la deslumbrante belleza de su propia imagen, se quitó las bragas, las tiró con elegancia sobre la mesa y se echó encima de la cama, tras beber una copa de champán. El suave rumor de la ducha y los ecos cantarines de Gabriel la fueron acunando y Patricia se deslizó en el sueño.

García Márquez salió de la ducha, se cubrió con una toalla y salió del cuarto de baño. Dejó caer la toalla y, desnudo, se dirigió a la figura estirada encima de la cama. Pasó un instante hechizado, embelesado, admirando la hermosura de su amiga.

—Es graciosa de cara, pero nunca muestra esa joya que es su cuerpo —pensó, mientras se acercaba a Patricia.

Luego alargó una mano, pero acercarla a lo que ahora veía como una bella escultura le pareció un sacrilegio. No quería corromper aquella imagen que le parecía sagrada, inmortal. Tras contemplarla de rodillas, extasiado, temblando, volvió al baño y se vistió sin hacer ruido, pues no quería despertar a Patricia. Antes de salir de la habitación, se deleitó una última vez con la belleza voluptuosa que había decidido no estropear con sus manos, unas manos que en esos momentos le parecían torpes, groseras.

Cuando Patricia despertó unas horas más tarde, ya Gabriel no estaba a su lado.

–Casi me mato –le dijo García Márquez a su esposa Mercedes, al llegar a su apartamento, hacia las ocho de la mañana.

Era verano y los niños Rodrigo y Gonzalo, de dieciséis y catorce años, disfrutaban de sus vacaciones escolares, entrenando en las divisiones inferiores del club de fútbol Español, el club de los periquitos, una curiosa pasión que sus padres no entendían de quién habían heredado.

–¿Qué pasó? –preguntó Mercedes, y se acercó y lo besó en los labios.

–Dejé a Patricia en el aeropuerto –dijo García Márquez–. Volviendo a casa, choqué. Me di un susto del carajo.

Antes de retirarse sigilosamente del hotel El Castell, Gabriel se echó encima lo que quedaba de la botella de champaña, se dio un baño de licor burbujeante, quedaron su camisa y su chaqueta mojadas, alicoradas. Pensó:

–Así Mercedes creerá que estoy más borracho de lo que estoy.

Ya no estaba tan borracho. No quería contarle a su esposa ni a nadie lo que había ocurrido con Patricia.

–Apestas a trago –le dijo Mercedes–. Ve a dormir.

–El carro quedó hecho un acordeón –dijo García Márquez. Luego añadió:

–Casi me mato, carajo.

Era cierto: volviendo a casa, manejando más deprisa que de costumbre, García Márquez había chocado. Pero no fue un accidente: chocó deliberadamente contra un poste de luz, ya en el barrio de Sarrià, para que su esposa le creyera que regresaba tan borracho y demorado porque había sufrido un percance no menor. Minutos antes de chocar ese auto que le había costado una fortuna, pensó:

–Puedo cambiar de carro, pero no de esposa.

Y enseguida dirigió el BMW serie cinco, azul metálico, contra un poste de luz, dejando abollada la parte derecha. En ese instante, pensó:

–Si le cuento a Mercedes lo que ocurrió con Patricia, no me creerá. Y aun si me cree que sólo coqueteamos y no cogimos, odiará a Patricia el resto de su vida. Y si la odia, mi amistad con Mario se irá al carajo. Nadie debe saber lo que ocurrió.

El impacto lo zarandeó un poco, sin dejarlo lastimado. Le apenó dañar un coche que le había dado tantas alegrías, un auto que había comprado siete años atrás, a poco de instalarse en Barcelona.

–El carro está abajo, en la cochera –le dijo a Mercedes–. Después te cuento.

–¿Le hiciste daño a alguien? –preguntó Mercedes.

–No –respondió Gabriel–. Sólo se jodió el carro.

–¿Te llevaron a la policía? ¿Te hicieron la prueba de alcohol?

–No –dijo Gabriel–. Me quedé dormido y choqué con un poste. Pero, por suerte, el carro no se murió y me trajo a casa.

Inmediatamente después de chocar, García Márquez condujo hasta el edificio en la calle Caponata, el auto desvencijado, chirriando con estrépito. Algunos vecinos lo reconocieron, lo miraron con aire de preocupación, pero él sonreía como un emperador en pleno dominio de sus facultades y de las circunstancias impensadas de aquella noche larga, entrampada. Mercedes bajó a ver cuán magullado había quedado el carro, mientras Gabriel dormía.

–Suerte que no atropelló a nadie –pensó–. Gabito no ha nacido para llevar a nadie al aeropuerto. No sé en qué estaría pensando cuando llevó a Patricia.

García Márquez despertó con un hambre de preso político, comió una tortilla de patatas, tomó tres cafés al hilo y anunció a Mercedes y a sus hijos:

–Nos vamos a México.

Los niños dieron gritos de alegría. Habían sido felices en México los seis años que vivieron allí. Querían volver.

—Pasaremos el resto del verano en México —dijo Gabriel, mientras Mercedes sonreía, extasiada.

—¿Y luego volveremos a Barcelona? —preguntó Rodrigo.

—No —dijo Mercedes—. Nos quedaremos en México.

Era ella quien le había pedido a García Márquez volver a México, comprar una casa en la capital mexicana, quedarse a vivir allá. Ya Gabriel había publicado *El otoño del patriarca*. Ya habían vivido siete años en Barcelona. Ambos querían estar más cerca de Barranquilla y Cartagena, de La Habana y Bogotá.

—Acá las cosas se van a poner mal —dijo Mercedes—. Se vienen tiempos malos en España.

—Se va a liar una bien gorda —dijo García Márquez—. Franco no llega a fin de año. Esto se va al carajo.

La dictadura española se encontraba en fase terminal, en decadencia, en descomposición, al mismo tiempo que el tirano, diezmado por la enfermedad, privado de sus fuerzas, postrado en la cama, no podía seguir mandando, aunque ordenaba ciertos fusilamientos para dar la apariencia de que el poder le cabía aún en su trémulo puño de hierro.

—No queremos estar acá cuando muera ese hijo de puta —dijo García Márquez—. Con la fama de comunistas que tenemos, los perros de presa de Franco van a venir a mordernos.

Una semana después, llegaron a la ciudad de México en un vuelo directo, en primera clase: desde el éxito global de *Cien años de soledad*, ya no volaban más en clase económica, aunque siempre que subían a un avión sufrían crisis nerviosas y ataques de pánico que procuraban mitigar tomando calmantes, pastillas para dormir. Fue entonces la segunda llegada familiar a México, bien distinta de la primera: ahora arribaban como celebridades, como ganadores, en alfombra roja, sin hacer colas en migraciones ni aduanas, protegidos por el presidente Luis Echeverría, a quien el embajador mexicano en París, el escritor Carlos Fuentes, había avisado de la llegada de García Márquez y su familia. Llegaron con la certeza de que México era un país fértil para la inspiración literaria, de que allí eran intocables, tótems, vacas sagradas, dioses esplendorosos. Catorce años atrás, habían llegado pobres y hambrientos, pobres y polvorientos, pobres y extenuados, en un autobús que tomaron en Nueva York, huyendo de aquella ciudad. Casi mataron a García Márquez en Manhattan: sus enemigos políticos lo amenazaron de muerte. Era, junto con el colombiano Plinio Apuleyo Mendoza, el jefe de la agencia cubana de noticias, Prensa Latina, a órdenes del dictador Fidel Castro, y ambos fueron amenazados por los cubanos anticomunistas de Nueva York. Renunciaron a Prensa Latina cuando la agencia fue capturada por los comunistas de línea dura en La Habana: es decir que, diez años antes del caso Padilla, García Márquez rompió con la dictadura cubana, renunció a ocupar un puesto al servicio de ella, pagado por ella, porque eligió ser un periodista libre y no un escribidor amordazado, amaestrado. Pero, diez años más tarde, cuando pudo romper del todo con Fidel Castro, firmando la carta de protesta por el caso Padilla que escribió Vargas Llosa en París, no lo hizo, eligió ser amigo de Castro y defensor de aquella dictadura.

—Vamos a pasar una noche en Memphis —le dijo García Márquez a Mercedes, después de dos días viajando en autobús desde Nueva York con destino a México, Rodrigo con apenas un año, Mercedes embarazada de Gonzalo—. Quiero conocer a Faulkner.

Pero desde luego no tenía una cita con William Faulkner. En esos tiempos García Márquez sólo había publicado dos novelas en Bogotá, *La hojarasca* y *El coronel no tiene quien le escriba*, y ambas habían pasado virtualmente inadvertidas. No tenía dinero, no tenía trabajo, era pobre, estaba por nacer su segundo hijo, el futuro se veía sombrío. Pensaba dedicarse al cine en la capital mexicana, escribir guiones, quizás dirigir una película. Pensaba:

—Necesito ganar dinero, y el dinero está en el cine, no en los libros.

Pero antes quería conocer a Faulkner. Era un viaje de más de cuatro mil trescientos kilómetros entre la ciudad de Nueva York y la ciudad de México que, en un golpe de azar, una coincidencia afortunada, pasaría precisamente por el pueblito de Memphis, en Tennessee, donde vivía Faulkner. Recién llegando a Nashville, cansados de viajar en ese autobús de la línea Greyhound, García

Márquez comprendió que, unas horas después, pasarían por Memphis.

—Dormiremos una noche en Memphis —anunció, para alegría de Mercedes.

Luego tomarían otro autobús de la misma línea que los llevaría a Dallas, a Austin, a San Antonio, a Monterrey y finalmente a la ciudad de México. García Márquez admiraba a Faulkner por sus libros, pero también por su estilo de vida:

—Nada mejor para escribir que vivir en un burdel —había escrito Faulkner—. Por las mañanas hay calma y silencio, y por las noches jolgorio, licor y gente interesante.

García Márquez había vivido en un burdel en Barranquilla y escrito *La hojarasca* bajo la poderosa influencia de Faulkner y su libro *Mientras agonizo*. Pensaba que Faulkner escribía como un genio y, sobre todo, vivía como un genio. Por eso se bajaron del autobús en Memphis, pagaron el cuarto más barato del hotel Peabody y Gabriel le dijo a Mercedes que montaría guardia en el bar del hotel, hasta que, según decía la leyenda, llegase Faulkner. Embarazada, pero sin quejarse, Mercedes se sumó a la conspiración junto con el pequeño Rodrigo, de apenas dos años, y entonces, bebiendo cerveza, esperaron la llegada del premio Nobel.

—Ahí viene el viejo —dijo García Márquez, unas horas después.

William Faulkner entró en el bar del hotel Peabody sin aires de grandeza, sin ínfulas de celebridad, mientras los camareros lo saludaban y hacían comedidas reverencias. Era de mediana estatura, de bigotes enfáticos, los ojos verdes luminosos, y llevaba puesto un sombrero tweed de cazador y una pipa en la mano derecha que parecía apagada. De inmediato, sin que lo pidiera, le sirvieron lo que bebía siempre: un bourbon con azúcar, hielo y bastante menta, un trago que él llamaba «mint julep».

—Suelo escribir de noche —decía—. Siempre con un whiskey a mi alcance.

García Márquez le dijo a Mercedes, disimulando su admiración:

—El viejo es el novelista más grande del mundo actual. Pero está jodido. Se ha puesto de moda.

Lo había leído antes de que se pusiera de moda y podía recitar párrafos enteros de Faulkner, que decía en estado de embriaguez literaria, en trance casi hipnótico.

–Este cabrón ha creado un mundo, un universo –decía.

Lo miró de soslayo, bebió una cerveza, prendió un cigarrillo.

–Anda a hablarle –dijo Mercedes–. Siéntate con él. Invítale a un trago.

García Márquez sonrió tímidamente:

–¿Qué carajo le voy a decir, si no hablo una palabra en inglés?

–Pues yo tampoco –dijo Mercedes, y se rieron.

–Además, no soy un lagarto –dijo Gabriel–. No quiero quedar ante el viejo como un pendejo.

De Faulkner se decía lo que Mercedes afirmaba de García Márquez:

–Cuando escribe, se tensa tanto que se le hincha la cara y parece que va a reventar.

García Márquez terminó su cerveza, pagó la cuenta y dijo:

–Nos vamos.

Al pasar al lado de Faulkner, le dijo:

–Adiós, maestro.

Faulkner se quitó el sombrero de tweet y respondió:

–Adiós, amigo.

Tres días después, llegaron en autobús a la terminal en la ciudad de México. Los esperaba Álvaro Mutis, escritor, ejecutivo, íntimo amigo de ellos, hombre de mundo que había escapado de Colombia, acusado de una estafa, y ahora quería hacer películas mexicanas, y que García Márquez escribiera los guiones. Alto y noble como un árbol centenario, Mutis, sabiendo que llegaban desde Nueva York sin dinero y sin trabajo, les había alquilado una casita modesta, en la colonia San Ángel, donde Gabriel escribiría, cinco años más tarde, *Cien años de soledad*. Pero en ese momento, al llegar al DF en autobús desde Nueva York, García Márquez no quería escribir libros, quería hacer películas. Por eso Mutis le presentó a un escritor mexicano, Carlos Fuentes, que, tres años atrás, había capturado la atención de los críticos y del público con una novela, *La región más transparente*, que fue un éxito monumental. Gabriel había leído ese libro y no sospechaba que el mexicano había leído tanto *La hojarasca* como *El coronel no tiene quien le escriba*. Se hicieron grandes amigos. Se propusieron escribir guiones al alimón, a cuatro manos. Sin embargo, un tiempo después, decepcionados del cine, sentían que estaban perdiendo el tiempo, y traicionaban su vocación de escritores:

–Fontacho, ¿qué vamos a hacer? –le preguntó García Márquez a Fuentes, mientras bebían en un bar–. ¿Salvar el cine mexicano o escribir nuestras novelas?

Decidieron no salvar al cine mexicano. Gabriel renunció a las películas y se sentó a escribir *Cien años de soledad*, al tiempo que Fuentes viajó a Venecia y escribió *Cambio de piel*: la suerte estaba echada.

Ahora, catorce años después de llegar a México en autobús e instalarse en la casita alquilada que les pagaba con su proverbial generosidad Álvaro Mutis, los García Márquez habían regresado con la determinación de comprar aquella casa alquilada a la sazón por Mutis, la casita modesta de San Ángel donde se escribió *Cien años de soledad*, y pasar allí el resto de sus vidas: el Gabriel pobre que llegó a México en autobús tras conocer a Faulkner era un escritor fracasado de apenas treinta y cuatro años, y este García Márquez rico, o «pobre con plata», como decía él, llegaba levitando en olor de multitud, escritor de éxito como ninguno en lengua española, todavía joven, con cuarenta y ocho años, millonario, autor inmortal antes de cumplir los cincuenta. Tras leer *Cien años de soledad*, su amigo Carlos Fuentes le había escrito una carta a Cortázar, diciendo:

–He leído el *Quijote* americano, un Quijote capturado entre las montañas y la selva, privado de llanura.

Un año después de que saliera esa novela, el año de las protestas de los estudiantes en París y de la invasión soviética en Praga, Carlos Fuentes y García Márquez, hermanados por la literatura, la política, las mujeres y la buena vida burguesa, ciudadanos del mundo, escritores acaudalados, viajaron a Praga para conversar con el escritor Milan Kundera. Desconfiado, paranoico, convencido de que los comunistas tenían micrófonos sembrados en todas partes y lo espiaban, le pinchaban el teléfono, lo seguían, Kundera los citó en una sauna para que nadie escuchase lo que hablarían. Desnudos los tres escritores, sudando a borbotones, sentados en una banca de pino fragante a ochenta grados centígrados, Kundera les dijo que todo se iría al carajo y que él se iría pronto a París porque, si se quedaba en Praga, acabaría preso, censurado, torturado.

—Vete a París cuanto antes —le dijo García Márquez.

Al salir de la sauna casi chamuscados, la piel ardiendo, sudando la gota gorda, vieron consternados que no funcionaban las duchas de agua fría, quizás las habían saboteado para estropearles el baño de sauna, y entonces Kundera gritó:

—¡Al río!

Se arrojó desnudo, rompiendo la fina capa de hielo, al río Moldava, y Fuentes y García Márquez lo siguieron y se hundieron en las aguas gélidas del río.

Ahora, siete años más tarde, los García Márquez habían dicho adiós a Barcelona y llegado a México como estrellas de cine, con la determinación de comprar la casita en San Ángel que les cambió la vida, la vivienda en la que Gabriel se hizo mago, el modesto solar donde fabuló la saga de los Buendía en Macondo. Fuentes, embajador mexicano en París, había viajado a la capital mexicana para darle la bienvenida a García Márquez, junto con Álvaro Mutis. Fueron los tres una tarde y tocaron el timbre de la casita que los García Márquez querían comprar, en la calle de La Loma, número 19, en el barrio de San Ángel. El propietario, un hombre mayor, no reconoció a García Márquez ni a Fuentes.

—He venido a comprarle esta casa —le dijo Gabriel—. Usted diga el precio que quiera y yo se lo pagaré.

Era una casa de fachada blanca, de un piso, con paredes copadas de enredaderas, en una calle arbolada. El anciano se sintió ofendido, dio un paso atrás y dijo:

—Esta casa no está en venta, señor.

Sorprendido, García Márquez insistió:

—Le pagaré el doble de lo que vale. Hágala tasar por un agente y le pagaré el doble.

–No está en venta –se enfadó el viejito–. Ya le dije que no está venta. La he comprado para morirme acá. Cuando me muera, negocie usted con mis hijos.

Luego añadió, sarcástico:

–Si usted pone a la venta su casa, avíseme y yo se la compro.

Enseguida cerró, dando un portazo. Los tres escritores se confundieron en unas risas cómplices. Fuentes miró a García Márquez y recordó lo que le había dicho Mitterrand, el líder socialista francés que soñaba con ser presidente de la república y era su amigo:

–Márquez es un hombre parecido a su obra: sólido, sonriente, silencioso.

En su coche lujoso, de regreso al hotel en que estaban alojados García Márquez y su familia, Mutis dijo:

–Conozco una casa muy bonita, en la calle Fuego, que ha salido en venta.

Días después, Gabriel y Mercedes compraron esa casa al sur de la ciudad, calle Fuego, número 144, en los Jardines del Pedregal. Eufórico, García Márquez pensaba, melancólico:

–Ya estuvo bueno de vivir en Barcelona. Lo mejor está por venir. Y Mercedes nunca sabrá lo que me pasó con Patricia aquella mañana.

No sabía que, unos meses más tarde, recién noqueado por Vargas Llosa en un cine de la capital mexicana, Mercedes preguntaría:

–¿Y qué le hizo Gabito a Patricia?

–Perdone, ¿usted no es Patricia Llosa, la esposa del gran escritor Vargas Llosa? –preguntó un hombre que llevaba dos relojes en la muñeca izquierda y uno en la derecha, y un calcetín negro en la pierna izquierda y otro calcetín rojo en la derecha, tan pronto como se acomodó en su asiento de primera clase, en el vuelo que lo llevaría desde Madrid hasta Lima.

–Sí, soy yo, mucho gusto –dijo Patricia, sentada a su lado, con un dolor de cabeza que no cedía y un cansancio mortal que se sumaban a una tristeza muy grande: pensaba dormir todo el vuelo hasta Lima para olvidar la inacabada tensión erótica con García Márquez, el revés con Vargas Llosa, lo adversas y torcidas que se le habían puesto las cosas, tan de pronto.

Después de perder el primer vuelo, el de las siete de la mañana, saliendo de El Prat a Madrid, Patricia Llosa había llegado a tiempo para abordar el siguiente, el de las once, viajar al aeropuerto de Barajas con el tiempo apretado, facturar su pesado equipaje en el mostrador de la aerolínea y caminar a toda prisa hasta la puerta de embarque del vuelo que, exhausta y enervada, al borde del colapso, consiguió abordar.

–Yo soy Kiko Ledgard, a tus órdenes –dijo el hombre, sonriendo, extendiendo la mano, dándole un apretón cordial, luego besando a Patricia en una mejilla, no en las dos.

–¡Kiko, claro, perdona, no te había reconocido! –se alegró Patricia.

De niña había visto los programas de Kiko Ledgard en la televisión peruana. Era pícaro, ocurrente, ingenioso, y al mismo tiempo elegante, caballeroso, de buen corazón, una extraña combinación de carisma, buenos modales y aires de seductor.

Por eso había triunfado en la televisión peruana y, luego de que esta fuese capturada por la dictadura militar de izquierdas, emigrado a Madrid, donde se había convertido en una estrella de Televisión Española, presentando todos los lunes el concurso *Un, dos, tres, responda otra vez*.

—¿Cómo está el gran Mario? —preguntó Kiko—. ¿Cómo está nuestro Quijote?

Patricia no quiso contarle que se habían separado, que Vargas Llosa la había dejado por una modelo:

—Muy bien, muy bien —respondió.

—¡No sabes cómo me he reído leyendo *Pantaleón y las visitadoras*! —dijo Ledgard—. ¡Tu marido es un genio!

—Sí, lo es —dijo Patricia—. De hecho, ahora mismo está dirigiendo una película basada en esa novela.

Era la novela más vendedora, con mucha diferencia, de Vargas Llosa, después de la trilogía de obras maestras que publicó en la década anterior, los sesenta.

—Qué pena que no me llamó para actuar en esa película —dijo Kiko, con una gran sonrisa: parecía un hombre nacido para ser feliz, para repartir felicidad.

De joven, en Lima, hijo de un banquero y diplomático de familia acaudalada, había sido campeón sudamericano de natación, nadando con sus hermanos Walter y Rodolfo, y campeón nacional de boxeo en la categoría peso medio, un título que ostentó varios años. Luego de trabajar en British Airways y en la IBM, encontró su destino, su voz, su identidad, su sonrisa sin par, en la televisión de su país, presentando programas de éxito, entre ellos quizás el más aclamado, *Haga negocio con Kiko*. Ahora llevaba tres años siendo la gran estrella de la televisión española: quién no lo adoraba, no se reía con sus humoradas, no celebraba sus payasadas, no quedaba deslumbrado por su agilidad mental y sus retruécanos verbales, cada lunes eran por lo menos veinte millones los españoles que lo veían en televisión y lo estimaban como si fuese uno más de la familia.

—¿Cómo está tu familia? —preguntó Patricia—. ¿Cómo está tu esposa?

—Hemos tenido tiempos mejores —dijo Kiko Ledgard—. Seguramente sabes que secuestraron a mi suegra.

—Sí, qué horror —dijo Patricia—. Ahora recuerdo.

—La secuestraron acá en Madrid, quién se lo hubiera imaginado —dijo Kiko—. Pidieron doscientos mil dólares. No nos dieron tiempo de pagar. A los tres días apareció el cadáver. La habían quemado.

Todo había ocurrido dos años atrás, en febrero, cuando la suegra de Kiko Ledgard, Manuela Freundt Rosell, casada con el empresario peruano Estuardo Marrou, salía del complejo de apartamentos Meliá: subió al coche de alguien que se ofreció a llevarla porque el conductor, el secuestrador, era amigo de ella y de su marido. La llevó a una casa en las afueras de Madrid. Envió una carta a Marrou pidiendo doscientos mil dólares. El taxista que recogió la carta lo delató y describió al raptor. Se trataba de un sujeto llamado Amado, amigo de la familia. Al ser descubierto, quemó a la señora Freundt Rosell:

«Queman viva a la suegra de Kiko Ledgard en Madrid» —fue el titular de un periódico peruano.

«Detención del presunto asesino de la suegra de Kiko Ledgard» —tituló el diario *La Vanguardia* de Barcelona.

—No sabes cuánto lo siento —le dijo Patricia a Kiko.

—La fama es así —dijo Ledgard, resignado—. Tiene su lado bueno y su lado malo, ¿no crees?

Patricia bebió la champaña que le sirvieron y se preguntó:

—¿Me hablará Kiko Ledgard las doce horas hasta Lima?

Luego le preguntó:

—¿Cómo va el programa?

Y, por cortesía, añadió:

—Con Mario lo vemos siempre que podemos, porque tú sabes que estamos todo el tiempo viajando.

Kiko sonrió, cálido, paternal. Era bastante mayor que Mario y Patricia: tenía cincuenta y seis años, y Mario apenas treinta y nueve, y Patricia tan sólo veintinueve.

—Me he tomado un sabático —dijo Ledgard—. Me dio un infarto en Vigo hace poco. Tuve que dejar la televisión. Pero volveré en marzo al *Un, dos, tres*.

Después de despegar, reclinaron sus asientos y se acomodaron. En el momento del despegue, Kiko Ledgard se persignó, no así Patricia, quien, desde la muerte de su hermana Wanda, se había vuelto atea. ¿Recordaba Kiko que, años atrás, Patricia había perdido a su hermana en un accidente de avión?

–¿Cuántos hijos tienes con Mario? –preguntó Ledgard.

–Tres –dijo Patricia–. Dos hombres y una mujer. Ahora están en Lima, con mis papás. Los hombres tienen nueve y ocho años, van al colegio en Lima, y la mujer es una bebita de medio año.

–No hay nada más lindo que tener hijos –dijo Ledgard.

–¿Y tú cuántos tienes? –preguntó Patricia, y enseguida bostezó, y luego estornudó, expulsó una retahíla de estornudos cortos como hipos.

–Bueno, yo no he tenido ningún hijo –bromeó Kiko–. Los ha tenido mi esposa Annette.

Patricia sonrió, fatigada.

–Tenemos once hijos –dijo Kiko, orgulloso, tocado por la gracia de la simpatía natural, del carisma.

–¡Once! –abrió Patricia sus ojazos de búho–. ¡Once! ¡No puede ser!

–Y si pudiera, tendría más –dijo Kiko, encantado de estar en su piel, un auténtico ganador, un peruano que no se dejó censurar por la dictadura, que se atrevió a pensar en grande, que conquistó España, haciendo reír a la gente, regalándole dinero, coches, viajes, regalándole todo.

–¿Cómo se llaman tus once hijos? –preguntó Patricia.

Kiko Ledgard se acomodó, como si hubiese esperado ese momento desde que subió al avión, y relató:

–El primero, Kiko junior. Después viene Annette junior. Luego viene Roy. Luego viene Brick. Luego viene Nickel. Luego viene Tink Ling. Luego viene Clipper. Luego viene Jet.

Ya entonces Patricia Llosa se había rendido al sueño de los vencidos. Por las dudas, Kiko Ledgard prosiguió:

–Luego viene Flash. Luego viene Tip. Y finalmente Spring.

Por primera vez en su vida, Kiko Ledgard, tratando de ser gracioso, había puesto a dormir a una señora: la extenuada y alcoholizada Patricia Llosa, ansiosa por dormir todo el vuelo hasta Lima.

—Carajo —pensó Kiko, risueño—, antes los hacía reír, ahora se me duermen.

Al llegar a Lima, se despidieron con un abrazo y Kiko le dijo a Patricia:

—Salúdame al campeón. Dile que he leído sus cuatro novelas. La mejor, de lejos, la última, la de Pantaleón. Me he orinado de la risa.

Lucho Llosa y Olga Urquidi, padres de Patricia, la esperaban en el aeropuerto de Lima, con un ramo de flores. Estaban encantados de ver a su hija. Buenos y querendones como eran, habían disfrutado de las semanas en que, a pedido de su hija, se quedaron a cargo de Álvaro, Gonzalo y Morgana, sus nietos, ninguno de los cuales, qué alivio, daba señales de ser bobo. Al llegar a la casa en Barranco, Patricia Llosa abrazó a sus hijos, se emocionó, derramó un par de lágrimas y decidió que, por el momento, no les diría a sus padres, ni a nadie en Lima, que se había propuesto ser una escritora y estaba considerando mudarse con los niños a Barcelona: por ahora, pensó, quiero recuperarme en Lima, estar cerca de Morgana y los niños, salir con mis amigas.

Unas semanas después, Vargas Llosa la llamó por teléfono. Sabía, por Carmen Balcells, que Patricia se encontraba de regreso en Lima. Era finales del verano. Mario había concluido el rodaje de la película en La Romana, el día mismo en que José Sacristán, el Pantaleón de la cinta, cumplió años. Después de la fiesta, Vargas Llosa se despidió de los actores, de los técnicos, de su amigo, el codirector Josema Gutiérrez, y tomó un vuelo a Nueva York, donde debía comenzar un semestre dando clases en la Universidad de Columbia.

—Te llama Marito —le dijo a Patricia, su madre, Olga, Olguita, como le decían todos.

—Dile que no estoy —dijo Patricia—. No quiero hablar con él.

Olga Urquidi era la suegra de Mario, pero antes había sido su tía y luego su cuñada, cuando Mario se casó con Julia Urquidi: ahora era excuñada, todavía tía y aún suegra, aunque esta última condición se hallaba en entredicho.

–Dile a la Patita que la extraño –le dijo Mario a Olguita–. Dile que la invito a Nueva York. Dile que ya no estoy con Susana, que hemos terminado.

Cuando Olga Urquidi le dio el recado a su hija Patricia, esta se enfureció y bramó:

–¡Qué venga él a Lima! ¡Yo no iré arrastrándome a Nueva York! ¡Es él quien tiene que pedirme perdón!

Luego añadió:

–Y no sé si lo perdonaré.

Días después, Vargas Llosa le dijo a su suegra:

–No puedo ir a Lima, Olguita. Tengo clases todos los días. Estoy comprometido con la universidad hasta enero.

–¿Y cómo quedó la película? –preguntó la señora Urquidi.

–No sé si muy bien o muy mal –dijo Mario, y luego se permitió una risa victoriosa, como diciéndole aún si fracasa en la taquilla, yo seguiré siendo Vargas Llosa, el genio Vargas Llosa.

Pero no le dijo lo que, en su fuero íntimo, pensaba, se decía a sí mismo: he descubierto que no soy ni quiero ser un cineasta, hacer una película es un circo, no puedo ser escritor y cineasta al mismo tiempo, o soy escritor o soy cineasta, y el cine es una suma de muchas personas, muchos egos, muchos caprichos, una operación tremendamente laboriosa y compleja, así que seré escritor y sólo escritor, y no haré más películas: el negocio es vender los derechos, no dirigir las películas, que eso lo hagan los que saben.

–¿Por qué no vienes con la Patita a Nueva York? –le sugirió a su suegra.

–Voy a ver si la convenzo –dijo la señora Urquidi–. Pero tú sabes que Patricia tiene su orgullo.

Patricia no quería viajar de nuevo, no quería que sus hijos perdieran clases en el Franco Peruano, no quería someter a la bebita a un viaje más, y peor aún a Nueva York, al frío del otoño:

–No viajaré –anunció–. Que venga él. Y que venga nadando.

Pero Vargas Llosa no daba su brazo a torcer y Patricia menos. Pasaron varias semanas en aquella crispación sin palabras, ese pulso de vanidades, al tiempo que los peruanos se encontraban sojuzgados ahora por un nuevo dictador, un generalote de ordinario borracho y gritón, de apellido Morales, Morales Bermúdez, menos de izquierdas que el depuesto, Velasco Alvarado. Así las cosas, y viendo que Patricia no cedía, no tuvo más remedio Vargas Llosa que, aprovechando un feriado de noviembre, un fin de semana largo, viajar a Lima, presentarse en la casa familiar de Barranco, que, con ayuda del arquitecto Freddy Cooper, amigo y primo suyo, había mandado construir, saludar a sus suegros Lucho y Olga, abrazar y besar a sus hijos Álvaro, Gonzalo y Morgana, a quienes no veía en meses, y pedirle a Patricia, que no quiso recibir un beso en la mejilla, que hablasen a solas, en el dormitorio principal del segundo piso. Allí, tan pronto como estuvieron a solas, Patricia le dio una bofetada. No era la primera vez que le pegaba: le había dado cachetadas cuando era una niña en Cochabamba y luego en Piura, cuando Mario, diez años mayor, vivía con ellos, los Llosa Urquidi.

—Te pido perdón —le dijo Mario, tras encajar la bofetada sin quejarse—. He terminado con Susana. Fue sólo una calentura. Perdóname.

—Ponte de rodillas —dijo Patricia—. Pídemelo de rodillas.

Vargas Llosa no dudó en ponerse de rodillas. A continuación, dijo:

—¿Me perdonas?

Patricia no respondió. Tenía ganas de seguir pegándole, de insultarlo, decirle egoísta, degenerado, traidor, ¡cómo pudiste dejarnos a todos acá, a tus hijos, a tu esposa, para irte con una mujercita necia que acababas de conocer! ¡Cómo pudiste hacernos esa canallada, esa bajeza!

Entonces Vargas Llosa, de rodillas, comenzó a recitar el primer poema que había escrito, muchos años atrás, cuando Patricia, en Piura, tenía seis años, y él, que vivía en casa de los Llosa Urquidi, alrededor de dieciséis, un poema escrito a máquina, titulado «A Patricia», que Lucho y Olga Urquidi guardaban celosamente y que Mario, de memoria prodigiosa, ahora recitaba, prosternado ante su prima y esposa:

—Duerme la niña, cerquita de mí, y su manecita, blanca y chiquita, apoyada tiene, muy cerca de mí.

Patricia Llosa se calmó, tomó aire. Mario prosiguió:

–Duerme la niña, sonriendo alegre, ¿soñará la niña que es una princesa, o que es un colibrí?

Patricia recordó cuando Mario le había leído ese poema en Piura, siendo una niña inquieta, de carácter gruñón, y luego en París, ya quinceañera, y ahora se lo decía en Lima, tratando de reconquistarla: de pronto, comprendió que había pasado la vida entera con ese hombre, y que cuando era una niña, ese hombre quería estar a su lado y la miraba con devoción:

–Y suspira a veces, moviendo los labios, como si quisiera morder una flor, y su aliento breve, casi no se mueve, ni su corazón.

Vargas Llosa se puso de pie, tomó a Patricia de la cintura, se acercó a ella y prosiguió, mirándola a los ojos:

–Duerme la niña, cerquita de mí, y pensando acaso, que está muy solita, o que la acompaña, un príncipe azul.

Mario besó a Patricia. Ella no se resistió. Se dejó besar. Se rindió. Se abandonó a la voluntad de ese hombre al que no podía dejar de amar, después de todo.

–¿Por qué siento a veces, mirando a la niña, que quiero ser un niño, y soñar también? –dijo Vargas Llosa.

Y volvió a besar a Patricia más intensamente. Enseguida dijo:

–¿Será que la niña, con su sueño breve, tiene algo de madre, por su rostro de ángel, por su corazón?

Sollozando, amándolo, Patricia Llosa lo abrazó, derrotada. Luego Mario la besó, la llevó a la cama, le quitó la ropa y le hizo el amor, sin importarle que sus suegros Lucho y Olguita los oyeran, sin saber que, unos días después, Patricia le diría algo que le amargaría el resto de su vida.

Reconciliados, Mario y Patricia partieron un domingo por la noche a Nueva York, dejando a los niños en Lima, con Lucho y Olga, prometiendo volver en las fiestas navideñas. Una noche de noviembre, en el apartamento que la Universidad de Columbia le había cedido a Vargas Llosa, Patricia le dijo, cuando él se encontraba leyendo:

–¿Por qué no me dijiste que me habías sido infiel con un montón de putas?

Sorprendido, Vargas Llosa dejó el libro que estaba leyendo y le dijo, mirándola a los ojos:

—Porque no te he sido infiel con ninguna.

—No mientas, Mario. Sé perfectamente que, cuando yo estaba en Lima, esperando el parto de Gonzalo, te fuiste de putas en Caracas.

—No es cierto. ¿Quién te ha dicho esa mentira?

—Gabriel.

—¿Qué Gabriel?

—Gabriel García Márquez, tu compadre. Gabriel y Mercedes me han contado que tú siempre te vas de putas, sin que yo me entere.

Mario se puso de pie, un rictus amargo torciéndole el gesto, avinagrándole la mirada, y preguntó, malherido:

—¿De veras Gabriel te ha dicho eso?

—Sí —dijo Patricia, saboreando la venganza—. Me dijo que tú siempre me serás infiel con las putas. Que no puedes vivir sin ellas. ¿A cuántas te tiraste ahora en la República Dominicana, cuéntame?

—A ninguna —dijo Mario, furioso, a la defensiva—. Todo es mentira. Gabriel y Mercedes te han mentido.

Patricia hizo un gesto cínico, displicente, como diciéndole no te creo, Marito, no te creo, no me tomes por tonta.

—Sólo te pido una cosa —dijo luego—. Por favor, de ahora en adelante, no me saques la vuelta. Ni con putas, ni con modelitos, ni con nadie.

—Así será, Patita, así será —dijo Vargas Llosa, compungido—. Pero sólo te he sacado la vuelta con Susana. Lo demás son cuentos y fabulaciones de Gabriel, que seguramente te los dijo para que te divorciaras de mí.

Patricia sonrió, esquiva.

—¿Eso te dijeron? —preguntó Mario—. ¿Que te divorciaras de mí?

—Sí —dijo Patricia—. Me dijeron que siempre vas a ser infiel.

—Canallas —se enfureció Vargas Llosa—. Miserables.

—Hay algo más que debes saber —dijo Patricia.

En ropa de dormir, con pantuflas, Vargas Llosa abrió la ventana, a pesar de que hacía frío, porque presintió que vendrían noticias aciagas, desventuradas, que acaso harían estallar su carácter volcánico, un carácter que procuraba en vano de atemperar.

—Ya no eres mi único hombre —dijo Patricia.

Paralizado, Mario la miró con estupor.

—Cuando estabas con Susana, me acosté con alguien —siguió Patricia.

Poseído por la fiebre abrasadora de los celos, del orgullo viril de pronto jaqueado, Vargas Llosa preguntó:

—¿Con quién?

No imaginó la respuesta:

—Con Gabriel —dijo Patricia.

Mario abrió los ojos, la boca, como si estuviese sufriendo una descarga eléctrica, y quedó de pie, pero temblando, sacudido por la ira, el despecho y el rencor, y enseguida preguntó, por las dudas:

—¿Te has acostado con García Márquez?

—Sí —dijo Patricia, tranquilamente—. Me llevó al aeropuerto en Barcelona, tomó un camino equivocado, me hizo perder el vuelo, me llevó a un hotel y, bueno, nos besamos y pasó lo que pasó.

—¡No lo puedo creer! —dio con un alarido Vargas Llosa—. ¿Te has acostado con Gabriel, nuestro amigo, nuestro compadre, sólo para vengarte de mi calentura con Susana?

—Sí —dijo Patricia, y se puso de pie, pequeñita pero robusta, pequeñita y dispuesta a dar la pelea siempre—. Y déjame decirte algo más.

—No digas lo que vas a decir —imploró Vargas Llosa, pero ya era tarde.

—Es un amante exquisito —dijo Patricia Llosa.

—¡Le romperé la cara a ese hijo de puta! —rugió Vargas Llosa.

Luego salió, dio un portazo y se fue a caminar en pijama y pantuflas por Central Park, un fuego ardiendo en sus entrañas. Al volver al edificio, el portero, que era español, le dijo, a gritos, emocionado:

–¡Ha muerto Franco, don Mario, ha muerto Franco!

Eran las cinco y media de la mañana de un jueves de noviembre en Madrid, las once y media de la noche del miércoles en Nueva York.

–¿Cómo lo sabe? –preguntó Vargas Llosa.

–¡Acaban de decirlo en la radio! –dijo el portero.

Se confundieron en un abrazo, olvidando Vargas Llosa, al menos por un instante, las penas de amor.

–¡Hermano! –le dijo García Márquez a Vargas Llosa, en tono risueño, fraternal, abriendo los brazos, caminando hacia él, impaciente por abrazarlo–. ¡Hermanazo!

No se habían visto en año y medio, dieciocho meses, desde que Vargas Llosa, su esposa Patricia y sus tres hijos embarcaron en el transatlántico *Rossini*, en el puerto de Barcelona, donde Gabriel y Mercedes, junto con Carmen Balcells, acudieron a despedirlo. Mario se encontraba en un salón privado de la Cámara Nacional de la Industria Cinematográfica de México, hablando con la periodista María Idalia del diario *Excélsior*, momentos antes de que proyectasen, en función privada, sólo para periodistas, el documental *La odisea de los Andes*, sobre el equipo de rugby uruguayo que, tras caer en la cordillera nevada el avión que los transportaba, se vio obligado a comer los restos de sus compañeros muertos en el accidente, cuyo guion había escrito Vargas Llosa, quien, al ver a García Márquez acercándose con una sonrisa, los brazos abiertos, el gesto risueño, fraternal, la amistad todavía en pie, pensó, ardiendo en las brasas del rencor:

–Ni hermanito ni hermanazo. Eres un hijo de puta. Te acostaste con mi mujer. Eres un traidor.

Entonces descargó un golpe rabioso y profesional en el rostro de García Márquez, rompiéndole la nariz, haciendo volar sus anteojos, derribándolo, dejándolo inconsciente, al tiempo que le decía:

–¡Esto es por lo que le hiciste a Patricia!

Segundos después, auxiliado por su esposa Mercedes, García Márquez recobró el conocimiento, se tocó la nariz y vio que estaba sangrando. Luego se vio a sí mismo tumbado en el piso como un boxeador sin fuerzas ni reflejos, emboscado, derrotado, noqueado de un solo derechazo fulminante. Enseguida advirtió que Vargas Llosa lo miraba con un odio que se le había emponzoñado en las diez semanas que transcurrieron desde que, a finales de noviembre, Patricia le dijera en Nueva York que se había acostado con García Márquez en un hotel cercano al aeropuerto de Barcelona. Casi riéndose, Gabriel pensó que, a esas alturas, ya no tenía sentido decirle la verdad, su verdad, a Mario ni a Mercedes ni a nadie:

—Yo no le hice nada a Patricia. Si serás tonto, Mario, cadete: yo pude cogerme a Patricia y no lo hice por respeto a ti, a nuestra amistad, a mi ahijado Gonzalo. ¿Y así me agradeces? ¿Así me pagas? ¿No podías pedirme que habláramos a solas, en privado, para darte mi versión de los hechos?

—¿Y qué le hizo Gabito a Patricia? —preguntó Mercedes, recordando que aquella mañana García Márquez regresó cerca del mediodía, borracho, apestando a trago, cayéndose, zigzagueando, tras chocar el auto.

Pero García Márquez, tendido en el piso, no dijo una palabra, no quiso contarle entonces ni después a Mercedes lo que en verdad había ocurrido con Patricia aquella noche malhadada en la que todo se echó a perder.


—Gabito no le hizo nada a Patricia —dijo Mercedes, furiosa, arrodillada al lado de García Márquez, mirando con odio caribe a Vargas Llosa—. ¡Imposible! A él sólo le gustan las mujeres guapas.

Con gesto altivo y desdeñoso, mirando a su amigo caído, resuelto a no verlo nunca más, a terminar en ese instante y para siempre aquella amistad que parecía inquebrantable, Vargas Llosa no se arrepintió de haberlo golpeado y tumbado, de haber hecho justicia con sus propias manos:

—Es un canalla, un miserable —pensó—. Se aprovechó de que Patricia estaba dolida porque yo la había dejado. Le contó que nos fuimos de putas en Caracas. Le dijo que debía divorciarse de mí. Y finalmente la llevó a un hotel y se la tiró. Y yo tendré que vivir con ese dolor, con esa herida abierta, con las palabras humillantes que me dijo Patricia en Nueva York, la noche que murió Franco:

—Es un amante exquisito.

—¿No le bastaba con escribir mejor que yo? —pensó Vargas Llosa, ardiendo de rabia—. ¿No le había escrito yo un libro diciéndole que era Dios? ¿No me había hincado de rodillas ante su genio literario desde que lo conocí en Caracas hace nueve años? ¿No estaba claro que, como dice siempre Carmen, él era el genio y yo el primero de la clase? ¿Tenía que follarse a Patricia este hijo de puta? ¡Yo jamás me hubiera tirado a Mercedes! ¡Jamás! ¡Un amigo de verdad sería incapaz de tamaña felonía! ¡Eres un felón, Gabriel, un traidor! ¡Te merecías este puñetazo!

Mientras Vargas Llosa se marchaba a toda prisa, ofuscado, en compañía del periodista Francisco Igartua, y los reporteros chismosos se preguntaban qué le habría hecho García Márquez a Patricia Llosa, y enseguida llamaban por teléfono a Patricia al hotel Geneve de la capital mexicana para contarle lo que acababa de ocurrir y pedirle su versión de los hechos, sólo para que ella tirase el teléfono, indignada con Mario, con ganas de romperle la cabeza, arrojándole un cuadro o un cenicero, García Márquez, poniéndose de pie, le dijo a su esposa:

—No le hice nada a Patricia. La dejé en el aeropuerto. ¿Qué mentiras le habrá dicho a Mario para sacarle celos?

—¡Es un celoso estúpido! —bramó Mercedes, que no dudaba de la palabra de su marido—. ¡Un celoso estúpido!

—Y pega duro el cabrón, pega como boxeador —dijo García Márquez, mientras la escritora Elena Poniatowska y la fotógrafa María Luisa Mendoza lo ayudaban a ponerse de pie y sugerían buscar un filete para bajarle el ojo morado.

—Mi amistad con Mario se ha terminado —pensó García Márquez, abatido—. Y todo por un malentendido. ¿Qué mentiras truculentas le habrá dicho a Mario la primita? ¿De qué miserias y bajezas me habrá acusado? ¿Cómo podría probar, ante él, ante nadie, que soy inocente? Es imposible: aun si Mario me hubiese escuchado antes de golpearme, no me habría creído, habría pensado que era Patricia quien decía la verdad. Y aun si le contase la verdad a Mercedes, no me creerá, porque debí decírsela esa mañana, cuando llegué bañado en champaña, tras chocar el carro.

—Ironías de la vida —dijo García Márquez, mientras subía al auto de la fotógrafa Mendoza, asistido por Mercedes y Elena—. El cadete Vargas Llosa me pega y me insulta, me llama traidor frente a los periodistas. Pero fue él quien traicionó a Patricia, dejándola en Lima con los niños. Yo no lo traicioné. Yo llevé a Patricia al aeropuerto. Fui un amigo leal. Fuimos unos amigos leales, ¿no es verdad, Mercedes?

—No lo sé: yo creo que Patricia le ha contado lo que nosotros le dijimos en Barcelona —dijo Mercedes—. Que Mario era un putero, que le ponía cuernos todo el tiempo. Por eso te ha pegado, Gabito. Por acusarlo de putero ante Patricia. Por aconsejarle que se buscase un buen abogado y se divorciase.

—No hay otra explicación —dijo García Márquez.

Luego pensó:

—Esto ya no tiene arreglo. Mercedes jamás perdonará al cadete. Tampoco perdonará a Patricia por envenenar con chismes insidiosos al cadete. La egipcia tiene memoria larga para el rencor. Nuestra amistad con los Vargas Llosa se ha terminado. Es una pena, carajo. ¡Y ahora el malo de la película soy yo!

—¡Estúpido! —le gritó Patricia Llosa a su esposo, tan pronto como entró en la habitación del hotel Geneve—. ¡Imbécil! ¡Cretino! ¿Qué le hiciste? ¡Ahora todo el mundo sabrá lo que me hizo Gabriel!

No se imaginó que Vargas Llosa, en venganza, noquearía de una sola trompada a su amigo y compadre. Subestimó el orgullo herido de Mario, su espíritu justiciero. ¿De veras pensaba que Vargas Llosa se tragaría el sapo, encajaría el golpe, perdonaría a García Márquez? ¿Acaso no sabía que Mario zanjaba sus querellas a golpes, a puñetazo limpio? ¿No había sido cruel con Mario al decirle en Nueva York que Gabriel era un amante exquisito? ¿Por qué entonces le arrojaba un cenicero, una lámpara, un cuadro, tratando de romperle la cabeza?

–¡Debiste consultarme antes de pegarle, imbécil, cretino, tarado! –bramó Patricia, mientras Mario se agachaba, tratando de esquivar los objetos voladores.

–Los hombres arreglamos nuestros problemas así, a mano limpia –dijo Vargas Llosa, por toda explicación o disculpa, sin mostrar un ápice de arrepentimiento.

En efecto, estaba agitado, pero en paz con su conciencia. Pensaba: ¿qué esperaba el felón de García Márquez, que yo lo abrazara, le dijera hermano, hermanito? ¿Que me quedara callado, que no le dijera lo que Patricia me había contado? ¿Que, en honor a una amistad que él mismo había roto, yo quedase como un cornudo, como un cachudo? ¿Qué siguiéramos siendo amigos, mientras yo vivía con el oprobio de saber que, aprovechando nuestra crisis matrimonial, se tiró olímpicamente a mi esposa? Conmigo no hay medias tintas: si me traicionas, eres mi enemigo, y si eres mi enemigo, te romperé la cara.

Más calmada, Patricia Llosa preguntó:

–¿Qué dijo Gabriel?

–Nada. Se quedó echado, asustado, sangrando. Le di un buen derechazo.

–¿Y qué dijo Mercedes?

–Dijo una canallada. Que Gabriel no te tocó porque sólo le gustan las mujeres guapas.

–¡Hija de puta! –rugió Patricia.

Luego preguntó:

–¿Los periodistas escucharon todo? ¿Tomaron fotos?

–No lo sé. Todo fue muy rápido. Fotos, no creo. Pero sí escucharon lo que le dije a García Márquez, estaban allí al lado.

Ya en la casa de la fotógrafa Mendoza, tendido en un sofá, el ojo izquierdo cubierto por una chuleta, García Márquez pensaba, melancólico:

–Este cadete ha terminado pareciéndose a su padre, carajo. Escribiendo es un artista. Pero viviendo parece un militar. Todo lo resuelve a golpes, violentamente. Si viviera como un artista, me habría contado lo que le dijo Patricia y nos habríamos tomado unos tragos, y no sé si le hubiese dicho toda la verdad, pero al menos me habría dado esa oportunidad. Pero no: creyó a pie juntillas en ella y no me escuchó. Actuó como un militar, me pegó como un militar, se fue a la guerra conmigo sin escuchar mis razones. De haber podido decirle cómo fueron las cosas con Patricia en la discoteca y en el hotel, ¿el cadete me habría creído? Me temo que no. Es decir que, en cualquier caso, yo estaba jodido, carajo.

Entonces Mercedes dijo, abanicando a su marido, soplándole el rostro:

—Vargas Llosa es un hipócrita. Se hace el moralista. Se hace la víctima. Pero se casó con su tía, se casó con su prima, le puso los cuernos a la tía con la prima, le puso los cuernos a la prima con una modelito en un barco. ¡Y ahora el muy gallinazo se hace el moralista con nosotros! ¡No jodan!

—Con ese prontuario —dijo Elena Poniatowska—, debería ser capaz de entender que ustedes le hayan contado a Patricia que tiene una debilidad por las putas.

—Todo el mundo lo sabe —dijo Mendoza—. Y ahora lo sabe también su esposa. Yo digo que le convenía saberlo. Y más si él la había dejado por otra.

—¡Nada de esto habría ocurrido si Mario no hubiera dejado a Patricia abandonada en Lima con los niños para irse con la modelito del barco! —se enfureció Mercedes—. ¡Y ahora resulta que nosotros tenemos la culpa!

—Debí dejar que se fuera al aeropuerto con el chofer de Carmen —pensó García Márquez—. ¿En qué carajo estaba pensando cuando me ofrecí a llevarla?

—A mí me trae dos vasos de leche fría, por favor —le pidió Vargas Llosa al camarero, en un restaurante al lado del hotel Geneve, en compañía de Patricia y del periodista Francisco Igartua, una hora después del puñetazo.

Luego dijo:

—Yo no rompí mi amistad con él. Yo no me acosté con su mujer. Él rompió nuestra amistad. Él se acostó contigo, Patricia. Pero no te preocupes. No diré nunca por qué le pegué. Ya sé que me lo preguntarán mil veces, pero diré que es un asunto personal. Y punto.

–Y él tampoco dirá nada –dijo Igartua–. Porque, si cuenta la verdad, quedará mal.

En la casa de la fotógrafa Mendoza, tendido García Márquez con la chuleta en el ojo estragado, Mercedes dijo, ya más tranquila, en tono risueño:

–Dinos la verdad, Gabito. ¿La besaste esa noche? ¿Te le arrimaste, bailando con ella?

Gabriel sonrió y dijo:

–No la besé. No me arrimé. No hice nada indebido, egipcia. Usted me conoce bien. Yo soy salchichón de un solo hoyito.

–Pero ¿ella quería? –insistió Mercedes.

–Ya olvídalo –sugirió Elena.

García Márquez sonreía, asombrado por esa curva impensada en el fabuloso guion de su vida, ser noqueado en público por el cadete Vargas Llosa, ser acusado de seducir a la mujer de su amigo.

–¿Qué pasó en el carro? –insistió Mercedes, levemente desconfiada–. ¿Te besó?

–No –dijo Gabriel–. Cantamos. Sólo cantamos.

–Yo creo que Patricia le ha dicho a Mario que esa noche Gabito se le encimó –dijo Elena.

–Yo coincido –dijo la fotógrafa Mendoza–. Vargas Llosa cree que Gabito se encueró con Patricia, o al menos que lo intentó.

–Y a mí nadie me cree –observó García Márquez, derrotado, con aire melancólico.

–Yo te creo –le dijo Mercedes, y lo besó en la mejilla y luego en la frente–. Yo te conozco, Gabito. Yo te olí esa mañana cuando dormías. Yo olí tu verga. Yo sé que no te montaste a Patricia. Lo sé muy bien.

Luego hizo un gesto contrariado y dijo:

–Pero ella seguramente le ha dicho al celoso de Mario que tú la acosaste, que la forzaste.

–¿Será tan mentirosa? –se escandalizó Elena.

–¿Como para decirle a su marido que Gabito se la tiró, que la violó? –preguntó María Luisa.

–Es capaz de todo, con tal de recuperar a su marido –sentenció Mercedes.

Sólo había dos personas en todo el mundo que sabían la verdad: Patricia Llosa y Gabriel García Márquez. Vargas Llosa le creía a Patricia, no dudaba de su esposa, no imaginaba que ella se había amparado en las licencias de la ficción para espolear sus celos, avivar su sed de venganza: sin duda, pensaba Mario, García Márquez se pasó por las armas a Patricia, aprovechando nuestra crisis matrimonial, y si fue capaz de semejante deslealtad, no podemos seguir siendo amigos: yo soy un hombre de honor y no tolero esa deshonra. Mercedes, por su parte, le creía a García Márquez: nada malo ni indebido pasó con la prima, no le di un beso, no me la encimé, ella me coqueteó en la discoteca, pero la cosa no escaló a mayores y la dejé en el aeropuerto: es decir que Mercedes creía en las fabulaciones que él había urdido en vano, tratando de salvar su amistad con Mario y Patricia, pensando que así, si guardaba celosamente el secreto, si acallaba con aire distraído lo que ocurrió aquella noche envenenada, la sangre no llegaría al río. Pues se equivocó: la sangre llegó al río, y ese río, antes de aguas limpias, transparentes, ahora turbio de rencores y malentendidos, fue a morir al mar de los celos, las pasiones contrariadas, las amistades rotas, traicionadas.

Cinco semanas más tarde, la tercera semana de marzo, a pocos días de cumplir cuarenta años, Vargas Llosa, ya liberado de sus compromisos con la Universidad de Columbia en Nueva York, concedió una entrevista en Madrid al periodista Joaquín Soler Serrano, del programa *A fondo* de la Televisión Española, quien le preguntó:

–Los periódicos españoles publicaron hace muy pocos días la noticia de que habéis tenido un altercado violento, en el que Vargas Llosa había puesto nocaut a García Márquez. ¿Eso significa el fin de la amistad?

–Bueno, los periodistas tienen a veces más imaginación que los propios novelistas –respondió Vargas Llosa, sonriendo con aire victorioso de campeón coronado, largas, larguísimas las patillas, como de caudillo peronista argentino.

–Pero ¿qué pasó? –preguntó Soler Serrano, cruzando las piernas, arriesgándose a mortificar a su interlocutor.

–Bueno, ha habido un incidente efectivamente, pero que no tiene características, en fin, ni literarias ni políticas, como han dicho los periódicos –dijo Vargas Llosa, levemente incómodo, aunque disimulándolo, en pleno dominio del intercambio–. Me he encontrado aquí en España con una revista donde he visto que este incidente parece que ha sido fraguado por un editor para levantar las ventas de *El otoño del patriarca* y *Pantaleón y las visitadoras* –añadió, sonriendo, quitándole importancia al asunto.

–Pero ¿no es eso? –preguntó Soler Serrano.

–No, en absoluto, no –dijo Mario.

–¿O sea que no ha sido un incidente comercial –insistió Soler Serrano–, ni un incidente político por discrepancias o divergencias ideológicas, como también se ha dicho en otra parte?

Hizo una pausa y se atrevió:

–¿Y seguiréis siendo amigos, o eso no se sabe?

–Pues eso no se sabe nunca –dijo el genio Vargas Llosa–. La amistad, como todo, es tan relativa, ¿no?

–fin–